R

EL PRISIONERO DEL CIELO

Planeta

CRÉDITO PENDIENTE

Siempre he sabido que algún día volvería a estas calles para contar la historia del hombre que perdió el alma y el nombre entre las sombras de aquella Barcelona sumergida en el turbio sueño de un tiempo de cenizas y silencio. Son páginas escritas con fuego al amparo de la ciudad de los malditos, palabras grabadas en la memoria de aquel que regresó de entre los muertos con una promesa clavada en el corazón y el precio de una maldición. El telón se alza, el público se silencia y, antes de que la sombra que habita sobre su destino descienda de la tramoya, un reparto de espíritus blancos entra en escena con una comedia en los labios y esa bendita inocencia de quien, creyendo que el tercer acto es el último, nos viene a narrar un cuento de Navidad sin saber que, al pasar la última página, la tinta de su aliento lo arrastrará lenta e inexorablemente al corazón de las tinieblas.

Julián Carax, *El Prisionero del Cielo*
(Editions de la Lumière, París, 1992)

«La afición del autor por Dickens, manifiesta en toda la obra, atrapa a cualquiera que crea en el poder de transformación de los libros. *El Juego del Ángel* bebe de las convenciones de Wilkie Collins, Dickens y sus coetáneos para tejer con ellas algo enteramente original y portentosamente conmovedor que sostiene hasta el final las expectativas del lector.»

The Observer

«Zafón es un maestro de la evocación. Su fe en el poder de la ficción resulta entrañable y contagiosa.»

Financial Times

«El lector familiarizado con *La Sombra del Viento* se encontrará de nuevo en El Cementerio de Los Libros Olvidados, que recuerda a Eco, donde los volúmenes de una laberíntica biblioteca empiezan a seleccionar a sus lectores. Extraordinario y trepidante entretenimiento gótico.»

Spectator

«Quienes se vieron atrapados por *La Sombra del Viento,* no podrán resistirse a *El Juego del Ángel.* La segunda entrega de Zafón, ambientada también en Barcelona, aunque esta vez en los años veinte, nos devuelve al misterioso mundo gótico del Cementerio de los Libros Olvidados, donde David Martín, un joven escritor, hace un trato imposible: a cambio de su vida y una fortuna, escribirá un libro que cambie vidas. Sencillamente admirable y digno de una noche en vela para acabarlo.»

The Bookseller

«Esta especie de precuela gótica de *La Sombra del Viento,* oscuro laberinto que, por obra de un diseño magistral, sigue siendo apasionante y desconcertante, encantará por igual a los admiradores de Zafón y a sus nuevos lectores.»

Publishers Weekly

«No todo es lo que parece en la segunda novela de Carlos Ruiz Zafón, y a eso debe la mitad de su encanto. Aunque se presenta como precuela de *La Sombra del Viento, El Juego del Ángel,* exaltación del gozo de narrar y del solaz de la literatura, puede leerse como obra independiente.»

Sunday Telegraph

«Otra deliciosa intriga de misterio sobrenatural por el exitoso autor de *La Sombra del Viento.* La sensibilidad de Ruiz Zafón tiene que ver con una mezcla de Edgar Allan Poe y Jorge Luis Borges, con el misterio intelectual de Pérez-Reverte y con algo de Stephen King.»

Kirkus Review

«Un suspense asombroso, una atmósfera a lo Bram Stoker, una erudición a lo Borges, un relato trufado de subtramas: Ruiz Zafón excele en todos los registros.»

Lire

A E
& I

El Prisionero del Cielo

Autores Españoles e Iberoamericanos

«Una vez más he hallado un libro que prueba cuán maravilloso es sumergirse en una novela rica y larga... Esta novela lo tiene todo: seducción, riesgo, venganza y un misterio que el autor teje de forma magistral. Zafón aventaja incluso al extraordinario Charles Dickens.»

The Philadelphia Enquirer

«Pura magia, no hay otra forma de describir esta novela. Historia y escritura, trama y carácter, personajes y perfiles, todo adecuadamente. Nunca puedes abandonar sus quinientas páginas cautivadoras, llenas de suspense. Su escritura es especial como el aroma de un perfume que se va esparciendo, seductor y sensual. Y este aroma dura mucho tiempo.»

Hamburger Abendblatt

«Tremendamente bueno... su historia está redondeada de un modo impresionante. Humor, terror, política y romance están muy bien dosificados... y el efecto de conjunto es del todo satisfactorio. Zafón, ex guionista, es particularmente bueno en el contraste y el ritmo: las cuatrocientas páginas del libro pasan con increíble rapidez.»

Sunday Telegraph

«Todo en *La Sombra del Viento* es extraordinariamente sofisticado. El estilo deslumbra, mientras la trama se trenza y se desenreda con una gracia sutil... La novela de Zafón es atmosférica, seductora y de lectura recomendable.»

The Observer

«Todos los que disfruten con novelas terroríficas, eróticas, conmovedoras, trágicas y de suspense, deberían apresurarse a la librería más cercana y apoderarse de un ejemplar de *La Sombra del Viento.* De verdad, deberían hacerlo.»

The Washington Post

«Una obra ambiciosa, capaz de conjugar los más variados estilos (desde la comedia de costumbres hasta el apunte histórico, pasando por el mismo misterio central) sin perder por ello un ápice de su poder de fascinación.»

Qué Leer

«Absorbente, imaginativa y sólidamente construida. El placer de recuperar con la lectura al eterno adolescente que todos llevamos dentro.»

El Periódico

«*La Sombra del Viento* cuenta con todo lo que necesita una gran historia: amor, traición, muerte, odio y amistad. No es extraño que se haya convertido en el libro del año.»

Berlin Literature Critique

«Carlos Ruiz Zafón es un gran contador de historias.»

MARGARET ATWOOD

«Anuncio con gran placer que *El Juego del Ángel* es una novela magnífica, de factura bellísima, y mejor escrita aún que la precedente. Es más rotunda, determinada y trepidante que el extraordinario debut narrativo de su autor. Me he divertido muchísimo y he quedado preso de una inquietud agradabilísima durante todo el tiempo de la lectura. Proclamo a Zafón, el Dickens de Barcelona, el escritor actual más dotado para el arte narrativo.»

Corriere Della Sera

«Zafón se inscribe por méritos propios en la tradición de los novelistas del siglo XIX que, con Dickens como máximo representante, supieron llegar al gran público a la vez que crearon obras de vigencia perenne. Basándose en el modelo de la literatura de terror decimonónica, *El Juego del Ángel*, más allá de la tensión dramática de su relato, constituye un comentario iluminador sobre toda una tendencia literaria.»

Frankfurter Allgemeine Sonntagzeitung

«Carlos Ruiz Zafón ha reinventado lo que significa ser un gran escritor. Su habilidad visionaria para narrar historias ya es un género en sí misma.»

USA Today

«Así como el creador del *Don Quijote* fijó su atención en la novela de caballerías, Ruiz Zafón juega con los géneros populares del presente. El resultado es un texto que atrapa al lector, ya que el enigma de una página es resuelto en la siguiente (que a su vez plantea un nuevo enigma, etc.).»

Deutschlandradio Kultur

«Su iniciativa es audaz, seria e impactante; su manejo de la atormentada historia española del siglo XX, tan notable como su destreza literaria. Nada de esto es patrimonio exclusivo de una ciudad sino del mundo entero.»

The Times

«Y de nuevo su lenguaje es tan rico como bello, de modo que es muy difícil sustraerse a su hechizo.»

Die Welt

«Zafón retoma algunos de sus paisajes urbanos predilectos de la antigua Barcelona. Esta novela, sin embargo, complemento e incluso antagonista de su predecesora, destaca por méritos propios. Si la anterior celebraba el éxtasis de la lectura, ésta explora las agonías del escritor.»

The Independent

«Zafón nos tienta como nadie con el ritmo implacable de su narrativa, repleta de distracciones mágicas y fantásticas.»

The Guardian

EL
CEMENTERIO
DE LOS
LIBROS
OLVIDADOS

Este libro forma parte de un ciclo de novelas que se entrecruzan en el universo literario del Cementerio de los Libros Olvidados. Las novelas que forman este ciclo están unidas entre sí a través de personajes e hilos argumentales que tienden puentes narrativos y temáticos, aunque cada uno de ellos ofrece una historia cerrada, independiente y contenida en sí misma.

Las diversas entregas de la serie del Cementerio de los Libros Olvidados pueden leerse en cualquier orden o por separado, permitiendo al lector explorar y acceder al laberinto de historias a través de diferentes puertas y caminos que, anudados, le conducirán al corazón de la narración.

Obra editada en colaboración con Editorial Planeta - España

Fotografías de las portadillas: Primera parte: Fondo F. Català-Roca / Archivo Fotográfico AHCOAC. Segunda parte: © J. Laurent - BNE. Tercera parte: © Fondo F. Català-Roca / Archivo Fotográfico AHCOAC. Cuarta parte: © Fondo F. Català-Roca / Archivo Fotográfico AHCOAC. Quinta parte: © Josep Massó / MNAC. Colofón: Fondo F. Català-Roca / Archivo Fotográfico AHCOAC

Bajo el sello editorial PLANETA M.R.
Avenida Presidente Masarik núm. 111, 2o. piso
Colonia Chapultepec Morales
C.P. 11570, México, D.F.
www.editorialplaneta.com.mx

Primera edición impresa en España: noviembre de 2011
ISBN: 978-84-08-10582-4

Primera edición impresa en México: noviembre de 2011
Cuarta reimpresión: diciembre de 2012
ISBN: 978-607-07-0984-5

Impreso en los talleres de EDAMSA Impresiones, S.A. de C.V.
Av. Hidalgo núm. 111, Col. Fracc. San Nicolás Tolentino, México, D.F.
Impreso en México – *Printed in Mexico*

Sobre *La Sombra del Viento* y *El Juego del Ángel*

«*La Sombra del Viento* anuncia un fenómeno de la literatura popular española.»

La Vanguardia

«Unas de esas raras novelas que combinan una trama brillante con una escritura sublime.»

Sunday Times

«Una obra maestra popular, un clásico contemporáneo.»

Daily Telegraph

«El mejor libro del año. Irresistible. Es erudito y accesible a todo el mundo, se inscribe en la gran tradición de novelas de aprendizaje en las que los secretos y maleficios se suceden como muñecas rusas.»

Le Figaro

«García Márquez, Umberto Eco y Jorge Luis Borges se funden en un mágico y desbordante espectáculo, de inquietante perspicacia y definitivamente maravilloso.»

The New York Times

«*La Sombra del Viento* es maravillosa. Una construcción argumental magistral y meticulosa, con un extraordinario dominio del lenguaje... Una carta de amor a la literatura, dirigida a lectores tan apasionados por la narrativa como su joven protagonista.»

Entertainment Weekly

«Si alguien pensaba que la auténtica novela gótica había muerto en el XIX, este libro le hará cambiar de idea. Una novela llena de esplendor y de trampas secretas donde hasta las subtramas tienen subtramas. En manos de Zafón, cada escena parece salida de uno de los primeros films de Orson Welles. Hay que ser un romántico de verdad para llegar a apreciar todo su valor, pero si uno lo es, entonces es una lectura deslumbrante.»

STEPHEN KING

«Las páginas de Ruiz Zafón ensimisman durante dos días a cuantos deciden leerlas. El talento narrativo de este hombre arrasa.»

El Mundo

Primera parte

UN CUENTO *de* NAVIDAD

1

Barcelona, diciembre de 1957

Aquel año a la Navidad le dio por amanecer todos los días de plomo y escarcha. Una penumbra azulada teñía la ciudad, y la gente pasaba de largo abrigada hasta las orejas y dibujando con el aliento trazos de vapor en el frío. Eran pocos los que en aquellos días se detenían a contemplar el escaparate de Sempere e Hijos y menos todavía quienes se aventuraban a entrar y preguntar por aquel libro perdido que les había estado esperando toda la vida y cuya venta, poesías al margen, hubiera contribuido a remendar las precarias finanzas de la librería.

—Yo creo que hoy será el día. Hoy cambiará nuestra suerte —proclamé en alas del primer café del día, puro optimismo en estado líquido.

Mi padre, que llevaba desde las ocho de aquella mañana batallando con el libro de contabilidad y haciendo malabarismos con lápiz y goma, alzó la vista del mostrador y observó el desfile de clientes escurridizos perderse calle abajo.

—El cielo te oiga, Daniel, porque a este paso, si perdemos la campaña de Navidad, en enero no vamos a tener ni para pagar el recibo de la luz. Algo vamos a tener que hacer.

—Ayer Fermín tuvo una idea —ofrecí—. Según él es un plan magistral para salvar la librería de la bancarrota inminente.

—Dios nos coja confesados.

Cité textualmente:

—*A lo mejor si me pusiera yo a decorar el escaparate en calzoncillos conseguiríamos que alguna fémina ávida de literatura y emociones fuertes entrase a hacer gasto, porque dicen los entendidos que el futuro de la literatura depende de las mujeres, y vive Dios que está por nacer fámula capaz de resistirse al tirón agreste de este cuerpo serrano* —enuncié.

Oí a mi espalda cómo el lápiz de mi padre caía al suelo y me volví.

—Fermín *dixit*—añadí.

Había pensado que mi padre iba a sonreír ante la ocurrencia de Fermín, pero al comprobar que no parecía despertar de su silencio le miré de reojo. Sempere sénior no sólo no parecía encontrarle gracia alguna a semejante disparate sino que había adoptado un semblante meditabundo, como si se planteara tomárselo en serio.

—Pues mira por dónde, a lo mejor Fermín ha dado en el clavo —murmuró.

Le observé con incredulidad. Tal vez la sequía comercial que nos había azotado en las últimas semanas había terminado por afectar el sano juicio de mi progenitor.

—No me digas que le vas a permitir pasearse en gayumbos por la librería.

—No, no es eso. Es lo del escaparate. Ahora que lo has dicho, me has dado una idea... Quizá aún estemos a tiempo de salvar la Navidad.

Le vi desaparecer en la trastienda y al poco regresó pertrechado de su uniforme oficial de invierno: el mismo abrigo, bufanda y sombrero que le recordaba desde niño. Bea solía decir que sospechaba que mi padre no se había comprado ropa desde 1942 y todos los indicios apuntaban a que mi mujer estaba en lo cierto. Mientras se enfundaba los guantes, mi padre sonreía vagamente y en sus ojos se percibía aquel brillo casi infantil que sólo conseguían arrancarle las grandes empresas.

—Te dejo solo un rato —anunció—. Voy a salir a hacer un recado.

—¿Puedo preguntar adónde vas?

Mi padre me guiñó el ojo.

—Es una sorpresa. Ya verás.

Lo seguí hasta la puerta y lo vi partir rumbo a la Puerta del Ángel a paso firme, una figura más en la marea gris de caminantes navegando por otro largo invierno de sombra y ceniza.

2

Aprovechando que me había quedado solo decidí encender la radio para saborear algo de música mientras reordenaba a mi gusto las colecciones de los estantes. Mi padre creía que tener la radio puesta en la librería cuando había clientes era de poco tono, y si la encendía en presencia de Fermín, éste se lanzaba a canturrear saetas a lomos de cualquier melodía —o, peor aún, a bailar lo que él denominaba «ritmos sensuales del Caribe»—, y a los pocos minutos me ponía los nervios de punta. Habida cuenta de aquellas dificultades prácticas, había llegado a la conclusión de que debía limitar mi goce de las ondas a aquellos raros momentos en que, aparte de mí y de varias decenas de miles de libros, no había nadie más en la tienda.

Radio Barcelona emitía aquella mañana una grabación clandestina que un coleccionista había hecho del magnífico concierto que el trompetista Louis Armstrong y su banda habían dado en el hotel Windsor Palace de la Diagonal tres Navidades atrás. En las pausas publicitarias, el locutor se afanaba en etiquetar aquel sonido como *llass* y advertía que algunas de sus síncopas procaces podían no ser apropiadas para el consumo del oyente nacional forjado en la tonadilla, el bolero y el incipiente movimiento *ye-ye* que dominaban las ondas del momento.

Fermín solía decir que si don Isaac Albéniz hubiera nacido negro, el jazz se habría inventado en Camprodón, como las galletas en lata, y que, junto con aquellos sujetadores en punta que lucía su adorada Kim Novak en algunas de las películas que veíamos en el cine Fémina en sesión matinal, aquel sonido era uno de los escasos logros de la humanidad en lo que llevábamos de siglo XX. No se lo iba a discutir. Dejé pasar el resto de la mañana entre la magia de aquella música y el perfume de los libros, saboreando la serenidad y la satisfacción que transmite el trabajo simple hecho a conciencia.

Fermín se había tomado la mañana libre para, según él, ultimar los preparativos de su boda con la Bernarda, prevista para principios de febrero. La primera vez que había planteado el tema apenas dos semanas atrás todos le habíamos dicho que se estaba precipitando y que con prisas no se llegaba a ninguna parte. Mi padre trató de convencerle para posponer el enlace por lo menos dos o tres meses argumentando que las bodas eran para el verano y el buen tiempo, pero Fermín había insistido en mantener la fecha alegando que él, espécimen curtido en el recio clima seco de las colinas extremeñas, transpiraba profusamente llegado el estío de la costa mediterránea, a su juicio semitropical, y no veía de recibo celebrar sus nupcias con lamparones del tamaño de torrijas en el sobaco.

Yo empezaba a pensar que algo extraño tenía que estar sucediendo para que Fermín Romero de Torres, estandarte vivo de la resistencia civil contra la Santa Madre Iglesia, la banca y las buenas costumbres en aquella España de misa y NO-DO de los años cincuenta, manifestase semejante urgencia en pasar por la vicaría. En su celo prematrimonial, había llegado al extremo de hacer amistad con el nuevo párroco de la iglesia de Santa Ana, don Jacobo, un sacerdote burgalés de ideario relajado y maneras de boxeador retirado al que había contagiado su desmedida afición por el dominó. Fermín se batía con él en timbas históricas en el bar Almirall los domingos después de misa, y el sacerdote reía de buena gana cuando mi amigo le preguntaba, entre copa y copa de aromas de Montserrat, si sabía a ciencia cierta si las monjas tenían muslos y si de tenerlos eran tan mollares y mordisqueables como venía él sospechando desde la adolescencia.

—Va a conseguir usted que lo excomulguen —le reprendía mi padre—. Las monjas ni se miran ni se tocan.

—Pero si el mosén es casi más golfo que yo —protestaba Fermín—. Si no fuese por el uniforme...

Andaba yo recordando aquella discusión y tarareando al son de la trompeta del maestro Armstrong cuando oí que la campanilla que había sobre la puerta de la librería emitía su tibio tintineo y levanté la vista esperando encontrar a mi padre, que regresaba ya de su misión secreta, o a Fermín listo para incorporarse al turno de tarde.

—Buenos días —llegó una voz, grave y quebrada, desde el umbral de la puerta.

3

Al contraluz de la calle, su silueta semejaba un tronco azotado por el viento. El visitante vestía un traje oscuro de corte anticuado y dibujaba una figura torva apoyada en un bastón. Dio un paso al frente, cojeando visiblemente. La claridad de la lamparilla que reposaba sobre el mostrador desveló un rostro agrietado por el tiempo. El visitante me observó unos instantes, calibrándome sin prisa. Su mirada tenía algo de ave rapaz, paciente y calculadora.

—¿Es usted el señor Sempere?

—Yo soy Daniel. El señor Sempere es mi padre, pero no está en estos momentos. ¿Puedo ayudarle en algo?

El visitante ignoró mi pregunta y empezó a deambular por la librería examinándolo todo palmo a palmo con un interés rayano en la codicia. La cojera que le afligía hacía pensar que las lesiones que se ocultaban bajo aquellas ropas eran palabras mayores.

—Recuerdos de la guerra —dijo el extraño, como si me hubiese leído el pensamiento.

Lo seguí con la mirada en la inspección de la librería, sospechando dónde iba a soltar anclas. Tal y como había supuesto, el extraño se detuvo frente a la vitrina de ébano y cristal, reliquia fundacional de la librería en su primera encarnación allá por el año 1888, cuando el tatarabuelo Sempere, entonces un joven que acababa de regresar de sus aventuras como indiano por tierras del Caribe, había tomado prestado dinero para adquirir una antigua tienda de guantes y transformarla en una librería. Aquella vitrina, plaza de honor de la tienda, era donde tradicionalmente guardábamos los ejemplares más valiosos.

El visitante se aproximó lo suficiente a ella como para que su aliento se dibujase en el cristal. Extrajo unos lentes que se llevó a los ojos y procedió a estudiar el contenido de la vitrina. Su ademán me recordó a una comadreja escudriñando los huevos recién puestos en un gallinero.

—Bonita pieza —murmuró—. Debe de valer lo suyo.

—Es una antigüedad familiar. Mayormente tiene un valor sentimental —repuse, incomodado por las apreciaciones y valoraciones de aquel peculiar cliente que parecía tasar con la mirada hasta el aire que respirábamos.

Al rato guardó los lentes y habló con un tono pausado.

—Tengo entendido que trabaja con ustedes un caballero de reconocido ingenio.

Como no respondí inmediatamente, se volvió y me dedicó una de esas miradas que envejecen a quien las recibe.

—Como ve, estoy solo. Quizá si el caballero me dice qué título desea, con muchísimo gusto se lo buscaré.

El extraño esgrimió una sonrisa que parecía cualquier cosa menos amigable y asintió.

—Veo que tienen ustedes un ejemplar de *El conde de Montecristo* en esa vitrina.

No era el primer cliente que reparaba en aquella pieza. Le endosé el discurso oficial que teníamos para tales ocasiones.

—El caballero tiene muy buen ojo. Se trata de una edición magnífica, numerada y con láminas de ilustraciones de Arthur Rackham, proveniente de la biblioteca personal de un gran coleccionista de Madrid. Es una pieza única y catalogada.

El visitante escuchó con desinterés, centrando su atención en la consistencia de los paneles de ébano de la estantería y mostrando claramente que mis palabras le aburrían.

—A mí todos los libros me parecen iguales, pero me gusta el azul de esa portada —replicó con tono despreciativo—. Me lo quedaré.

En otras circunstancias hubiese dado un salto de alegría al poder colocar el que probablemente era el ejemplar más caro que había en toda la librería, pero había algo en la idea de que aquella edición fuese a parar a manos de aquel personaje que me revolvía el estómago. Algo me decía que si aquel tomo abandonaba la librería, nunca nadie iba a leer ni el primer párrafo.

—Es una edición muy costosa. Si el caballero lo

desea le puedo mostrar otras ediciones de la misma obra en perfecto estado y a precios más asequibles.

Las gentes con el alma pequeña siempre tratan de empequeñecer a los demás y el extraño, que intuí que hubiera podido ocultar la suya en la punta de un alfiler, me dedicó su más esforzada mirada de desdén.

—Y que también tienen la portada azul —añadí.

Ignoró la impertinencia de mi ironía.

—No, gracias. El que quiero es ése. El precio no me importa.

Asentí a regañadientes y me dirigí hacia la vitrina. Extraje la llave y abrí la puerta acristalada. Podía sentir los ojos del extraño clavados en mi espalda.

—Todo lo bueno siempre está bajo llave —comentó por lo bajo.

Tomé el libro y suspiré.

—¿Es coleccionista el caballero?

—Podría decirse que sí. Aunque no de libros.

Me volví con el ejemplar en la mano.

—¿Y qué colecciona el señor?

De nuevo, el extraño ignoró mi pregunta y extendió el brazo para que le entregase el libro. Tuve que resistir el impulso de regresar el libro a la vitrina y echar la llave. Mi padre no me habría perdonado que hubiese dejado pasar una venta así con los tiempos que corrían.

—El precio es de treinta y cinco pesetas —anuncié antes de tenderle el libro con la esperanza de que la cifra le hiciera cambiar de opinión.

Asintió sin pestañear y extrajo un billete de cien

pesetas del bolsillo de aquel traje que no debía de valer ni un duro. Me pregunté si no sería un billete falso.

—Me temo que no tengo cambio para un billete tan grande, caballero.

Le hubiese invitado a esperar un momento mientras corría al banco más próximo a buscar cambio y, también, a asegurarme de que el billete era auténtico, pero no quería dejarlo solo en la librería.

—No se preocupe. Es genuino. ¿Sabe cómo puede asegurarse?

El extraño alzó el billete al trasluz.

—Observe la marca de agua. Y estas líneas. La textura...

—¿El caballero es un experto en falsificaciones?

—Todo es falso en este mundo, joven. Todo menos el dinero.

Me puso el billete en la mano y me cerró el puño sobre él, palmeándome los nudillos.

—El cambio se lo dejo a cuenta para mi próxima visita —dijo.

—Es mucho dinero, señor. Sesenta y cinco pesetas...

—Calderilla.

—En todo caso le haré un recibo.

—Me fío de usted.

El extraño examinó el libro con un aire indiferente.

—Se trata de un obsequio. Le voy a pedir que hagan ustedes la entrega en persona.

Dudé un instante.

—En principio nosotros no hacemos envíos, pero en este caso con mucho gusto realizaremos personalmente la entrega sin cargo alguno. ¿Puedo preguntarle si es en la misma ciudad de Barcelona o...?

—Es aquí mismo —dijo.

La frialdad de su mirada parecía delatar años de rabia y rencor.

—¿Desea el caballero incluir alguna dedicatoria o alguna nota personal antes de que lo envuelva?

El visitante abrió el libro por la página del título con dificultad. Advertí entonces que su mano izquierda era postiza, una pieza de porcelana pintada. Extrajo una pluma estilográfica y anotó unas palabras. Me devolvió el libro y se dio media vuelta. Lo observé mientras cojeaba hacia la puerta.

—¿Sería tan amable de indicarme el nombre y la dirección donde desea que hagamos la entrega? —pregunté.

—Está todo ahí —dijo, sin volver la vista atrás.

Abrí el libro y busqué la página con la inscripción que el extraño había dejado de su puño y letra:

Para Fermín Romero de Torres, que regresó de entre los muertos y tiene la llave del futuro.

13

Oí entonces la campanilla de la entrada y, cuando miré, el extraño se había marchado.

Me apresuré hasta la puerta y me asomé a la calle. El visitante se alejaba cojeando, confundiéndose entre las siluetas que atravesaban el velo de bruma azul que barría la calle Santa Ana. Iba a llamarlo, pero me mordí la lengua. Lo más fácil hubiera sido dejarlo marchar sin más, pero el instinto y mi tradicional falta de prudencia y de sentido práctico pudieron conmigo.

4

Colgué el cartel de «cerrado» y eché la llave de la puerta, dispuesto a seguir al extraño entre el gentío. Sabía que si mi padre volvía y —para una vez que me dejaba solo y en medio de aquella sequía de ventas— descubría que había abandonado el puesto, me iba a caer una reprimenda, pero ya se me ocurriría alguna excusa por el camino. Preferí enfrentarme al genio leve de mi progenitor antes que tragarme la inquietud que me había dejado en el cuerpo aquel siniestro personaje y no saber a ciencia cierta cuál era la naturaleza de sus asuntos con Fermín.

Un librero de profesión tiene pocas ocasiones de aprender sobre el terreno el fino arte de seguir a un sospechoso sin ser descubierto. A menos que buena parte de sus clientes coticen en el ramo de los morosos, la mayoría de esas oportunidades se las brinda el catálogo de relatos policíacos y novelas de a peseta que hay en sus estanterías. El hábito no hace al monje, pero el crimen, o su presunción, hacen al detective, particularmente al aficionado.

Mientras seguía al extraño rumbo a las Ramblas

fui refrescando las nociones básicas, empezando por dejar una buena cincuentena de metros entre nosotros, camuflarme tras alguien de mayor corpulencia y tener siempre previsto un escondite rápido en un portal o una tienda en el caso de que el objeto de mi seguimiento se detuviese y echase la vista atrás sin previo aviso. Al llegar a las Ramblas el extraño cruzó al paseo central y puso rumbo al puerto. El paseo estaba trenzado con los tradicionales adornos navideños y más de un comercio había ataviado su escaparate con luces, estrellas y ángeles anunciadores de una bonanza que, si la radio lo decía, debía de ser cierta.

En aquellos años la Navidad todavía conservaba cierto aire de magia y misterio. La luz en polvo del invierno, la mirada y el anhelo de gentes que vivían entre sombras y silencios conferían a aquel decorado un leve perfume a verdad en el que, al menos los niños y los que habían aprendido a olvidar, aún podían creer.

Quizá por eso me pareció todavía más evidente que no había en toda esa quimera personaje menos navideño y fuera de registro que el extraño objeto de mis pesquisas. Cojeaba con lentitud y se detenía a menudo en alguno de los puestos de pajarería o floristería a admirar periquitos y rosas como si no los hubiese visto nunca. En un par de ocasiones se acercó a los quioscos de prensa que punteaban las Ramblas y se entretuvo en contemplar las portadas de periódicos y revistas y en voltear los carruseles de postales. Se diría que jamás había estado allí y que se comportaba como un niño o un turista que paseara por las Ramblas por primera vez, aunque los niños y los turistas suelen lucir ese aire de inocencia pasajera del que no sabe dónde pisa y aquel individuo no hubiera olido a inocencia ni con la bendición del niño Jesús, frente a cuya efigie cruzó a la altura de la iglesia de Belén.

Se detuvo entonces, aparentemente cautivado por una cacatúa de plumaje rosa pálido que le miraba de reojo desde una jaula en uno de los puestos de animales apostado frente a la bocacalle de Puertaferrisa. El extraño se acercó a la jaula como lo había hecho a la vitrina de la librería y empezó a murmurarle a la cacatúa unas palabras. El pájaro, un ejemplar cabezón y con envergadura de gallo capón con plumajes de lujo, sobrevivió al aliento sulfúrico del extraño y se aplicó con empeño y concentración, claramente interesado en lo que su visitante le estaba recitando. Por si había duda, la cacatúa asentía repetidamente con la cabeza y, visiblemente excitada, erguía una cresta de plumas rosas.

Transcurridos un par de minutos, el extraño, satisfecho con su intercambio aviario, prosiguió su camino. No habían transcurrido ni treinta segundos cuando, al cruzar yo frente a la pajarería, pude ver que se había producido una pequeña conmoción y que el dependiente, azorado, se estaba apresurando a cubrir la jaula de la cacatúa con una capucha de tela, ya que el ave se había puesto a repetir con perfecta dicción el pareado de *Franco, cabrito, no se te levanta el pito,* que no tuve duda alguna de dónde acababa de aprender. Al menos, el extraño mostraba cierto sentido del humor y convicciones de alto riesgo, lo que en aquella época era tan raro como las faldas por encima de la rodilla.

Distraído por el incidente, pensé que lo había perdido de vista, pero pronto detecté su silueta rebujada frente al escaparate de la joyería Bagués. Me adelanté con disimulo hasta una de las casetas de escribientes que flanqueaban la entrada al palacio de la Virreina y lo observé con detenimiento. Los ojos le brillaban como rubíes y el espectáculo de oro y gemas preciosas tras el cristal a prueba de balas parecía haberle despertado una lujuria que ni una hilera de coristas de La Criolla en sus años de gloria hubiera podido arrancarle.

—¿Una carta de amor, una instancia, un ruego a la excelencia de su elección, una espontánea nosotros-bien-por-la-presente para los parientes del pueblo, joven?

El amanuense residente en la caseta que había adoptado como escondite se había asomado por la garita como si se tratase de un sacerdote confesor y me miraba con ansias de ofrecerme sus servicios. El cartel sobre la ventanilla rezaba:

Oswaldo Darío de Mortenssen

Literato y Pensador.
Se escriben cartas de amor, peticiones,
testamentos, poemas, invictas, felicitaciones,
ruegos, esquelas, himnos, tesinas, súplicas,
instancias y composiciones varias
en todos los estilos y métricas.
Diez céntimos la frase (rimas extra).
Precios especiales a viudas, mutilados y menores.

—¿Qué me dice, joven? ¿Una carta de amor de esas que hacen que las mozas en edad de merecer empapen las enaguas con los efluvios del querer? Le hago precio especial porque es usted.

Le mostré el anillo de casado. El escribiente Oswaldo se encogió de hombros, impávido.

—Son tiempos modernos —argumentó—. Si supiera usted la de casados y casadas que pasan por aquí...

Releí el cartel, que tenía cierto eco familiar que no acertaba a situar.

—Su nombre me suena...

—Tuve tiempos mejores. Quizá de entonces.

—¿Es el de verdad?

—*Nom de plumme.* Un artista precisa un apelativo a la altura de su cometido. En mi partida de nacimiento reza Jenaro Rebollo, pero con semejante nombre quién le va a confiar a uno la composición de sus cartas de amor... ¿Qué responde a la oferta del día? ¿Marchando una carta de pasión y anhelo?

—En otra ocasión.

El amanuense asintió resignado. Siguió mi mirada y frunció el ceño, intrigado.

—Observando al cojo, ¿verdad? —dejó caer.

—¿Lo conoce usted? —pregunté.

—Hará una semana que lo veo pasar por aquí todos los días y pararse ahí enfrente del mostrador de la joyería a mirar embobado como si en vez de anillos y collares tuviesen expuesto el trasero de la Bella Dorita —explicó.

—¿Ha hablado alguna vez con él?

—Uno de los compañeros le pasó a limpio una carta el otro día; como le faltan dedos...

—¿Quién fue? —pregunté.

El amanuense me miró dudando, temiendo la pérdida de un posible cliente si me respondía.

—Luisito. El que está ahí enfrente, junto a Casa Beethoven, el que tiene cara de seminarista.

Le ofrecí unas monedas en agradecimiento, pero se negó a aceptarlas.

—Yo me gano la vida con la pluma, no con el pico. De eso ya andamos sobrados en este patio. Si algún día tiene usted alguna necesidad de tipo gramatical, aquí me tiene.

Me entregó una tarjeta en la que se reproducía su cartel anunciador.

—De lunes a sábado, de ocho a ocho —precisó—. Oswaldo, soldado de la palabra para servirle a usted y a su causa epistolar.

La guardé y le agradecí su ayuda.

—Que se le va el pichón —advirtió.

Me volví y pude ver que el extraño había reemprendido su camino. Me apresuré tras él y lo seguí Ramblas abajo hasta la entrada del mercado de la Boquería, donde se detuvo a contemplar el espectáculo de puestos y gentes que entraban y salían cargando o descargando ricas viandas. Lo vi cojear hasta la barra del bar Pinocho y auparse a uno de los taburetes con dificultad pero entusiasmo. Por espacio de media hora el extraño intentó dar cuenta de las delicias que le iba sirviendo el benjamín de la casa, Juanito, pero tuve la impresión de que su salud no le permitía grandes alardes y que más que nada comía por los ojos, como si al pedir tapas y platillos que no podía apenas probar recordase otros tiempos de mayor saque. El paladar no saborea, simplemente recuerda. Finalmente, resignado a su abstinencia gastronómica y al goce vicario de contemplar cómo otros degustaban y se relamían, el extraño pagó la cuenta y prosiguió su periplo hasta la entrada de la calle Hospital donde, por azares de la irrepetible geometría de Barcelona, convergían uno de los grandes teatros de la ópera de la vieja Europa y uno de los putiferios más tronados y revenidos del hemisferio norte.

5

A aquella hora la tripulación de varios navíos mercantes y buques militares atracados en el puerto se aventuraba Ramblas arriba a saciar apetitos de diversa índole. Vista la demanda, la oferta ya se había incorporado a la esquina en forma de un turno de damas de alquiler con aspecto de llevar un sustancial kilometraje encima y de ofrecer una bajada de bandera de lo más asequible. Reparé con aprensión en las faldas entalladas sobre varices y palideces purpúreas que dolían con sólo mirarlas, rostros ajados y un aire general de última parada antes del retiro que inspiraba de todo menos lascivia. Muchos meses en alta mar debía de llevar un marinero para picar aquel anzuelo, pensé, pero para mi sorpresa el extraño se detuvo a coquetear con un par de aquellas damas trituradas sin miramientos por muchas primaveras sin flor como si fuesen beldades de cabaret fino.

—Hala, *corasón*, que te quito yo veinte años de encima de una friega —oí decirle a una de ellas, que hubiera pasado por abuela del amanuense Oswaldo.

De una friega lo matas, pensé. El extraño, en un gesto de prudencia, declinó la invitación.

—Otro día, guapa —respondió adentrándose en el Raval.

Le seguí un centenar de metros más hasta que se detuvo frente a un portal angosto y oscuro que quedaba casi enfrente de la fonda Europa. Lo vi desaparecer en el interior y esperé medio minuto antes de seguirlo. Al cruzar el umbral encontré una escalera sombría que se perdía en las entrañas de aquel edificio que parecía escorado a babor y, teniendo en cuenta el hedor a humedad y sus dificultades con el alcantarillado, en un tris de hundirse en las catacumbas del Raval. A un lado del vestíbulo quedaba una suerte de garita donde un individuo de trazas grasientas ataviado con camiseta de tirantes, palillo en los labios y transistor sellado en una emisora de ámbito taurino me dedicó una mirada entre inquisitiva y hostil.

—¿Viene solo? —preguntó vagamente intrigado.

No hacía falta ser un lince para deducir que me encontraba a las puertas de un establecimiento de alquiler de habitaciones por horas y que la única nota discordante de mi visita era que no venía de la mano de una de las Venus de baratillo que patrullaban la esquina.

—Si quiere, le envío una chavala —ofreció preparándome ya el paquete de toalla, pastilla de jabón y lo que intuí que era una goma o algún que otro artículo de profilaxis *in extremis.*

—En realidad sólo quería hacerle una pregunta —empecé.

El portero puso los ojos en blanco.

—Son veinte pesetas la media hora y la potranca la pone usted.

—Tentador. Tal vez otro día. Lo que quería preguntarle es si acaba de subir un caballero hace un par de minutos. Mayor. No en muy buena forma. Venía solo. Sin potranca.

El portero frunció el ceño. Noté que su mirada me degradaba instantáneamente de cliente a mosca cojonera.

—Yo no he visto a nadie. Ande, lárguese antes de que avise al Tonet.

Supuse que el Tonet no debía de ser un personaje entrañable. Puse las monedas que me quedaban sobre el mostrador y sonreí al portero con aire conciliador. El dinero desapareció como si se tratase de un insecto y las manos tocadas con dedales de plástico del portero fuesen la lengua de un camaleón. Visto y no visto.

—¿Qué quieres saber?

—¿Vive aquí el caballero que le comentaba?

—Tiene alquilada una habitación desde hace una semana.

—¿Sabe cómo se llama?

—Pagó por adelantado un mes, así que no le pregunté.

—¿Sabe de dónde viene, a qué se dedica...?

—Esto no es un consultorio sentimental. Aquí, a la gente que viene a fornicar no le preguntamos nada. Y ése ni fornica. O sea, que haga números.

Reconsideré el asunto.

—Todo lo que sé es que de vez en cuando sale un rato y luego vuelve. A veces me pide que le haga subir una botella de vino, pan y algo de miel. Paga bien y no dice ni pío.

—¿Y seguro que no recuerda ningún nombre?

Negó.

—Está bien. Gracias y disculpe la molestia.

Me disponía a partir cuando el portero me llamó.

—Romero —dijo.

—¿Perdón?

—Me parece que dijo que se llama Romero o algo así...

—¿Romero de Torres?

—Eso.

—¿Fermín Romero de Torres? —repetí incrédulo.

—El mismo. ¿No había un torero que se llamaba así antes de la guerra? —preguntó el portero—. Ya decía yo que me sonaba de algo...

6

Rehíce mis pasos de regreso a la librería todavía más confundido de lo que lo había estado antes de salir. Al cruzar frente al palacio de la Virreina el escribiente Oswaldo me saludó con la mano.

—¿Suerte? —preguntó.

Negué por lo bajo.

—Pruebe con Luisito, que a lo mejor se acuerda de algo.

Asentí y me acerqué a la garita de Luisito, que en aquel momento estaba limpiando su colección de plumines. Al verme me sonrió y me invitó a tomar asiento.

—¿Qué va a ser? ¿Amor o trabajo?

—Me envía su colega Oswaldo.

—El maestro de todos nosotros —sentenció Luisito, que no debía de tener ni veinticinco años—. Un gran hombre de letras al que el mundo no le ha reconocido la valía y aquí le tiene, a pie de calle trabajando el verbo al servicio del analfabeto.

—Me comentaba Oswaldo que el otro día atendió

usted a un caballero mayor, cojo y bastante cascado al que le faltaba una mano y algunos dedos de la otra...

—Lo recuerdo. A los mancos siempre los recuerdo. Por lo cervantino, ¿sabe?

—Claro. ¿Y podría decirme cuál fue el asunto que le trajo aquí?

Luisito se agitó en su silla, incómodo con el giro que había tomado la conversación.

—Mire, esto es casi como un confesionario. La confidencialidad profesional prima ante todo.

—Me hago cargo. Ocurre que se trata de un tema grave.

—¿Cómo de grave?

—Lo suficiente como para amenazar el bienestar de personas que me son muy queridas.

—Ya, pero...

Luisito alargó el cuello y buscó la mirada del maestro Oswaldo al otro lado del patio. Vi que Oswaldo asentía y Luisito se relajaba.

—El señor trajo una carta que tenía escrita y que quería pasar a limpio y con buena letra, porque con su mano...

—Y la carta hablaba de...

—Apenas lo recuerdo, piense que aquí redactamos muchas cartas todos los días...

—Haga un esfuerzo, Luisito. Por lo cervantino.

—Yo creo, aun a riesgo de confundirme con la carta de otro cliente, que era algo relacionado con una suma de dinero importante que el caballero manco iba a recibir o a recuperar o algo así. Y no sé qué de una llave.

—Una llave.

—Eso. No especificó si era de paso, de artes marciales o la de una puerta.

Luisito me sonrió, visiblemente complacido con su pequeña aportación de ingenio y chanza a la conversación.

—¿Recuerda algo más?

Luisito se relamió los labios, pensativo.

—Dijo que veía la ciudad muy cambiada.

—¿Cambiada en qué sentido?

—No sé. Cambiada. Sin muertos por la calle.

—¿Muertos por la calle? ¿Eso dijo?

—Si la memoria no me falla...

7

Agradecí a Luisito la información y apreté el paso confiando en tener la suerte de llegar a la librería antes de que mi padre volviese de su recado y mi ausencia fuese detectada. El cartel de «cerrado» seguía en la puerta. Abrí, descolgué el cartel y me puse tras el mostrador convencido de que ni un solo cliente se había acercado durante los casi cuarenta y cinco minutos que había estado fuera.

A falta de trabajo, empecé a darle vueltas a lo que iba a hacer con el ejemplar de *El conde de Montecristo* y a cómo abordar el tema con Fermín cuando llegara a la librería. No quería alarmarle más de lo necesario, pero la visita del extraño y mi infructuoso intento de dilucidar qué se llevaba entre manos me habían dejado intranquilo. En cualquier otra ocasión le habría referido lo sucedido sin más, pero me dije que esta vez debía actuar con tacto. Fermín llevaba una temporada muy alicaído y con un humor de perros. Yo llevaba un tiempo intentando aligerarle el ánimo con mis pobres golpes de gracia, pero nada conseguía arrancarle la sonrisa.

—Fermín, no les quite tanto el polvo a los libros que dicen que pronto lo que se llevará ya no será la novela rosa sino la novela negra —le decía yo, en alusión al color con el que empezaban a referirse por entonces los comentaristas a las historias de crimen y castigo que nos llegaban con cuentagotas en traducciones mojigatas.

Fermín, lejos de responder con una sonrisa piadosa a tan lamentable chascarrillo, se agarraba a lo que fuera para iniciar una de sus apologías del desánimo y la náusea.

—En el futuro todas las novelas serán negras, porque si en esta segunda mitad de siglo carnicero va a haber un aroma dominante va a ser el de la falsedad y el crimen en calidad de eufemismo —sentenciaba.

Ya empezamos, pensé. El Apocalipsis según San Fermín Romero de Torres.

—Ya será menos, Fermín. Le tendría que dar a usted más el sol. Venía el otro día en el diario que la vitamina D incrementa la fe en el prójimo.

—También venía que no sé qué libraco de poemas de un ahijado de Franco es la sensación del panorama literario internacional, y sin embargo no lo venden en ninguna librería más allá de Móstoles —replicó.

Cuando Fermín se entregaba al pesimismo orgánico lo mejor era no darle carnaza.

—¿Sabe, Daniel? A veces pienso que Darwin se equivocó y que en realidad el hombre desciende del cerdo, porque en ocho de cada diez homínidos hay un chorizo esperando a ser descubierto —argumentaba.

—Fermín, me gusta más cuando expresa usted una visión más humanista y positiva de las cosas, como el otro día, cuando dijo aquello de que en el fondo nadie es malo, sino que sólo tiene miedo.

—Debió de ser una bajada de azúcar. Menuda memez.

El Fermín bromista que me gustaba recordar estaba en aquellos días en retirada y en su lugar parecía haber tomado su puesto un hombre atormentado por preocupaciones y malos vientos que no quería compartir. A veces, cuando él creía que nadie le veía, me parecía que se encogía por los rincones y que la angustia se lo comía por dentro. Había perdido peso y, habida cuenta de que casi todo en él era cartílago, su aspecto empezaba a ser preocupante. Se lo había comentado un par de veces, pero él negaba que hubiese problema alguno y escurría el bulto con excusas peregrinas.

—No es nada, Daniel. Es que desde que me ha dado por seguir la liga cada vez que pierde el Barça me baja la tensión. Un taquito de manchego y me pongo hecho un toro.

—¿Está seguro? Si usted no ha ido al fútbol en su vida.

—Eso es lo que usted se cree. Kubala y yo prácticamente crecimos juntos.

—Pues yo lo veo hecho una piltrafa. O está enfermo, o no se cuida usted nada.

Como respuesta me mostraba un par de bíceps como peladillas y sonreía como si vendiese dentífrico puerta a puerta.

—Toque, toque. Acero templado, como la espada del Cid.

Mi padre atribuía su baja forma al nerviosismo por la boda y todo lo que ello conllevaba, incluida la confraternización con el clero y la búsqueda de un restaurante o merendero en el que organizar el banquete, pero a mí me daba en la nariz que aquella melancolía tenía raíces más profundas. Me estaba debatiendo entre contarle lo sucedido aquella mañana y mostrarle el libro o esperar a un momento más propicio cuando le vi aparecer por la puerta arrastrando un semblante que no hubiera desentonado en un velatorio. Al verme esbozó una sonrisa débil y esgrimió un saludo militar.

—Dichosos los ojos, Fermín. Ya pensaba que no vendría.

—Me ha entretenido don Federico al pasar frente a la relojería con no sé qué chisme de que alguien había visto esta mañana al señor Sempere por la calle Puertaferrisa muy apañado y con rumbo desconocido. Don Federico y la boba de la Merceditas querían saber si se había echado una querida, que ahora se ve que eso da tono entre los comerciantes del barrio, y si la zagala es cupletera, pues todavía más.

—¿Y usted qué le ha contestado?

—Que su señor padre, en su viudedad ejemplar, ha revertido a un estado de virginidad primigenio que tiene intrigadísima a la comunidad científica y que le ha granjeado un expediente de precanonización exprés en el arzobispado. Yo la vida privada del señor Sempere no la comento con propios ni extraños porque no le incumbe a nadie más que a él. Y a quien intenta venirme con verdulerías le suelto un soplamocos y santas pascuas.

—Es usted un caballero de los de antes, Fermín.

—El que es de los de antes es su padre, Daniel. Porque, entre nosotros y que no salga de estas cuatro paredes, la verdad es que no le vendría mal echar una canita al aire de vez en cuando. Desde que no vendemos una escoba se pasa los días emparedado en la trastienda con ese libro egipcio de los muertos.

—Es el libro de contabilidad —corregí.

—Lo que sea. Y la verdad es que hace días que estoy pensando que tendríamos que llevárnoslo al Molino y luego de picos pardos porque, aunque el prócer para estos menesteres es más soso que una paella de berzas, creo yo que un encontronazo con una moza prieta y con buena circulación le iba a espabilar el tuétano —dijo Fermín.

—Mire quién fue a hablar. La alegría de la huerta. Si quiere que le diga la verdad, el que me preocupa es usted —protesté—. Hace días que parece una cucaracha metida en una gabardina.

—Pues mire usted, Daniel, símil certero el que me propone, porque aunque la cucaracha no tiene el palmito farandulero que requieren los cánones frívolos de esta sociedad bobalicona que nos ha tocado en suerte, tanto el infausto artrópodo como un servidor se caracterizan por un inigualable instinto de supervivencia, la voracidad desmedida y una libido leonina que no merma ni bajo condiciones de altísima radiación.

—Discutir con usted es imposible, Fermín.

—Es que el mío es un temple dialéctico y predispuesto a tocar la pera al menor asomo de falacia o papanatada, amigo mío, pero su padre es una florecilla tierna y delicada y creo que ha llegado la hora de tomar cartas en el asunto antes de que se fosilice del todo.

—¿Y qué cartas son ésas, Fermín? —cortó la voz de mi padre a nuestra espalda—. No me diga que me va a montar una merienda con la Rociíto.

Nos volvimos como dos colegiales sorprendidos con las manos en la masa. Mi padre, con escasos visos de florecilla tierna, nos observaba con severidad desde la puerta.

8

Y usted cómo sabe de la Rociíto? —murmuró Fermín, atónito.

Tan pronto como mi padre saboreó el susto que nos había dado, sonrió afablemente y nos guiñó un ojo.

—Me estaré fosilizando, pero todavía tengo el oído fino. El oído y la cabeza. Por eso he decidido que algo había que hacer para revitalizar el negocio —anunció—. Lo del Molino puede esperar.

Sólo entonces nos percatamos de que mi padre venía cargado con dos bolsas de considerable tamaño y una caja grande envuelta en papel de embalar y atada con cordel grueso.

—No me digas que vienes de atracar el banco de la esquina —pregunté.

—Los bancos los trato de evitar siempre que puedo, porque como bien dice Fermín normalmente son ellos los que te atracan a ti. De donde vengo es del mercado de Santa Lucía.

Fermín y yo intercambiamos una mirada de desconcierto.

—¿No me vais a ayudar? Esto pesa como un muerto.

Procedimos a descargar el contenido de las bolsas sobre el mostrador mientras mi padre deshacía el envoltorio de la caja. Las bolsas estaban repletas de pequeños objetos protegidos en papel de embalar. Fermín desenvolvió uno de ellos y se quedó mirando el contenido sin comprender.

—¿Y eso qué es? —pregunté.

—Yo diría que se trata de un jumento adulto a escala uno cien —respondió Fermín.

—¿El qué?

—Un borrico, asno o pollino, entrañable cuadrúpedo solípedo que con duende y aplomo puntea los paisajes de esta España nuestra, pero en miniatura, como los trenecillos de juguete esos que venden en Casa Palau —explicó Fermín.

—Es un burro de arcilla, una figurita para el belén —aclaró mi padre.

—¿Qué belén?

Por toda respuesta mi padre se limitó a abrir la caja de cartón y a extraer un monumental pesebre con luces que acababa de adquirir y que, intuí, pretendía colocar en el escaparate de la librería a modo de reclamo navideño. Fermín, entretanto, había ya desembalado varios bueyes, camellos, cerdos, patos, monarcas de oriente, unas palmeras, un san José y una Virgen María.

—Sucumbir al yugo del nacionalcatolicismo y sus subrepticias técnicas de adoctrinamiento mediante el despliegue de figuritas y leyendas turroneras no me parece la solución —sentenció Fermín.

—No diga bobadas, Fermín, que ésta es una tradición bonita y a la gente le gusta ver belenes por Navidad —cortó mi padre—. A la librería le faltaba la chispa de color y alegría que piden estas fechas. Eche un vistazo a todas las tiendas del barrio y verá que nosotros, en comparación, parecemos las pompas fúnebres. Ande, écheme una mano y lo montaremos en el escaparate. Y quite de la mesa todos esos tomos de la desamortización de Mendizábal, que asustan al más pintado.

—Acabáramos —murmuró Fermín.

Entre los tres conseguimos aupar el pesebre y poner las figuritas en posición. Fermín colaboraba de mala gana, frunciendo el ceño y buscando cualquier excusa para manifestar su objeción al proyecto.

—Señor Sempere, no es por faltar, pero este niño Jesús es tres veces más grande que su padre putativo y casi no cabe en la cuna.

—No pasa nada. Se les habían acabado los más pequeños.

—Pues a mí me da que al lado de la Virgen parece uno de esos luchadores japoneses con problemas de sobrepeso que llevan el pelo engominado y los calzoncillos ceñidos a la regatera.

—Se llaman luchadores de sumo —dije.

—Esos mismos —convino Fermín.

Mi padre suspiró, negando para sí.

—Y además mire esos ojos que tiene. Si parece que esté poseído.

—Ande, Fermín, cállese de una vez y enchufe el belén —ordenó mi padre, tendiéndole el cable.

Fermín, en uno de sus alardes de malabarista, consiguió escurrirse bajo la mesa que sostenía el pesebre y alcanzar el enchufe que quedaba en un extremo del mostrador.

—Y se hizo la luz —proclamó mi padre, contemplando entusiasmado el nuevo y resplandeciente belén de Sempere e Hijos.

»—Renovarse o morir —añadió complacido.

—Morir —murmuró Fermín por lo bajo.

No había pasado ni un minuto del alumbramiento oficial cuando una madre que llevaba de la mano a tres niños se detuvo frente al escaparate a admirar el pesebre y, tras un instante de duda, se aventuró a entrar en la librería.

—Buenas tardes —dijo—. ¿Tienen ustedes cuentos sobre las vidas de los santos?

—Por supuesto —respondió mi padre—. Permítame mostrarle la Colección Jesusín de mi Vida, que estoy seguro de que va a encantar a sus niños. Profusamente ilustrados y con prólogo de don José María Pemán, ahí es nada.

—Ay, qué bien. La verdad es que cuesta tanto encontrar hoy por hoy libros con un mensaje positivo, de esos que te hacen sentir a gusto, y sin tantos crímenes y muertes y ese tipo de cosas que no hay quien entienda... ¿No le parece?

Fermín puso los ojos en blanco. Estaba por abrir la boca cuando le retuve y lo arrastré lejos de la clienta.

—Diga usted que sí —convino mi padre mirándome por el rabillo del ojo e insinuándome con el gesto que mantuviese a Fermín maniatado y amordazado porque aquella venta no la íbamos a perder por nada del mundo.

Empujé a Fermín hasta la trastienda y me aseguré de que la cortina quedaba echada para dejar a mi padre lidiar con la operación con tranquilidad.

—Fermín, no sé qué mosca le habrá picado pero, aunque ya sé que a usted esto de los belenes no le convence y yo se lo respeto, si resulta que un niño Jesús tamaño apisonadora y cuatro marranos de arcilla le levantan el ánimo a mi padre y además nos meten clientes en la librería, le voy a pedir que aparque el púlpito existencialista y ponga cara de que está encantado, al menos en horario comercial.

Fermín suspiró y asintió, avergonzado.

—Si no es eso, amigo Daniel —dijo—. Perdóneme usted. Yo por hacer feliz a su padre y salvar la librería si hace falta hago el camino de Santiago en traje de luces.

—Basta con que le diga a mi padre que lo del belén le parece una buena idea y le siga la corriente.

Fermín asintió.

—Faltaría más. Luego le pediré disculpas al señor Sempere por mi salida de tono y como acto de contrición contribuiré con una figurita al belén para demostrar que a espíritu navideño no me ganan ni los grandes almacenes. Tengo un amigo en la clandestinidad que hace unos *caganers* de doña Carmen Polo de Franco con un acabado tan realista que pone la piel de gallina.

—Con un corderito o un rey Baltasar va que se mata.

—A sus órdenes, Daniel. Ahora, si le parece, haré algo útil y me pondré a abrir las cajas del lote de la viuda Recasens, que llevan ahí una semana criando polvo.

—¿Le echo una mano?

—No se preocupe. Usted a lo suyo.

Le observé dirigirse al almacén, que quedaba al fondo de la trastienda, y enfundarse la bata azul de faena.

—Fermín —empecé.

Se volvió a mirarme, solícito. Dudé un instante.

—Hoy ha pasado una cosa que quería contarle.

—Usted dirá.

—No sé muy bien cómo explicarlo, la verdad. Ha venido alguien preguntando por usted.

—¿Era guapa? —preguntó Fermín intentando fingir un aire de broma que no conseguía ocultar la sombra de inquietud en sus ojos.

—Era un caballero. Bastante cascado y un tanto extraño, a decir verdad.

—¿Ha dejado un nombre? —preguntó Fermín.

Negué.

—No. Pero ha dejado esto para usted.

Fermín frunció el ceño. Le tendí el libro que el visitante había adquirido un par de horas antes. Fermín lo aceptó y examinó la portada sin comprender.

—Pero ¿éste no es el Dumas que teníamos en la vitrina a siete duros?

Asentí.

—Ábralo por la primera página.

Fermín hizo lo que le pedía. Al leer la dedicatoria

le invadió una súbita palidez y tragó saliva. Cerró los ojos un instante y luego me miró en silencio. Me pareció que había envejecido cinco años en cinco segundos.

—Cuando se ha ido de aquí le he seguido —dije—. Lleva una semana viviendo en un *meublé* de mala muerte en la calle Hospital, frente a la fonda Europa, y por lo que he podido averiguar utiliza un nombre falso; el de usted, en realidad: Fermín Romero de Torres. He sabido por uno de los escribientes de la Virreina que hizo copiar una carta en la que aludía a una gran cantidad de dinero. ¿Le suena a usted algo de todo esto?

Fermín se iba encogiendo como si cada palabra de aquella historia fuese un palazo en la cabeza.

—Daniel, es muy importante que no vuelva a seguir usted a ese individuo ni hable con él. No haga nada. Manténgase alejado. Es muy peligroso.

—¿Quién es ese hombre, Fermín?

Fermín cerró el libro y lo ocultó tras unas cajas en uno de los estantes. Oteando en dirección a la tienda y asegurándose de que mi padre seguía ocupado con la clienta y no nos podía oír, se me acercó y me habló en voz muy baja.

—Por favor, no le cuente nada de esto a su padre ni a nadie.

—Fermín...

—Hágame ese favor. Se lo pido por nuestra amistad.

—Pero, Fermín.

—Por favor, Daniel. Aquí no. Confíe en mí.

Asentí a regañadientes y le mostré el billete de

cien con el que el extraño me había pagado. No hizo falta que le explicase de dónde había salido.

—Ese dinero está maldito, Daniel. Déselo a las monjas de la caridad o a un pobre que vea por la calle. O, mejor aún, quémelo.

Sin decir nada más procedió a quitarse la bata y a enfundarse su gabardina deshilachada y a calzarse una boina sobre aquella cabeza de cerilla que parecía una paellera fundida esbozada por Dalí.

—¿Se va ya?

—Dígale a su padre que me ha surgido un imprevisto. ¿Me hará ese favor?

—Claro, pero...

—Ahora no puedo explicárselo, Daniel.

Se agarró el estómago con una mano como si se le hubiesen anudado las tripas y empezó a gesticular con la otra como si quisiera atrapar palabras al vuelo que no conseguía que le aflorasen a los labios.

—Fermín, a lo mejor si me lo cuenta puedo ayudarle...

Fermín dudó un instante, pero luego negó en silencio y salió al vestíbulo. Lo seguí hasta el portal y lo vi partir bajo la llovizna, apenas un hombrecillo cargando con el mundo a hombros mientras la noche, más negra que nunca, se desplomaba sobre Barcelona.

9

Es un hecho científicamente comprobado que cualquier infante de pocos meses de vida sabe detectar con instinto infalible ese momento exacto de la madrugada en que sus padres han conseguido conciliar el sueño para elevar el llanto y evitar así que puedan descansar más de treinta minutos seguidos.

Aquélla, como casi todas las madrugadas, el pequeño Julián se despertó a eso de las tres de la mañana y no dudó en anunciar su vigilia a pleno pulmón. Abrí los ojos y me volví. A mi lado, Bea, reluciente de penumbra, se agitó con aquel despertar lento que permitía contemplar el dibujo de su cuerpo bajo las sábanas y murmuró algo incomprensible. Resistí el impulso natural de besarle el cuello y liberarla de aquel interminable camisón blindado que mi suegro, seguramente aposta, le había regalado por su cumpleaños y que no conseguía que se perdiera en la colada ni con malas artes.

—Ya me levanto yo —susurré besándola en la frente.

Bea respondió dándose la vuelta y cubriéndose la

cabeza con la almohada. Me detuve a saborear la curva de aquella espalda y su dulce descender, que ni todos los camisones del mundo habrían conseguido domar. Llevaba casi dos años casado con aquella prodigiosa criatura y todavía me sorprendía despertar a su lado sintiendo su calor. Empezaba a retirar la sábana y a acariciar la parte posterior de aquel muslo aterciopelado cuando la mano de Bea me clavó las uñas en la muñeca.

—Daniel, ahora no. El niño está llorando.

—Sabía que estabas despierta.

—Es difícil dormir en esta casa, entre hombres que no saben dejar de llorar o de magrearle el trasero a una pobre infeliz que no consigue juntar más de dos horas de sueño por noche.

—Tú te lo pierdes.

Me levanté y recorrí el pasillo hasta la habitación de Julián, en la parte de atrás. Poco después de la boda nos habíamos instalado en el ático del edificio donde estaba la librería. Don Anacleto, el catedrático de instituto que lo había ocupado durante veinticinco años, había decidido retirarse y volver a su Segovia natal a escribir poemas picantes a la sombra del acueducto y a estudiar la ciencia del cochinillo asado.

El pequeño Julián me recibió con un llanto sonoro y de alta frecuencia que amenazaba con perforarme el tímpano. Lo tomé en brazos y, tras olfatear el pañal y confirmar que, por una vez, no había moros en la costa, hice lo que haría todo padre novicio en su sano juicio: murmurarle tonterías y danzar dando saltitos ridículos alrededor de la habitación. Estaba en ese trance cuando descubrí a Bea contemplándome desde el umbral con desaprobación.

—Dame, que lo vas a despertar aún más.

—Pues él no se queja —protesté cediéndole el niño.

Bea lo tomó en sus brazos y le susurró una melodía al tiempo que lo mecía suavemente. Cinco segundos más tarde Julián dejó de llorar y esbozó aquella sonrisa embobada que su madre siempre conseguía arrancarle.

—Anda —dijo Bea en voz baja—. Ahora voy.

Expulsado de la habitación y tras haber quedado claramente demostrada mi ineptitud en el manejo de criaturas en edad de gatear, regresé al dormitorio y me tendí en la cama sabiendo que no iba a pegar ojo el resto de la noche. Un rato más tarde, Bea apareció por la puerta y se tendió a mi lado suspirando.

—Estoy que no me tengo en pie.

La abracé y permanecimos en silencio unos minutos.

—He estado pensando —dijo Bea.

Tiembla, Daniel, pensé. Bea se incorporó y se sentó en cuclillas sobre el lecho frente a mí.

—Cuando Julián sea algo mayor y mi madre pueda cuidarlo unas horas durante el día, creo que voy a trabajar.

Asentí.

—¿Dónde?

—En la librería.

La prudencia me aconsejó callar.

—Creo que os vendría bien —añadió—. Tu padre ya no está para echarle tantas horas y, no te ofendas, pero creo que yo tengo más mano con los clientes que tú y que Fermín, que últimamente me parece que asusta a la gente.

—Eso no te lo voy a discutir.

—¿Qué es lo que le pasa al pobre? El otro día me encontré a la Bernarda por la calle y se me echó a llorar. La llevé a una de las granjas de la calle Petritxol y después de atiborrarla a suizos me estuvo contando que Fermín está rarísimo. Al parecer desde hace unos días se niega a rellenar los papeles de la parroquia para la boda. A mí me da que ése no se casa ¿Te ha dicho algo?

—Alguna cosa he notado —mentí—. A lo mejor la Bernarda le está apretando demasiado...

Bea me miró en silencio.

—¿Qué? —pregunté al fin.

—La Bernarda me pidió que no se lo dijese a nadie.

—¿Que no dijeses el qué?

Bea me miró fijamente.

—Que este mes lleva retraso.

—¿Retraso? ¿Se le ha acumulado la faena?

Bea me miró como si fuese idiota y se me encendió la luz.

—*¿La Bernarda está embarazada?*

—Baja la voz, que vas a despertar a Julián.

—¿Está embarazada o no? —repetí, con un hilo de voz.

—Probablemente.

—¿Y lo sabe Fermín?

—No se lo ha querido decir todavía. Le da miedo que se dé a la fuga.

—Fermín nunca haría eso.

—Todos los hombres haríais eso si pudieseis.

Me sorprendió la aspereza en su voz, que rápidamente endulzó con una sonrisa dócil que no había quien se la creyera.

—Qué poco que nos conoces.

Se incorporó en la penumbra y, sin mediar palabra, se alzó el camisón y lo dejó caer a un lado de la cama. Se dejó contemplar unos segundos y luego, lentamente, se inclinó sobre mí y me lamió los labios sin prisa.

—Qué poco que os conozco —susurró.

10

Al día siguiente, el efecto reclamo del pesebre iluminado confirmó su eficacia y vi a mi padre sonreír por primera vez en semanas mientras anotaba algunas ventas en el libro de contabilidad. Desde primera hora de la mañana iban goteando algunos viejos clientes que hacía tiempo que no se dejaban ver por la librería y nuevos lectores que nos visitaban por primera vez. Dejé que mi padre los atendiese a todos con su mano experta y me di el gusto de verle disfrutar recomendándoles títulos, despertando su curiosidad e intuyendo sus gustos e intereses. Aquél prometía ser un buen día, el primero en muchas semanas.

—Daniel, habría que sacar las colecciones de clásicos ilustrados para niños. Las de ediciones Vértice, con el lomo azul.

—Me parece que están en el sótano. ¿Tienes tú las llaves?

—Bea me las pidió el otro día para bajar no sé qué cosas del niño. No me suena que me las devolviera. Mira en el cajón.

—Aquí no están. Subo un momento a casa a buscarlas.

Dejé a mi padre atendiendo a un caballero que acababa de entrar y que estaba interesado en adquirir un libro sobre la historia de los cafés de Barcelona y salí por la trastienda a la escalera. El piso que Bea y yo ocupábamos era alto y, amén de más luz, venía con subidas y bajadas de escaleras que tonificaban el ánimo y los muslos. Por el camino me crucé con Edelmira, una viuda del tercero que había sido bailarina y que ahora pintaba vírgenes y santos a mano en su casa para ganarse la vida. Demasiados años sobre las tablas del teatro Arnau le habían pulverizado las rodillas y ahora necesitaba agarrarse a la barandilla con las dos manos para negociar un simple tramo de escaleras, pero aun así siempre tenía una sonrisa en los labios y algo amable que decir.

—¿Cómo está la guapa de tu mujer, Daniel?

—No tan guapa como usted, doña Edelmira. ¿La ayudo a bajar?

Edelmira, como siempre, declinó mi oferta y me dio recuerdos para Fermín, que siempre la piropeaba y le hacía proposiciones deshonestas al verla pasar.

Cuando abrí la puerta del piso, el interior todavía olía al perfume de Bea y a esa mezcla de aromas que desprenden los niños y su *attrezzo.* Bea solía madrugar y sacaba a Julián de paseo en el flamante carrito Jané que nos había regalado Fermín y al que todos nos referíamos como *el Mercedes.*

—¿Bea? —llamé.

El piso era pequeño y el eco de mi voz regresó antes de que pudiese cerrar la puerta a mi espalda. Bea había salido ya. Me planté en el comedor intentando reconstruir el proceso mental de mi esposa y deducir dónde habría guardado las llaves del sótano. Bea era mucho más ordenada y metódica que yo. Empecé por repasar los cajones del mueble del comedor donde solía guardar recibos, cartas pendientes y monedas sueltas. De ahí pasé a las mesitas, fruteros y estanterías.

La siguiente parada fue la cocina, donde había una vitrina en la que Bea acostumbraba a poner notas y recordatorios. La suerte me fue esquiva y terminé en el dormitorio, de pie frente a la cama y mirando a mi alrededor con espíritu analítico. Bea ocupaba un setenta y cinco por ciento del armario, cajones y demás instalaciones del dormitorio. Su argumento era que yo siempre me vestía igual y que con un rincón del guardarropa tenía bastante. La sistemática de sus cajones era de una sofisticación que me sobrepasaba. Una cierta culpabilidad me asaltó al recorrer los espacios reservados de mi mujer pero, tras infaustos registros de todos los muebles a la vista, seguía sin encontrar las llaves.

«Reconstruyamos los hechos», me dije. Recordaba vagamente que Bea había dicho algo de bajar una caja con ropa de verano. Había sido un par de días atrás. Si no me fallaba la memoria, aquel día Bea llevaba el abrigo gris que le había regalado por nuestro primer aniversario. Sonreí ante mis dotes de deducción y abrí el armario para buscar el abrigo entre el vestuario de mi mujer. Allí estaba. Si todo lo aprendido leyendo a Conan Doyle y sus discípulos era correcto, las llaves de mi padre estarían en uno de los bolsillos de aquel abrigo. Hundí las manos en el derecho y di con dos monedas y un par de caramelos mentolados como los que regalaban en las farmacias. Procedí a inspeccionar el otro bolsillo y me complací en confirmar mi tesis. Mis dedos rozaron el manojo de llaves.

Y algo más.

Había una pieza de papel en el bolsillo. Extraje las llaves y, dudando, decidí sacar también el papel. Probablemente era una de las listas de recados que Bea solía prepararse para no olvidar detalle.

Al examinarlo con más atención vi que se trataba de un sobre. Una carta. Iba dirigida a Beatriz Aguilar y el matasellos la fechaba una semana atrás. Había sido enviada a la dirección de los padres de Bea, no al piso de Santa Ana. Le di la vuelta y, al leer el nombre del remitente, las llaves del sótano se me cayeron de la mano:

Pablo Cascos Buendía

Me senté en la cama y me quedé mirando aquel sobre, desconcertado. Pablo Cascos Buendía era el prometido de Bea en los días en que habíamos empezado a tontear. Hijo de una acaudalada familia que poseía varios astilleros e industrias en El Ferrol, aquel personaje, que nunca había sido santo de mi devoción ni yo de la suya, estaba por entonces haciendo el servicio militar como alférez. Desde que Bea le había escrito para romper su compromiso no había vuelto a saber de él. Hasta entonces.

¿Qué hacía una carta con fecha reciente del antiguo prometido de Bea en el bolsillo de su abrigo? El sobre estaba abierto, pero durante un minuto los escrúpulos me impidieron extraer la carta. Me di cuenta de que era la primera vez que espiaba a espaldas de Bea y estuve a punto de devolver la carta a su lugar y salir por pies de allí. Mi momento de virtud duró unos segundos. Todo asomo de culpabilidad y vergüenza se evaporó antes de llegar al final del primer párrafo.

Querida Beatriz:

Espero que te encuentres bien y que seas feliz en tu nueva vida en Barcelona. Durante estos meses no he recibido contestación a las cartas que te envié y a veces me pregunto si he hecho algo para que ya no quieras saber de mí. Comprendo que eres una mujer casada y con un hijo, y que es tal vez impropio que te escriba, pero tengo que confesarte que, por mucho que pase el tiempo, no consigo olvidarte, aunque lo he intentado, y no me da pudor admitir que sigo enamorado de ti.

Mi vida también ha tomado un nuevo rumbo. Hace un año empecé a trabajar como director comercial de una importante empresa editorial. Sé lo mucho que significaban los libros para ti y poder trabajar entre ellos me hace sentirme más cerca de ti. Mi despacho está en la delegación de Madrid, aunque viajo a menudo por toda España por motivos de trabajo.

Pienso en ti constantemente, en la vida que podríamos haber compartido, en los hijos que podríamos haber tenido juntos... Me pregunto todos los días si tu marido sabe hacerte feliz y si no te habrás casado con él forzada por las circunstancias. No puedo creer que la vida modesta que él pueda ofrecerte sea lo que tú deseas. Te conozco bien. Hemos sido compañeros y amigos, y no ha habido secretos entre nosotros. ¿Te acuerdas de aquellas tardes que pasamos juntos en la playa de San Pol? ¿Te acuerdas de los proyectos, de los sueños que compartimos, de las promesas que nos hicimos? Nunca me he sentido con nadie como contigo. Desde que rompimos nuestro noviazgo he salido con algunas chicas, pero ahora sé que ninguna se puede comparar a ti. Cada vez que beso otros labios pienso en los tuyos y cada vez que acaricio otra piel siento la tuya.

Dentro de un mes viajaré a Barcelona para visitar las oficinas de la editorial y tener una serie de conversaciones con el personal sobre una futura reestructuración de la empresa. La verdad es que podía haber solucionado esos trámites por correo y teléfono. El motivo real de mi viaje no es otro que la esperanza de poder verte. Sé que pensarás que estoy loco, pero prefiero que pienses eso a que creas que te he olvidado. Llego el día 20 de enero y estaré hospedado en el hotel Ritz de la Gran Vía. Por favor, te pido que nos veamos, aunque sólo sea un rato, para que me dejes decirte en persona lo que llevo en el corazón. He hecho una reserva en el restaurante del hotel para el día 21 a las dos. Estaré allí, esperándote. Si vienes me harás el hombre más feliz del mundo y sabré que mis sueños de recuperar tu amor tienen esperanzas.

Te quiere desde siempre,

PABLO

Por espacio de unos segundos me quedé allí, sentado en el lecho que había compartido con Bea apenas unas horas antes. Volví a meter la carta en el sobre y al levantarme sentí como si me acabasen de propinar un puñetazo en el estómago. Corrí al baño y vomité el café de aquella mañana en el lavabo. Dejé correr el agua fría y me mojé la cara. El rostro de aquel Daniel de dieciséis años al que le temblaban las manos la primera vez que acarició a Bea me observaba desde el espejo.

11

Cuando bajé de nuevo a la librería mi padre me lanzó una mirada inquisitiva y consultó su reloj de pulsera. Supuse que se preguntaba dónde había estado la última media hora, pero no dijo nada. Le tendí la llave del sótano, intentando no cruzar los ojos con él.

—Pero ¿no ibas tú a bajar a buscar los libros? —preguntó.

—Claro. Perdona. Ahora mismo voy.

Mi padre me observó de reojo.

—¿Estás bien, Daniel?

Asentí, fingiendo extrañeza ante su pregunta. Antes de darle ocasión de repetirla me encaminé al sótano a recoger las cajas que me había pedido. El acceso al sótano quedaba al fondo del vestíbulo del edificio. Una puerta metálica sellada con un candado situada bajo el primer tramo de escaleras daba a una espiral de peldaños que se perdían en la oscuridad y olían a humedad y a algo indeterminado que hacía pensar en tierra batida y flores muertas. Una pequeña hilera de bombillas de parpadeo anémico pendía del techo y confería al lugar un aire de refugio antiaéreo. Descendí las escaleras hasta el sótano y una vez allí palpé la pared en busca del interruptor.

Una bombilla amarillenta prendió sobre mi cabeza desvelando el contorno de lo que apenas era un trastero con delirios de grandeza. Las momias de viejas bicicletas sin dueño, cuadros velados de telarañas y cajas de cartón apiladas en estantes de madera reblandecida por la humedad formaban un retablo que no invitaba a pasar más tiempo del estrictamente necesario allí abajo. No fue hasta contemplar aquel panorama cuando comprendí lo extraño que era que Bea hubiese decidido descender a aquel lugar por voluntad propia en vez de pedirme a mí que lo hiciera. Escruté aquel laberinto de despojos y trastos y me pregunté qué otros secretos tendría escondidos allí.

Al darme cuenta de lo que estaba haciendo suspiré. Las palabras de aquella carta iban calando en mi mente como gotas de ácido. Me hice prometerme a mí mismo que no empezaría a hurgar entre las cajas buscando manojos de cartas perfumadas de aquel individuo. Hubiera traicionado mi promesa a los pocos segundos de no ser por que oí pasos descendiendo por la escalera. Alcé la vista y me encontré con Fermín, que contemplaba la escena con aire de náusea.

—Oiga, aquí huele a muerto y medio. ¿Quiere decir que no tendrán a la madre de la Merceditas embalsamada entre patrones de ganchillo en una de esas cajas?

—Ya que está aquí, ayúdeme a subir unas cajas que quiere mi padre.

Fermín se arremangó, listo para entrar en faena. Le señalé un par de cajas con el sello de la editorial Vértice y nos hicimos cada uno con una.

—Daniel, tiene usted peor cara que yo. ¿Le pasa algo?

—Serán los vapores del sótano.

Fermín no se dejó despistar por mi amago de broma. Dejé la caja en el suelo y me senté en ella.

—¿Puedo hacerle una pregunta, Fermín?

Fermín soltó su caja y también la adoptó de taburete. Lo miré dispuesto a hablar pero incapaz de arrastrar las palabras a mis labios.

—¿Problemas de alcoba? —preguntó.

Me sonrojé al comprobar lo bien que me conocía mi amigo.

—Algo así.

—¿La señora Bea, bendita sea entre todas las mujeres, tiene pocas ganas de guerra o al contrario demasiadas y usted a duras penas llega a cubrir los servicios mínimos? Piense que las mujeres, cuando tienen una criatura, es como si les hubiesen soltado en la sangre una bomba atómica de hormonas. Uno de los grandes misterios de la naturaleza es cómo es posible que no se vuelvan locas en los veinte segundos que siguen al parto. Todo esto lo sé porque la obstetricia, después del verso libre, es una de mis aficiones.

—No, no es eso. Que yo sepa.

Fermín me examinó extrañado.

—Tengo que pedirle que no cuente a nadie lo que voy a decirle.

Fermín se santiguó con solemnidad.

—Hace un rato, por accidente, he encontrado una carta en el bolsillo del abrigo de Bea.

Mi pausa no pareció impresionarle.

—¿Y?

—La carta era de su anterior prometido.

—¿El cascorro? Pero ¿ése no se había ido al Ferrol del Caudillo a protagonizar una espectacular carrera como niñato de papá?

—Eso creía yo. Pero resulta que a ratos libres escribe cartas de amor a mi mujer.

Fermín se levantó de un brinco.

—Me cago en la madre que lo parió —masculló más furioso que yo.

Saqué la carta del bolsillo y se la tendí. Fermín la olfateó antes de abrirla.

—¿Soy yo o este cabrito envía las cartas en papel perfumado? —preguntó.

—No me había fijado, pero no me extrañaría. El hombre es así. Lo bueno viene después. Lea, lea...

Fermín leyó murmurando y negando por lo bajo.

—Además de miserable y rastrero, este tío es un cursi de tomo y lomo. Eso del «besar otros labios» tendría que bastar para que pasara la noche en el calabozo.

Guardé la carta y arrastré la mirada por el suelo.

—¿No me dirá que sospecha de la señora Bea? —preguntó Fermín, incrédulo.

—No, claro que no.

—Mentiroso.

Me levanté y empecé a dar vueltas por el sótano.

—¿Y usted qué haría si encontrase una carta así en el bolsillo de la Bernarda?

Fermín lo meditó con mesura.

—Lo que haría es confiar en la madre de mi hijo.

—¿Confiar en ella?

Fermín asintió.

—No se ofenda, Daniel, pero tiene usted el problema clásico de los hombres que se casan con una fémina de bandera. La señora Bea, que para mí es y será una santa, está, en el vernáculo popular, para mojar pan y rebañar el plato con los dedos. En consecuencia, es previsible que crápulas, infelices, chulopiscinas y toda clase de gallitos al uso le vayan detrás. Con marido y niño o sin, porque eso al simio embutido en un traje que benévolamente llamamos homo sápiens le trae al pairo. Usted no se dará cuenta, pero yo me jugaría los calzones a que a su santa esposa le salen más moscas que a un tarro de miel en la Feria de Abril. Este cretino es simplemente un ave carroñera que tira piedras a ver si le da a algo. Hágame caso, que una mujer con la cabeza y las enaguas bien puestas a los de esa ralea los ve venir de lejos.

—¿Está usted seguro?

—La duda ofende. ¿Usted cree que si doña Beatriz quisiera hacerle el salto tendría que esperar a que un baboso de medio pelo le enviase boleros recalentados para camelársela? Si no le salen diez pretendientes cada vez que saca el niño y el palmito a pasear, no le sale ninguno. Hágame caso que sé de lo que hablo.

—Pues, ahora que lo dice usted, no sé si eso es mucho consuelo.

—Mire, lo que tiene que hacer es volver a poner esa carta en el bolsillo del abrigo donde la encontró y olvidarse del tema. Y no se le ocurra decirle nada a su señora al respecto.

—¿Eso es lo que haría usted?

—Lo que yo haría es ir en busca de ese cabestro y propinarle tamaña patada en las vergüenzas que cuando se las tuviesen que extirpar del cogote no le quedasen más ganas que de meterse a cartujo. Pero yo soy yo. Y usted es usted.

Sentí que la angustia se esparcía en mi interior como una gota de aceite en agua clara.

—No estoy seguro de que me haya ayudado usted, Fermín.

Se encogió de hombros y, levantando la caja, se perdió escaleras arriba.

Pasamos el resto de la mañana ocupados con los menesteres de la librería. Tras un par de horas dándole vueltas al tema de la carta llegué a la conclusión de que Fermín estaba en lo cierto. Lo que no acababa de dilucidar era si estaba en lo cierto respecto a lo de confiar y callar o a lo de ir a por aquel desgraciado y esculpirle una cara nueva. El calendario sobre el mostrador indicaba que estábamos a día 20 de diciembre. Tenía un mes para decidirme.

El día transcurrió animado y con ventas modestas pero constantes. Fermín no perdía ninguna oportunidad para alabarle a mi padre las glorias del belén y el acierto de aquel niño Jesús con trazas de levantador de pesas vasco.

—Como veo que está usted hecho un as de las ventas, me retiro a la trastienda a limpiar y preparar la colección que nos dejó en depósito la viuda el otro día.

Aproveché la coyuntura para seguir a Fermín hasta la trastienda y correr la cortina a mi espalda. Fermín me miró con cierta alarma y le ofrecí una sonrisa conciliadora.

—Si quiere le ayudo.

—Como guste, Daniel.

Por espacio de varios minutos empezamos a desembalar las cajas de libros y a ordenarlos en pilas por género, estado y tamaño. Fermín no despegaba los labios y evitaba mi mirada.

—Fermín...

—Ya le he dicho que no tiene que preocuparse por eso de la carta. Su señora no es una mujerzuela y el día que quiera dejarlo plantado, que Dios quiera que no sea nunca, se lo dirá a la cara y sin intrigas de serial.

—Mensaje recibido, Fermín. Pero no es eso.

Fermín alzó la vista con gesto de congoja, viéndome venir.

—He estado pensando que hoy después de cerrar podríamos irnos a cenar usted y yo —empecé—. Para hablar de nuestras cosas. De la visita del otro día. Y de eso que le preocupa, que me da en la nariz que está relacionado.

Fermín dejó el libro que estaba limpiando sobre la mesa. Me miró con desánimo y suspiró.

—Estoy metido en un lío, Daniel —murmuró al fin—. Un lío del que no sé cómo salirme.

Le puse la mano en el hombro. Bajo la bata, todo lo que se percibía era hueso y pellejo.

—Entonces permítame ayudarle. Entre dos estas cosas se ven más pequeñas.

Me miró, perdido.

—Seguro que de peores aprietos hemos salido usted y yo —insistí.

Sonrió con tristeza, poco convencido acerca de mi diagnóstico.

—Es usted un buen amigo, Daniel.

Ni la mitad de lo bueno que él se merecía, pensé.

12

Por aquel entonces Fermín aún vivía en la vieja pensión de la calle Joaquín Costa, donde me constaba de buena tinta que el resto de los realquilados, en estrecha y secreta colaboración con la Rociíto y sus hermanas de armas, le estaban preparando una despedida de soltero que iba a hacer historia. Fermín ya me esperaba en el portal cuando pasé a recogerlo pasadas las nueve.

—La verdad es que mucha hambre no tengo —anunció al verme.

—Lástima, porque había pensado que podíamos ir a Can Lluís —propuse—. Esta noche hay garbanzos cocidos y *cap i pota*...

—Bueno, tampoco hay que precipitarse —convino Fermín—. El buen yantar es como una moza en flor: no saber apreciarlo es de besugos.

Tomando como lema esa perla del anaquel de aforismos del eximio don Fermín Romero de Torres, bajamos dando un paseo hasta el que era uno de los restaurantes favoritos de mi amigo en toda Barcelona y en buena parte del mundo conocido. Can Lluís quedaba en el 49 de la calle de la Cera, en el umbral del solomillo del Raval. Enmarcado bajo una apariencia modesta y con cierto aire farandulero impregnado de los misterios de la vieja Barcelona, Can Lluís ofrecía una cocina exquisita, un servicio de libro de texto y una lista de precios que incluso Fermín o yo nos podíamos costear. Las noches entre semana solía juntarse allí una parroquia bohemia con gentes del teatro, las letras y otras criaturas del buen y mal vivir brindando mano a mano.

Al entrar nos encontramos cenando en la barra y hojeando el diario a un habitual de la librería, el profesor Alburquerque, sabio local, profesor de la Facultad de Letras y fino crítico y articulista que tenía allí su segunda casa.

—Qué caro de ver se hace usted, profesor —le dije al pasar a su lado—. A ver si nos hace alguna visita y repone existencias, que sólo de leer esquelas en *La Vanguardia* no vive el hombre.

—Ya me gustaría. Son las tesinas de las narices. De tanto leer las majaderías que me escriben estos niñatos que suben ahora creo que me está dando un principio de dislexia.

Entonces uno de los camareros le sirvió el postre: un rotundo flan que se mecía rebosando lágrimas de azúcar requemado y olía a vainilla fina.

—Eso se le pasa a su señoría con un par de cucharadas de ese portento —dijo Fermín—, si talmente parece el busto de doña Margarita Xirgu, con ese vaivén acaramelado.

El docto profesor contempló su postre a la luz de esa consideración y asintió embelesado. Dejamos al sabio saboreando las beldades azucaradas de la diva de la escena y nos refugiamos en una mesa esquinera en el comedor del fondo donde, al poco, nos sirvieron una opípara cena que Fermín se pulió con la voracidad y el ímpetu de una lima industrial.

—Creía que no tenía apetito —dejé caer.

—Es el músculo, que pide calorías —explicó Fermín mientras sacaba brillo al plato con el último trozo de pan que quedaba en la cesta, aunque a mí me pareció que era la pura ansiedad que le consumía.

Pere, el camarero que nos atendía, se acercó para ver cómo andaba todo y a la vista del destrozo que había hecho Fermín le tendió la carta de postres.

—¿Un postrecito para rematar la faena, maestro?

—Pues mira, no te diría que no a un par de flanes de la casa de esos que he visto antes, a ser posible con una guinda bien colorada en cada uno —dijo Fermín.

Pere asintió y nos contó que, al oír el dueño cómo había glosado Fermín la consistencia y el tirón metafórico de aquella receta, había decidido rebautizar los flanes como unas *margaritas.*

—Yo con un cortado tengo bastante —dije.

—Dice el jefe que a postre y cafés invita la casa —dijo Pere.

Alzamos las copas de vino en dirección al dueño, que estaba tras la barra conversando con el profesor Alburquerque.

—Buena gente —murmuró Fermín—. A veces se

olvida uno de que en este mundo no todos son miserables.

Me sorprendió la dureza y amargura de su tono.

—¿Por qué dice eso, Fermín?

Mi amigo se encogió de hombros. Al poco llegaron los dos flanes, balanceándose tentadores con dos guindas relucientes en la cima.

—Le recuerdo que dentro de unas semanas se casa usted y, entonces, se le habrán acabado las margaritas —bromeé.

—Pobre de mí —dijo Fermín—. Si soy todo boquilla. Ya no soy el de antes.

—Ninguno somos el de antes.

Fermín degustó su par de flanes con fruición.

—No sé ahora dónde leí una vez que en el fondo nunca hemos sido el de antes, que sólo recordamos lo que nunca sucedió... —dijo Fermín.

—Es del principio de una novela de Julián Carax —repuse.

—Es verdad. ¿Por dónde andará el amigo Carax? ¿No se lo pregunta usted nunca?

—Todos los días.

Fermín sonrió recordando nuestras aventuras de otros tiempos. Me señaló entonces el pecho con el dedo, adoptando un gesto inquisitivo.

—¿Aún le duele?

Me desabroché un par de botones de la camisa y le mostré la cicatriz que la bala del inspector Fumero había dejado al atravesarme el pecho aquel lejano día en las ruinas de El Ángel de Bruma.

—A ratos.

—Las cicatrices nunca se van, ¿verdad?

—Van y vienen, creo yo. Fermín, míreme a los ojos.

La mirada escurridiza de Fermín se posó en la mía.

—¿Me va a contar qué es lo que le pasa?

Dudó unos segundos.

—¿Sabía usted que la Bernarda está esperando? —preguntó.

—No —mentí—. ¿Es eso lo que le preocupa?

Fermín negó, apurando el segundo flan con la cucharilla y sorbiendo el azúcar quemado que había quedado.

—Ella no me lo ha querido decir todavía, la pobrecilla, porque está preocupada. Pero a mí me va a hacer el hombre más feliz del mundo.

Le miré con detenimiento.

—Pues si quiere que le diga la verdad, ahora mismo y así, de cerca, de feliz no tiene usted mucha pinta. ¿Es por la boda? ¿Le preocupa lo de pasar por la vicaría y todo eso?

—No, Daniel. La verdad es que me hace ilusión, aunque haya curas de por medio. Yo me casaría con la Bernarda todos los días.

—¿Entonces?

—¿Sabe usted la primera cosa que le piden a uno cuando quiere casarse?

—El nombre —dije sin pensar.

Fermín asintió lentamente. No se me había ocurrido pensar en aquello hasta entonces. De repente comprendí el dilema al que se enfrentaba mi buen amigo.

—¿Se acuerda usted de lo que le conté hace años, Daniel?

Lo recordaba perfectamente. Durante la guerra civil y gracias a los siniestros oficios del inspector Fumero, que por entonces y antes de fichar por los fascistas oficiaba de matarife a sueldo de los comunistas, mi amigo había ido a parar a la cárcel, donde estuvo a punto de perder la cordura y la vida. Cuando consiguió salir, vivo de puro milagro, decidió adoptar otra identidad y borrar su pasado. Moribundo, había tomado prestado un nombre que vio en un viejo cartel que anunciaba una corrida de toros en la Monumental. Así había nacido Fermín Romero de Torres, un hombre que inventaba su historia día a día.

—Por eso no quería usted rellenar los papeles de la parroquia —dije—. Porque no puede usted usar el nombre de Fermín Romero de Torres.

Fermín asintió.

—Mire, estoy seguro de que podemos encontrar el modo de conseguirle a usted unos papeles nuevos. ¿Se acuerda usted del teniente Palacios, que dejó la policía? Ahora da clases de educación física en un colegio de la Bonanova, pero alguna vez ha pasado por la librería y, hablando a lo tonto, un día me contó que existía todo un mercado subterráneo de nuevas identidades para gente que estaba volviendo al país después de pasar años fuera, y que él conocía a un individuo con un taller cerca de las Atarazanas que tenía contactos en la policía y que por cien pesetas le conseguía a uno una nueva cédula de identidad y la registraba en el ministerio.

—Ya lo sé. Se llamaba Heredia. Un artista.

—¿Llamaba?

—Lo encontraron flotando en el puerto hace un par de meses. Dijeron que se había caído de una golondrina mientras daba un paseo hasta el rompeolas. Con las manos atadas a la espalda. Humor del *fascio.*

—¿Lo conocía usted?

—Tuvimos nuestros tratos.

—Entonces sí tiene usted papeles que le acreditan como Fermín Romero de Torres...

—Heredia me los consiguió en el 39, hacia el final de la guerra. Entonces era más fácil, aquello era una olla de grillos y, cuando la gente se dio cuenta de que el barco se hundía, por dos duros te vendían hasta el escudo onomástico.

—Entonces, ¿por qué no puede utilizar su nombre?

—Porque Fermín Romero de Torres murió en 1940. Eran malos tiempos, Daniel, mucho peores que ahora. Ni un año duró el pobre.

—¿Murió? ¿Dónde? ¿Cómo?

—En la prisión del castillo de Montjuic. En la celda número 13.

Recordé la inscripción que el extraño había dejado para Fermín en el ejemplar de *El conde de Montecristo.*

Para Fermín Romero de Torres, que regresó
de entre los muertos y tiene la llave del futuro.
13

—Aquella noche sólo le conté una pequeña parte de la historia, Daniel.

—Creía que confiaba usted en mí.

—Yo a usted le confiaría mi vida con los ojos cerrados. No es eso. Si sólo le conté parte de la historia fue para protegerle.

—¿Protegerme? ¿A mí? ¿De qué?

Fermín bajó la mirada, hundido.

—De la verdad, Daniel..., de la verdad.

Segunda parte

DE ENTRE *los* MUERTOS

1

Barcelona, 1939

A los prisioneros nuevos los traían de noche, en coches o furgonetas negras que cruzaban la ciudad en silencio desde la comisaría de Vía Layetana sin que nadie reparase, o quisiera reparar, en ellos. Los vehículos de la Brigada Social ascendían la vieja carretera que escalaba la montaña de Montjuic y más de uno contaba que, al vislumbrar la silueta del castillo recortándose en lo alto contra las nubes negras que reptaban desde el mar, había sabido que nunca más volvería a salir de allí con vida.

La fortaleza estaba anclada en lo más alto de la roca, suspendida entre el mar al este, la alfombra de sombras que desplegaba Barcelona al norte, y la infinita ciudad de los muertos al sur, el viejo cementerio de Montjuic cuyo hedor escalaba la roca y se filtraba entre las grietas de la piedra y los barrotes de las celdas. En otros tiempos el castillo se había utilizado para bombardear la ciudad a cañonazos, pero, apenas unos meses después de la caída de Barcelona en enero y la derrota final en abril, la muerte anidaba allí en silencio y los barceloneses atrapados en la más larga noche de su historia preferían no alzar la vista al cielo para no reconocer la silueta de la prisión en lo alto de la colina.

A los presos de la policía política se les asignaba un número al entrar, normalmente el de la celda que iban a ocupar y en la que, probablemente, iban a morir. Para la mayoría de los inquilinos, como alguno de los carceleros gustaba de referirse a ellos, el viaje al castillo era sólo de ida. La noche que el inquilino número 13 llegó a Montjuic llovía con fuerza. Pequeñas venas de agua ennegrecida sangraban por los muros de piedra y el aire hedía a tierra removida. Dos oficiales lo escoltaron hasta una sala en la que no había más que una mesa metálica y una silla. Una bombilla desnuda pendía del techo y parpadeaba cuando el pulso del generador flojeaba. Allí permaneció cerca de media hora esperando de pie, con las ropas empapadas y bajo la vigilancia de un centinela armado con un fusil.

Finalmente se oyeron unos pasos, la puerta se abrió y entró un hombre joven que no debía de llegar a los treinta años. Vestía un traje de lana recién planchado y olía a colonia. No tenía el aspecto marcial de un militar de carrera ni de un oficial de policía. Sus rasgos eran suaves y su gesto amable. El prisionero pensó que afectaba maneras de señorito y que desprendía aquel aire condescendiente de quien se siente por encima del lugar que ocupa y del escenario que comparte. El rasgo de su semblante que más llamaba la atención eran sus ojos. Azules, penetrantes y afilados de codicia y recelo. Sólo en ellos, tras aquella fachada de estudiada elegancia y cordial ademán, se intuía su naturaleza.

Unos lentes redondos le agrandaban la mirada y el cabello engominado y peinado hacia atrás le confería un aire vagamente amanerado e incongruente con el siniestro decorado. El individuo tomó asiento en la silla tras el escritorio y desplegó una carpeta que portaba en la mano. Tras un somero análisis de su contenido, juntó las manos apoyando las yemas de los dedos bajo la barbilla y miró largamente al prisionero.

—Perdone, pero creo que se ha producido una confusión...

El culatazo en el estómago le cortó la respiración y el prisionero cayó al suelo hecho un ovillo.

—Habla sólo cuando el señor director te pregunte —indicó el centinela.

—En pie —ordenó el señor director, con voz tremulosa, todavía poco acostumbrada a mandar.

El prisionero consiguió ponerse en pie y enfrentó la mirada incómoda del señor director.

—¿Nombre?

—Fermín Romero de Torres.

El prisionero reparó en aquellos ojos azules y leyó en ellos desprecio y desinterés.

—¿Qué clase de nombre es ése? ¿Me tomas por tonto? Venga: nombre, el de verdad.

El prisionero, un hombrecillo enclenque, tendió sus papeles al señor director. El centinela se los arrancó dc la mano y los acercó a la mesa. El señor director echó un simple vistazo y chasqueó la lengua, sonriendo.

—Otro de los de Heredia... —murmuró antes de tirar los documentos a la papelera—. Estos papeles no valen. ¿Me vas a decir cómo te llamas o nos vamos a tener que poner serios?

El inquilino número 13 intentó formar unas palabras, pero le temblaban los labios y apenas fue capaz de balbucear algo inteligible.

—No tengas miedo, hombre, que nosotros no nos comemos a nadie. ¿Qué te han contado? Hay mucho rojo de mierda que se dedica a esparcir calumnias por ahí, pero aquí a la gente, si colabora, se la trata bien, como españoles. Venga, desnúdate.

El inquilino pareció dudar un instante. El señor director bajó la mirada, como si todo aquel trance le incomodase y sólo la tozudez del prisionero le retuviese allí. Un instante después el centinela le propinó un segundo culatazo, esta vez en los riñones, que volvió a derribarlo.

—Ya has oído al señor director. En porreta. No tenemos toda la noche.

El inquilino número 13 consiguió ponerse de rodillas y así se fue desprendiendo de las ropas ensangrentadas y sucias que lo cubrían. Una vez que estuvo completamente desnudo, el centinela le insertó el cañón del rifle bajo un hombro y le forzó a levantarse. El señor director alzó la vista del escritorio y esgrimió un gesto de disgusto al contemplar las quemaduras que le cubrían el torso, las nalgas y buena parte de los muslos.

—Parece que aquí el campeón es un viejo conocido de Fumero —comentó el centinela.

—Usted cállese —ordenó el señor director con escasa convicción.

Miró al prisionero con impaciencia y comprobó que estaba llorando.

—Venga, no llores y dime cómo te llamas.

El prisionero susurró de nuevo su nombre.

—Fermín Romero de Torres...

El señor director suspiró, hastiado.

—Mira, me estás empezando a agotar la paciencia. Quiero ayudarte y no me apetece tener que llamar a Fumero y decirle que estás aquí...

El prisionero empezó a gemir como un perro herido y a temblar tan violentamente que el señor director, a quien claramente desagradaba la escena y deseaba concluir el trámite cuanto antes, intercambió una mirada con el centinela y, sin mediar palabra, se limitó a anotar en el registro el nombre que le había dado el prisionero y a maldecir por lo bajo.

—Mierda de guerra —murmuró para sí cuando se llevaron al prisionero a su celda, arrastrándole desnudo por los túneles encharcados.

2

La celda era un rectángulo oscuro y húmedo con un pequeño agujero horadado en la roca por el que corría el aire frío. Los muros estaban recubiertos de muescas y marcas labradas por los antiguos inquilinos. Algunos anotaban sus nombres, fechas, o dejaban algún indicio de que habían existido. Uno de ellos se había entretenido en arañar crucifijos en la oscuridad, pero el cielo no parecía haber reparado en ello. Los barrotes que sellaban la celda eran de hierro herrumbroso y dejaban un velo de óxido en las manos.

Fermín se había acurrucado sobre un camastro, intentando cubrir su desnudez con un pedazo de tela harapienta que, supuso, hacía las veces de manta, colchón y almohada. La penumbra tenía un tinte cobrizo, como el aliento de una vela mortecina. Al rato, los ojos se acostumbraban a aquella tiniebla perpetua y el oído se afinaba para apreciar leves movimientos de cuerpos entre la letanía de goteras y ecos trazada por la corriente de aire que se filtraba del exterior.

Fermín llevaba media hora allí cuando reparó en

que en el otro extremo de la celda se apreciaba un bulto en la sombra. Se levantó y se aproximó lentamente para descubrir que se trataba de un saco de lona sucia. El frío y la humedad habían empezado a calarle los huesos y, aunque el olor que desprendía aquel fardo salpicado de manchas oscuras no invitaba a conjeturas felices, Fermín pensó que tal vez la saca contenía el uniforme de prisionero que nadie se había molestado en entregarle y, con suerte, alguna manta con la que guarecerse. Se arrodilló frente a la saca y deshizo el nudo que cerraba uno de los extremos.

Al retirar la lona, el trémulo resplandor de los candiles que parpadeaban en el corredor desveló lo que durante un momento tomó por el rostro de un muñeco, un maniquí como los que los sastres disponían en sus escaparates para lucir sus trajes. El hedor y la náusea le hicieron comprender que no se trataba de muñeco alguno. Cubriéndose la nariz y la boca con una mano, retiró el resto de la lona y se echó atrás hasta dar con el muro de la celda.

El cadáver parecía el de un adulto de edad indeterminada, entre cuarenta y setenta y cinco años de edad, que no debía de pesar más de cincuenta kilos. Una larga cabellera y una barba blanca le cubrían buena parte del esquelético torso. Sus manos huesudas, con uñas largas y retorcidas, parecían las garras de un pájaro. Tenía los ojos abiertos y las córneas parecían habérsele arrugado como frutas maduras. La boca estaba entreabierta y la lengua, hinchada y negruzca, había quedado trabada entre los dientes podridos.

—Quítele la ropa antes de que se lo lleven —llegó una voz desde la celda que quedaba al otro lado del corredor—. Nadie le va a dar a usted otra hasta el mes que viene.

Fermín auscultó la sombra y registró aquellos dos ojos brillantes que lo observaban desde el camastro de la otra celda.

—Sin miedo, que el pobre ya no puede hacerle daño a nadie —aseguró la voz.

Fermín asintió y se aproximó de nuevo al saco, preguntándose cómo iba a llevar a cabo la operación.

—Usted disculpe —le murmuró al difunto—. Descanse en paz y que Dios lo tenga en su gloria.

—Era ateo —informó la voz de la celda de enfrente.

Fermín asintió y se dejó de ceremoniales. El frío que inundaba el cubículo cortaba hasta el hueso y parecía insinuar que allí las cortesías estaban de más. Contuvo la respiración y se puso manos a la obra. La ropa olía igual que el muerto. El rígor mortis había empezado a extenderse por el cuerpo y la tarea de desnudar el cadáver resultó más difícil de lo que había supuesto. Tras desplumar al difunto de sus galas, Fermín procedió a cubrirlo de nuevo con el saco y a cerrarlo con un nudo marinero con el que no hubiera podido lidiar ni el gran Houdini. Finalmente, ataviado con aquella muda deshilachada y pestilente, Fermín se recogió de nuevo sobre el camastro y se preguntó cuántos usuarios habrían vestido aquel mismo uniforme.

—Gracias —dijo al fin.

—No se merecen —respondió la voz al otro lado del corredor.

—Fermín Romero de Torres, para servirle a usted.

—David Martín.

Fermín frunció el ceño. El nombre le resultaba familiar. Estuvo barajando recuerdos y ecos por espacio de casi cinco minutos cuando se le encendió la luz y recordó tardes robadas en un rincón de la biblioteca del Carmen devorando una serie de libros con portadas y títulos subidos de tono.

—¿Martín, el escritor? ¿El de *La Ciudad de los Malditos*?

Un suspiro en la sombra.

—Ya nadie respeta los pseudónimos en este país.

—Disculpe la indiscreción. Es que mi devoción por sus libros era escolástica, y de ahí que me conste que era usted quien sostenía la pluma del insigne Ignatius B. Samson...

—Para servirle a usted.

—Pues mire, señor Martín, es un placer conocerle a usted aunque sea en estas infaustas circunstancias, porque yo hace años que soy gran admirador suyo y...

—A ver si nos callamos, tortolitos, que aquí hay gente intentando dormir —bramó una voz agria que parecía venir de la celda contigua.

—Ya habló la alegría de la casa —atajó una segunda voz, algo más lejana en el corredor—. No le haga ni caso, Martín, que aquí se duerme uno y se lo comen vivo las chinches, empezando por la pudenda. Ande, Martín, ¿por qué no nos cuenta una historia? Una de las de Chloé...

—Eso, para que te la menees como un mico —replicó la voz hostil.

—Amigo Fermín —informó Martín desde su celda—. Tengo el gusto de presentarle al número 12, al que todo le parece mal, sea lo que sea, y al número 15, insomne, culto e ideólogo oficial de la galería. El resto habla poco, sobre todo el número 14.

—Hablo cuando tengo algo que decir —intervino una voz grave y helada que Fermín supuso que debía de pertenecer al número 14—. Si todos aquí hiciésemos lo mismo, tendríamos las noches en paz.

Fermín consideró tan particular comunidad.

—Buenas noches a todos. Mi nombre es Fermín Romero de Torres y es un placer conocerles.

—El placer es todo suyo —replicó el número 12.

—Bienvenido y espero que su estancia sea breve —dijo el número 14.

Fermín echó otro vistazo al saco que albergaba el cadáver y tragó saliva.

—Ése era Lucio, el anterior número 13 —explicó Martín—. No sabemos nada de él porque el pobre era mudo. Una bala le voló la laringe en el Ebro.

—Lástima que fuese el único —repuso el número 19.

—¿De qué murió? —preguntó Fermín.

—Aquí se muere uno de estar —respondió el número 12—. No hace falta mucho más.

3

La rutina ayudaba. Una vez al día, durante una hora, conducían a los prisioneros de las dos primeras galerías al patio del foso para que les diese el sol, la lluvia o lo que se terciase. La comida era un tazón medio lleno de un engrudo frío, grasiento y grisáceo de naturaleza indeterminada y gusto rancio al que pasados unos días, y con los calambres del hambre en el estómago, uno acababa acostumbrándose. Se repartía a media tarde y con el tiempo los prisioneros aprendían a anhelar su llegada.

Una vez al mes los prisioneros entregaban sus ropas sucias y recibían otras que, en principio, habían sido sumergidas durante un minuto en un caldero con agua hirviendo, aunque las chinches no parecían haber recibido confirmación de aquel extremo. Los domingos se oficiaba una misa de recomendada asistencia que nadie se atrevía a perderse porque el cura pasaba lista y si faltaba algún nombre lo apuntaba. Dos ausencias se traducían en una semana de ayuno. Tres, vacaciones de un mes en una de las celdas de aislamiento que había en la torre.

Las galerías, patio y espacios que transitaban los prisioneros estaban fuertemente vigilados. Un cuerpo de centinelas armados de fusiles y pistolas patrullaba la prisión y, cuando los internos estaban fuera de sus celdas, era imposible mirar en cualquier dirección y no ver por lo menos a una docena de ellos ojo avizor y arma a punto. A ellos se les unían, de forma menos amenazante, los carceleros. Ninguno de ellos tenía aspecto de militar y la opinión generalizada entre los presos era que se trataba de un grupo de infelices que no había podido encontrar mejor empleo en aquellos días de miseria.

Cada galería tenía asignado un carcelero que, armado de un manojo de llaves, hacía turnos de doce horas sentado en una silla al extremo del corredor. La mayoría evitaba confraternizar con los prisioneros, o incluso dirigirles la palabra o la mirada más allá de lo estrictamente necesario. El único que suponía una excepción era un pobre diablo al que apodaban Bebo y que había perdido un ojo en un bombardeo aéreo cuando era vigilante nocturno en una fábrica del Pueblo Seco.

Se decía que Bebo tenía un hermano gemelo preso en alguna cárcel de Valencia y que, tal vez por eso, trataba con cierta amabilidad a los reclusos y, cuando nadie lo veía, les daba agua potable, algo de pan seco o lo que fuera que podía arañar de entre el botín en el que los centinelas convertían los envíos de las familias de los presos. A Bebo le gustaba arrastrar su silla hasta las proximidades de la celda de David Martín y escuchar las historias que a veces el escritor les contaba a los demás presos. En aquel particular infierno, Bebo era lo más parecido a un ángel.

Lo habitual era que, tras la misa de los domingos, el señor director dirigiese unas palabras edificantes a los presos. Todo lo que se sabía de él era que su nombre era Mauricio Valls y que antes de la guerra había sido un modesto aspirante a literato que trabajaba como secretario y correveidile de un autor local de cierto renombre y eterno rival del malogrado don Pedro Vidal. A ratos libres mal traducía clásicos del griego y del latín, editaba junto con un par de almas gemelas un panfleto de alta ambición cultural y baja circulación, y organizaba tertulias de salón donde un batallón de eminencias afines deploraba el estado de las cosas y profetizaba que si algún día ellos agarraban la sartén por el mango el mundo iba a ascender al olimpo.

Su vida parecía encaminada a esa existencia gris y amarga de los mediocres a quienes Dios, en su infinita crueldad, ha bendecido con los delirios de grandeza y la soberbia de los titanes. Sin embargo, la guerra había reescrito su destino al igual que el de tantos y su suerte había cambiado cuando, en un trance a medio camino entre la casualidad y el braguetazo, Mauricio Valls, enamorado hasta entonces tan sólo de su prodigioso talento y su exquisito refinamiento, había contraído matrimonio con la hija de un poderoso industrial cuyos tentáculos sostenían buena parte del presupuesto del general Franco y sus tropas.

La novia, ocho años mayor que Mauricio, estaba postrada en una silla de ruedas desde los trece, carcomida por una enfermedad congénita que le devoraba los músculos y la vida. Ningún hombre la había mirado jamás a los ojos ni la había tomado de la mano para decirle que era hermosa y preguntarle su nombre. Mauricio, que como todos los literatos sin talento era en el fondo un hombre tan práctico como vanidoso, fue el primero y el último en hacerlo, y un año después la pareja contraía matrimonio en Sevilla con la asistencia estelar del general Queipo de Llano y otras lumbreras del aparato nacional.

—Usted hará carrera, Valls —le pronosticó el mismísimo Serrano Súñer en una audiencia privada en Madrid a la que Valls había acudido a mendigar el puesto de director de la Biblioteca Nacional.

»España vive momentos difíciles y todo español bien nacido debe arrimar el hombro para contener las hordas del marxismo, que ambicionan corromper nuestra reserva espiritual —anunció el cuñado del Caudillo, flamante en su uniforme de almirante de opereta.

—Cuente conmigo, su excelencia —se ofreció Valls—. Para lo que sea.

«Lo que sea» resultó ser un puesto de director, pero no de la prodigiosa Biblioteca Nacional, como él deseaba, sino de un penal de lúgubre reputación aupado sobre un peñasco que sobrevolaba la ciudad de Barcelona. La lista de allegados y paniaguados por colocar en puestos de prestigio era larga y prolija, y Valls, pese a sus empeños, estaba en el tercio inferior.

—Tenga paciencia, Valls. Sus esfuerzos se verán recompensados.

Aprendió así Mauricio Valls su primera lección en el complejo arte nacional de maniobrar y ascender tras cualquier cambio de régimen: miles de acólitos y convertidos se habían incorporado a la escalada y la competencia era durísima.

4

Ésa era, al menos, la leyenda. Este cúmulo no confirmado de sospechas, conjeturas y rumores de tercera mano había llegado a oídos de los presos gracias a las malas artes del anterior director, depuesto tras apenas dos semanas al mando y envenenado de resentimiento contra aquel advenedizo que venía a robarle el título por el que había estado luchando toda la guerra. El saliente carecía de conexiones familiares y arrastraba el fatídico precedente de haber sido sorprendido ebrio y profiriendo comentarios jocosos sobre el Generalísimo de todas las Españas y su sorprendente parecido con Pepito Grillo. Antes de que lo sepultaran en un puesto de subdirector de una prisión en Ceuta, se había dedicado a echar pestes sobre don Mauricio Valls a quien quisiera oírlas.

Lo que estaba más allá de toda duda era que a nadie se le permitía referirse a Valls bajo ningún otro apelativo que el de señor director. La versión oficial, promulgada por él mismo, contaba que don Mauricio era un hombre de letras de reconocido prestigio, poseedor de un cultivado intelecto y una fina erudición cosechada durante sus años de estudios en París y que, más allá de aquella estancia temporal en el sector penitenciario del régimen, tenía por destino y misión, con la ayuda de un selecto círculo de intelectuales afines, educar al pueblo llano de aquella España diezmada y enseñarle a pensar.

Sus discursos a menudo incluían extensas citas de los escritos, poemas o artículos pedagógicos que asiduamente publicaba en la prensa nacional sobre literatura, filosofía y el necesario renacimiento del pensamiento en Occidente. Si los presos aplaudían con fuerza al término de estas sesiones magistrales, el señor director tenía un gesto magnánimo y los carceleros repartían cigarrillos, velas o algún otro lujo de entre el lote de donaciones y paquetes que enviaban las familias a los presos. Los artículos más apetecibles habían sido previamente confiscados por los carceleros, que se los llevaban a casa o a veces los vendían entre los internos, pero menos daba una piedra.

Los fallecidos por causa natural o vagamente inducida, normalmente de uno a tres por semana, se recogían a medianoche, excepto los fines de semana o fiestas de guardar; entonces el cadáver permanecía en la celda hasta el lunes o el siguiente día laborable, habitualmente haciendo compañía al nuevo inquilino. Cuando los presos daban la voz de que uno de sus compañeros había pasado a mejor vida, un carcelero se acercaba, comprobaba el pulso o la respiración y lo metía en uno de los sacos de lona que se usaban para tal fin. Una vez atado el saco, yacía en la celda a la espera de que las pompas fúnebres del contiguo cementerio de Montjuic pasaran a recogerlo. Nadie sabía qué hacían con ellos y, cuando se lo habían preguntado a Bebo, éste se había negado a contestar y había bajado la mirada.

Cada quince días se celebraba un juicio militar sumarísimo y a los condenados se los fusilaba al alba. A veces el pelotón de fusilamiento no acertaba a alcanzar algún órgano vital a causa del mal estado de los fusiles o de la munición y los lamentos de agonía de los fusilados caídos en el foso se oían durante horas. En alguna ocasión se oía una explosión y los gritos se silenciaban de golpe. La teoría que circulaba entre los presos era que alguno de los oficiales los había rematado con una granada, pero nadie estaba seguro de que aquélla fuese la explicación.

Otro de los rumores que circulaba entre los presos era que el señor director solía recibir a mujeres, hijas, novias o incluso tías y abuelas de los presos en su despacho los viernes por la mañana. Desprovisto de su anillo de casado, que confinaba en el primer cajón de su escritorio, escuchaba sus súplicas, sopesaba sus ruegos, ofrecía un pañuelo para sus llantos, y aceptaba sus regalos y favores de otra índole, otorgados bajo la promesa de mejor alimentación y trato o de la revisión de turbias sentencias que nunca llegaban a resolución alguna.

En otras ocasiones, Mauricio Valls simplemente les servía pastas de té y un vaso de moscatel y, si pese a las miserias de la época y a la mala nutrición aún estaban de buen ver y pellizcar, les leía algunos de sus escritos, les confesaba que su matrimonio con una enferma era un calvario de santidad, se deshacía en palabras sobre lo mucho que detestaba su puesto de carcelero y les contaba la humillación que suponía que hubiesen confinado a un hombre de tan alta cultura, refinamiento y exquisitez a aquel puesto trapacero cuando su destino natural era formar parte de las élites del país.

Los veteranos del lugar aconsejaban no mentar al señor director y, a ser posible, no pensar en él. La mayoría de los presos preferían hablar de las familias que habían dejado atrás, de sus mujeres y de la vida que recordaban. Algunos tenían fotos de novias o esposas que atesoraban y defendían con la vida si alguien trataba de arrebatárselas. Más de un preso le había explicado a Fermín que lo peor eran los primeros tres meses. Luego, una vez que se perdía toda esperanza, el tiempo empezaba a correr de prisa y los días sin sentido adormecían el alma.

5

Los domingos, después de misa y del discurso del señor director, algunos presos se congregaban en un rincón soleado del patio a compartir algún cigarrillo y a escuchar las historias que, cuando tenía la cordura necesaria, les contaba David Martín. Fermín, que las conocía casi todas porque había leído la serie entera de *La Ciudad de los Malditos*, se les unía y dejaba volar la imaginación. Pero a menudo Martín no parecía estar en condiciones de contar ni hasta cinco, así que los demás le dejaban en paz mientras él se ponía a hablar solo por los rincones. Fermín le observaba con detenimiento y a veces le seguía de cerca, porque había algo en aquel pobre diablo que le encogía el alma. Fermín, con sus artes e intrigas malabares, intentaba conseguirle cigarrillos o incluso unos terrones de azúcar, que le encantaban.

—Fermín, es usted un buen hombre. Trate de disimularlo.

Martín llevaba siempre consigo una vieja fotografía que le gustaba contemplar durante largos ratos. En ella aparecía un caballero vestido de blanco con una niña de unos diez años de la mano. Ambos estaban contemplando el crepúsculo en la punta de un pequeño muelle de madera que se adentraba sobre una playa como una pasarela tendida sobre aguas transparentes. Cuando Fermín le preguntaba por la fotografía, Martín guardaba silencio y se limitaba a sonreír antes de guardar la imagen en un bolsillo.

—¿Quién es la muchacha de la foto, señor Martín?

—No estoy seguro, Fermín. La memoria me falla a veces. ¿No le pasa a usted?

—Claro. Nos pasa a todos.

Se rumoreaba que Martín no estaba del todo en sus cabales, pero al poco de empezar a tratarle Fermín había comenzado a sospechar que el pobre estaba todavía más ido de lo que el resto de los prisioneros suponían. A ratos sueltos estaba más lúcido que nadie, pero a menudo no parecía comprender dónde se encontraba y hablaba de lugares y de personas que a todas luces existían sólo en su imaginación o en su recuerdo.

Con frecuencia Fermín se despertaba de madrugada y podía oír a Martín hablando en su celda. Si se aproximaba sigilosamente a los barrotes y afinaba el oído, podía escuchar nítidamente cómo Martín discutía con alguien a quien llamaba «señor Corelli» y que, a tenor de las palabras que intercambiaba con él, parecía un personaje notablemente siniestro.

Una de aquellas noches, Fermín había encendido lo que le quedaba de su última vela y la había alzado en dirección a la celda de enfrente para cerciorarse de que Martín estaba solo y de que ambas voces, la suya y la del tal Corelli, provenían de los mismos labios. Martín caminaba en círculos por su celda y, cuando su mirada se cruzó con la de Fermín, a éste le resultó evidente que su compañero de galería no lo veía y que se comportaba como si los muros de aquella prisión no existiesen y su conversación con aquel extraño caballero tuviera lugar muy lejos de allí.

—No le haga ni caso —murmuró el número 15 desde la sombra—. Cada noche hace lo mismo. Está como un cencerro. Dichoso él.

A la mañana siguiente, cuando Fermín le preguntó acerca del tal Corelli y de sus conversaciones de medianoche, Martín le miró con extrañeza y se limitó a sonreír confundido. En otra ocasión en que no podía conciliar el sueño a causa del frío, Fermín se acercó de nuevo a los barrotes y escuchó a Martín hablando con uno de sus amigos invisibles. Aquella noche Fermín se atrevió a interrumpirle.

—¿Martín? Soy Fermín, el vecino de enfrente. ¿Está usted bien?

Martín se acercó a los barrotes y Fermín puedo ver que tenía el rostro lleno de lágrimas.

—¿Señor Martín? ¿Quién es Isabella? Estaba usted hablando de ella hace un momento.

Martín le miró largamente.

—Isabella es lo único bueno que queda en este mundo de mierda —respondió con una aspereza inusual en él—. Si no fuera por ella, valdría la pena prenderle fuego y dejar que ardiese hasta que no quedasen ni las cenizas.

—Perdone, Martín. No lo quería molestar.

Martín se retiró hacia las sombras. Al día siguiente lo encontraron temblando sobre un charco de sangre. Bebo se había quedado dormido en su silla y Martín había aprovechado para rasparse las muñecas contra la piedra hasta abrirse las venas. Cuando se lo llevaron en la camilla estaba tan pálido que Fermín creía que no iba a volver a verlo.

—No se preocupe por su amigo, Fermín —dijo el número 15—. Si fuese otro, iba directo al saco, pero a Martín el señor director no lo deja morir. Nadie sabe por qué.

La celda de David Martín estuvo vacía cinco semanas. Cuando Bebo le trajo, en brazos y enfundado en un pijama blanco como si fuese un niño, llevaba los brazos vendados hasta los codos. No se acordaba de nadie y pasó su primera noche hablando solo y riéndose. Bebo colocó su silla frente a los barrotes y estuvo pendiente de él toda la noche, pasándole terrones de azúcar que había robado del cuarto de oficiales y había escondido en sus bolsillos.

—Señor Martín, por favor, no diga esas cosas, que Dios le va a castigar —le susurraba el carcelero entre azucarillos.

En el mundo real, el número 12 había sido el doctor Román Sanahuja, jefe del Servicio de Medicina Interna del hospital Clínico, hombre íntegro y curado de delirios e inflamaciones ideológicas a quien su conciencia y su negativa a delatar a sus compañeros habían enviado al castillo. Por norma, a ningún prisionero se le reconocía oficio ni beneficio entre aquellos muros. Excepto cuando dicho oficio pudiera reportar algún beneficio al señor director. En el caso del doctor Sanahuja, su utilidad pronto quedó establecida.

—Lamentablemente no dispongo aquí de los recursos médicos que serían deseables —le explicó el señor director—. La realidad es que el régimen tiene otras prioridades y poco importa si alguno de ustedes se pudre de gangrena en su celda. Tras mucho batallar he conseguido que me envíen un botiquín mal equipado y a un matasanos que no creo que lo aceptasen ni para pasar la escoba en la facultad de veterinaria. Pero eso es lo que hay. Me consta que, antes de sucumbir a las falacias de la neutralidad, era usted un médico de cierto renombre. Por motivos que no vienen al caso, tengo un interés particular en que el prisionero David Martín no nos deje antes de tiempo. Si se aviene usted a colaborar y a ayudar a mantenerlo en un razonable estado de salud, teniendo en cuenta las circunstancias le aseguro que haré su estancia en este lugar más llevadera y me encargaré personalmente de que revisen su caso con vistas a acortar su sentencia.

El doctor Sanahuja asintió.

—Ha llegado a mis oídos que algunos de los presos dicen que Martín está un tanto tocado del ala, como dicen ustedes. ¿Es así? —preguntó el señor director.

—No soy psiquiatra, pero en mi modesta opinión creo que Martín está visiblemente desequilibrado.

El señor director sopesó aquella consideración.

—Y, según su opinión facultativa, ¿cuánto diría usted que puede durar? —preguntó—. Vivo, quiero decir.

—No lo sé. Las condiciones de la prisión son insalubres y...

El señor director le detuvo con un gesto de aburrimiento, asintiendo.

—¿Y cuerdo? ¿Cuánto cree que Martín puede mantener sus facultades mentales?

—No mucho, supongo.

—Entiendo.

El señor director le ofreció un cigarrillo, que el doctor declinó.

—Lo aprecia usted, ¿verdad?

—Apenas le conozco —replicó el doctor—. Parece un buen hombre.

El director sonrió.

—Y un pésimo escritor. El peor que ha tenido este país.

—El señor director es el experto internacional en literatura. Yo no entiendo del tema.

El señor director le miró fríamente.

—Por impertinencias menores he enviado a hombres tres meses a la celda de aislamiento. Pocos sobreviven y los que lo hacen vuelven peor que su amigo Martín. No se crea que su diploma le concede privilegio alguno. Su expediente dice que tiene mujer y tres hijas ahí fuera. Su suerte y la de su familia dependen de lo útil que me resulte. ¿Me explico con claridad?

El doctor Sanahuja tragó saliva.

—Sí, señor director.

—Gracias, *doctor.*

Periódicamente, el director pedía a Sanahuja que le echase un vistazo a Martín, porque las malas lenguas decían que no se fiaba demasiado del médico residente de la prisión, un matasanos trapacero que a fuerza de levantar actas de defunción parecía haber olvidado la noción de los cuidados preventivos y al que acabó despidiendo poco después.

—¿Cómo sigue el paciente, doctor?

—Débil.

—Ya. ¿Y sus demonios? ¿Sigue hablando solo e imaginando cosas?

—No hay cambios.

—He leído en el *ABC* un magnífico artículo de mi buen amigo Sebastián Jurado en el que habla de la esquizofrenia, mal de poetas.

—No estoy capacitado para hacer ese diagnóstico.

—Pero sí para mantenerlo con vida, ¿verdad?

—Lo intento.

—Haga algo más que intentarlo. Piense en sus hijas. Tan jóvenes. Tan desprotegidas y con tanto desalmado y tanto rojo escondido por ahí todavía.

Con los meses, el doctor Sanahuja acabó por tomar afecto a Martín y un día, compartiendo colillas, le contó a Fermín lo que sabía acerca de la historia de aquel hombre al que algunos, bromeando sobre sus desvaríos y su condición de lunático oficial de la prisión, habían dado en apodar «el Prisionero del Cielo».

6

Si quiere que le diga la verdad, yo creo que para cuando lo trajeron aquí David Martín ya llevaba tiempo mal. ¿Ha oído hablar usted de la esquizofrenia, Fermín? Es una de las nuevas palabras favoritas del señor director.

—Es lo que los civiles gustan en referirse como «estar como una chota».

—No es cosa de broma, Fermín. Es una enfermedad muy grave. No es mi especialidad, pero he conocido algunos casos y a menudo los pacientes oyen voces, ven y recuerdan personas o eventos que no han sucedido jamás... La mente se va deteriorando poco a poco y los pacientes no pueden distinguir entre la realidad y la ficción.

—Como el setenta por ciento de los españoles... ¿Y cree usted que el pobre Martín sufre esa dolencia, doctor?

—No lo sé con seguridad. Ya le digo que no es mi especialidad, pero yo creo que presenta algunos de los síntomas más habituales.

—A lo mejor en este caso esa enfermedad es una bendición...

—Nunca es una bendición, Fermín.

—¿Y sabe él que está, digamos, afectado?

—Al loco siempre le parece que los locos son los demás.

—Lo que yo decía del setenta por ciento de los españoles...

Un centinela los observaba desde lo alto de una garita, como si quisiera leerles los labios.

—Baje la voz, que aún nos va a caer una bronca.

El doctor indicó a Fermín que se dieran la vuelta y se encaminaran al otro extremo del patio.

—En los tiempos que corren, hasta las paredes tienen oídos —dijo el doctor.

—Ahora sólo faltaría que tuviesen medio cerebro entre los dos y a lo mejor salíamos de ésta —replicó Fermín.

—¿Sabe lo que me dijo Martín la primera vez que le hice un reconocimiento a instancias del señor director?

»—*Doctor, creo que he descubierto el único modo de salir de esta prisión.*

»—*¿Cómo?*

»—*Muerto.*

»—*¿No tiene otro método más práctico?*

»—*¿Ha leído usted* El conde de Montecristo, *doctor?*

»—*De chaval. Casi no lo recuerdo.*

»—*Pues reléalo usted. Está todo allí.*

»No le quise decir que el señor director había hecho retirar de la biblioteca de la prisión todos los libros de Alejandro Dumas, junto con los de Dickens, Galdós y otros muchos autores, porque consideraba que eran bazofia para entretener a una plebe con el gusto sin educar, y los sustituyó por una colección de novelas y relatos inéditos de su cosecha y de algunos de sus amigos, que hizo encuadernar en piel a Valentí, un preso que venía de las artes gráficas y al que, entregado el trabajo, dejó morir de frío obligándolo a quedarse en el patio bajo la lluvia durante cinco noches de enero porque se le había ocurrido bromear sobre la exquisitez de su prosa. Valentí consiguió salir de aquí con el sistema de Martín: muerto.

»Al tiempo de estar aquí, oyendo conversaciones entre los carceleros, comprendí que David Martín había llegado a la prisión a instancias del propio señor director. Lo tenían recluido en la Modelo, acusado de una serie de crímenes a los que no creo que nadie diese mucho crédito. Entre otras cosas, decían que había matado preso de los celos a su mentor y mejor amigo, un adinerado caballero llamado Pedro Vidal, escritor como él, y a su esposa Cristina. Y también que había asesinado a sangre fría a varios policías y a no sé quién más. Últimamente acusan a tanta gente de tantas cosas que uno ya no sabe qué pensar. A mí me cuesta creer que Martín sea un asesino, pero también es verdad que en los años de la guerra he visto a tanta gente de ambos bandos quitarse la careta y mostrar lo que eran de verdad que vaya usted a saber. Todo el mundo tira la piedra y luego señala al vecino.

—Si yo le contara... —apuntó Fermín.

—El caso es que el padre del tal Vidal es un industrial poderoso y forrado hasta las cejas, y se dice que fue uno de los banqueros clave del bando nacional.

¿Por qué será que todas las guerras las ganan los banqueros? En fin, que el potentado Vidal pidió en persona al Ministerio de Justicia que buscasen a Martín y se asegurasen de que se pudría en la cárcel por lo que había hecho a su hijo y a su nuera. Al parecer Martín había estado fugado fuera del país por espacio de casi tres años cuando lo encontraron cerca de la frontera. No podía estar muy en sus cabales para volver a una España donde lo esperaban para crucificarle, digo yo. Y encima durante los últimos días de la guerra, cuando miles de personas cruzaban en sentido contrario.

—A veces se cansa uno de huir —dijo Fermín—. El mundo es muy pequeño cuando no se tiene adónde ir.

—Supongo que eso es lo que debió de pensar Martín. No sé cómo se las arregló para cruzar, pero algunos lugareños de la localidad de Puigcerdá avisaron a la Guardia Civil después de haberlo visto vagando por el pueblo durante días, vestido con ropas harapientas y hablando solo. Unos pastores dijeron que lo habían visto por el camino de Bolvir, a un par de kilómetros del pueblo. Allí había un antiguo caserón llamado La Torre del Remei que durante la guerra se había convertido en hospital para heridos en el frente. Estaba regentado por un grupo de mujeres que probablemente se apiadaron de Martín y, tomándole por miliciano, le ofrecieron cobijo y alimento. Cuando fueron a buscarlo ya no estaba allí, pero aquella noche lo sorprendieron adentrándose en el lago helado mientras trataba de abrir un boquete en el hielo con una piedra. Al principio creyeron que trataba de suicidarse y lo llevaron al sanatorio de Villa San Antonio. Parece que uno de los doctores le reconoció allí, no me pregunte cómo, y cuando su nombre llegó a oídos de capitanía lo trasladaron a Barcelona.

—La boca del lobo.

—Ya puede decirlo. Se ve que el juicio no duró ni dos días. La lista de acusaciones que se le imputaban era interminable y apenas había indicios o prueba alguna para sustentarlas, pero, por algún extraño motivo, el fiscal consiguió que declarasen en su contra numerosos testigos. Por la sala comparecieron docenas de personas que odiaban a Martín con un celo que sorprendió al mismo juez y que, presumiblemente, habían recibido limosnas del viejo Vidal. Antiguos compañeros de sus años en un periódico de poca monta llamado *La Voz de la Industria*, literatos de café, infelices y envidiosos de toda calaña salieron de las alcantarillas para jurar que Martín era culpable de todo lo que le acusaban y de más. Ya sabe usted cómo funcionan aquí las cosas. Por orden del juez, y consejo de Vidal padre, confiscaron todas sus obras y las quemaron considerándolas material subversivo y contrario a la moral y las buenas costumbres. Cuando Martín declaró en el juicio que la única buena costumbre que él defendía era la de leer y que el resto era asunto de cada uno, el juez añadió otros diez años de condena a los no sé cuántos que ya le habían caído. Parece que durante el juicio, en vez de callarse, Martín respondió sin pelos en la lengua a lo que le preguntaban y acabó por cavarse él mismo su propia tumba.

—En esta vida se perdona todo menos decir la verdad.

—El caso es que lo condenaron a cadena perpetua. *La Voz de la Industria*, propiedad del viejo Vidal, publicó una extensa nota detallando sus crímenes y, para más inri, un editorial. Adivine quién lo firmaba.

—El eximio señor director, don Mauricio Valls.

—El mismo. Allí le calificaba como «el peor escritor de la historia» y celebraba que sus libros hubieran sido destruidos porque eran «una afrenta a la humanidad y al buen gusto».

—Eso mismo dijeron del Palau de la Música —precisó Fermín—. Aquí es que tenemos a la flor y nata de la intelectualidad internacional. Ya lo decía Unamuno: que inventen ellos, que nosotros opinaremos.

—Inocente o no, Martín, después de presenciar su humillación pública y la quema de todas y cada una de las páginas que había escrito, fue a parar a una celda de la Modelo en la que probablemente hubiese muerto en cuestión de semanas si no llega a ser porque el señor director, que había seguido el caso con sumo interés y por algún extraño motivo estaba obsesionado con Martín, tuvo acceso a su expediente y solicitó que lo trasladasen aquí. Martín me contó que el día que llegó aquí Valls lo hizo llevar a su despacho y le soltó uno de sus discursos.

»—*Martín, aunque es usted un criminal convicto y seguramente un subversivo convencido, algo nos une. Ambos somos hombres de letras y aunque usted ha dedicado su malograda carrera a escribir basura para la masa ignorante y desprovista de guía intelectual, creo que tal vez pueda usted ayudarme y así redimir sus errores. Tengo una colección de novelas y poemas en los que he estado trabajando en estos últimos años. Son de altísimo nivel literario y lamentablemente dudo mucho que en este país de analfabetos haya más de trescientos lectores capaces de comprender y apreciar su valía. Por eso he pensado que tal vez usted, con su oficio meretriz y su proximidad al vulgo que lee en los tranvías, pueda ayudarme a hacer algunos pequeños cambios para acercar mi obra al triste nivel de los lectores de este país. Si se aviene usted a colaborar, le aseguro que puedo hacer su existencia mucho más agradable. Incluso puedo conseguir que su caso se reabra. Su amiguita... ¿Cómo se llama? Ah, sí, Isabella. Una preciosidad, si me permite el comentario. En fin, su amiguita vino a verme y me contó que ha contratado a un joven abogado, un tal Brians, y que ha conseguido reunir el dinero necesario para su defensa. No nos engañemos: ambos sabemos que su caso no tenía base alguna y que se le condenó merced a testimonios discutibles. Parece tener usted una facilidad enorme para hacer enemigos, Martín, incluso entre gente que estoy seguro de que no debe usted saber ni que existe. No cometa el error de hacer otro enemigo de mí, Martín. Yo no soy uno de esos infelices. Aquí, entre estos muros, yo, por decirlo en términos llanos, soy Dios.*

»No sé si Martín aceptaría la propuesta del señor director o no, pero tengo que pensar que sí, porque sigue vivo y claramente nuestro Dios particular sigue interesado en que eso no cambie, al menos de momento. Incluso le ha facilitado el papel y los instrumentos de escritura que tiene en su celda, supongo que para que le reescriba sus obras magnas y así nuestro señor director pueda entrar en el olimpo de la fama y la fortuna literaria que tanto anhela. Yo, la verdad, no sé qué pensar. Mi impresión es que el pobre Martín no está en condiciones ni de reescribirse la talla de los zapatos y que pasa la mayoría del tiempo atrapado en una especie de purgatorio que ha ido construyendo en su propia cabeza donde los remordimientos y el dolor se lo están comiendo vivo. Aunque lo mío es la medicina interna y no soy quién para hacer diagnósticos...

7

La historia relatada por el buen doctor había intrigado a Fermín. Fiel a su perenne adhesión a las causas perdidas, decidió hacer pesquisas por su cuenta y tratar de averiguar más acerca de Martín y, de paso, perfeccionar la idea de la fuga *via mortis* al estilo de don Alejandro Dumas. Cuantas más vueltas le daba al asunto, más le parecía que, al menos en ese particular, el Prisionero del Cielo no estaba tan ido como todos lo pintaban. Siempre que había un rato libre en el patio, Fermín se las apañaba para acercarse a Martín y entablar conversación con él.

—Fermín, empiezo a pensar que usted y yo somos casi novios. Cada vez que me doy la vuelta, ahí está usted.

—Usted perdone, señor Martín, pero es que hay algo que me tiene intrigado.

—¿Y cuál es el motivo de tamaña intriga?

—Pues mire usted, hablando en plata, no entiendo cómo un hombre decente como usted se ha prestado a ayudar a esa albóndiga nauseabunda y vanidosa del señorito director en sus trapaceros intentos de pasar por literato de salón.

—Vaya, no se anda usted con chiquitas. Parece que en esta casa no hay secretos.

—Es que yo tengo un don especial para trasuntos de alta intriga y otros menesteres detectivescos.

—Entonces sabrá también que no soy un hombre decente, sino un criminal.

—Eso dijo el juez.

—Y un ejército y medio de testigos bajo juramento.

—Comprados por un facineroso y estreñidos todos de envidia y mezquindades varias.

—Dígame, ¿hay algo que no sepa usted, Fermín?

—Patadas de cosas. Pero la que hace días que se me ha atascado en el filtro es por qué tiene usted tratos con ese cretino endiosado. La gente como él son la gangrena de este país.

—Gente como él la hay en todas partes, Fermín. Nadie tiene la patente.

—Pero sólo aquí nos los tomamos en serio.

—No lo juzgue usted tan rápido. El señor director es un personaje más complicado de lo que parece en todo este sainete. Ese cretino endiosado, como usted lo llama, es para empezar un hombre muy poderoso.

—Dios, según él.

—En este particular purgatorio, no va desencaminado.

Fermín arrugó la nariz. No le gustaba lo que estaba oyendo. Casi parecía que Martín hubiese estado saboreando el vino de su derrota.

—¿Es que lo ha amenazado? ¿Es eso? ¿Qué más puede hacerle?

—A mí nada, excepto reír. Pero a otros, fuera de aquí, puede hacerles mucho daño.

Fermín guardó un largo silencio.

—Disculpe usted, señor Martín. No quería ofenderle. No había pensado en eso.

—No me ofende, Fermín. Al contrario. Creo que tiene usted una visión demasiado generosa de mis circunstancias. Su buena fe dice mucho más de usted que de mí.

—Es esa señorita, ¿verdad? Isabella.

—Señora.

—No sabía que estuviese usted casado.

—No lo estoy. Isabella no es mi esposa. Ni mi amante, si es lo que está pensando.

Fermín guardó silencio. No quería poner en duda las palabras de Martín, pero sólo oyéndole hablar de ella no le cabía la menor duda de que aquella señorita o señora era lo que el pobre Martín más quería en aquel mundo, probablemente la única cosa que lo mantenía vivo en aquel pozo de miseria. Y lo más triste era que, probablemente, no se daba ni cuenta.

—Isabella y su esposo regentan una librería, un lugar que para mí siempre ha tenido un significado muy especial desde que era niño. El señor director me dijo que si no hacía lo que me pedía se encargaría de que se los acusase de vender material subversivo, que les expropiasen el negocio, encarcelasen a ambos y les quitasen a su hijo que no tiene ni tres años.

—Hijo de la grandísima puta —murmuró Fermín.

—No, Fermín —dijo Martín—. Ésta no es su guerra. Es la mía. Es lo que merezco por lo que he hecho.

—Usted no ha hecho nada, Martín.

—No me conoce usted, Fermín. Ni falta que le hace. En lo que tiene usted que concentrarse es en escapar de aquí.

—Ésa es la otra cosa que quería preguntarle. Tengo entendido que tiene usted un método experimental en desarrollo para salir de este orinal. Si le hace falta un conejillo de Indias magro de carnes pero rebosante de entusiasmo, considéreme a su servicio.

Martín lo observó pensativo.

—¿Ha leído usted a Dumas?

—De cabo a rabo.

—Ya tiene usted pinta. Si es así, ya sabrá por dónde van los tiros. Escúcheme bien.

8

Se cumplían seis meses del cautiverio de Fermín cuando una serie de acontecimientos cambiaron sustancialmente la que hasta entonces había sido su vida. El primero de ellos fue que durante aquellos días, cuando el régimen aún creía que Hitler, Mussolini y compañía iban a ganar la guerra y que pronto Europa iba a tener el mismo color que los calzoncillos del Generalísimo, una marea impune y rabiosa de matarifes, chivatos y comisarios políticos recién conversos habían conseguido que el número de ciudadanos presos, detenidos, procesados o en proceso de desaparición alcanzase cotas históricas.

Las cárceles del país no daban abasto y las autoridades militares habían ordenado a la dirección de la prisión que doblase o incluso triplicase el número de presos para absorber parte del caudal de reos que anegaba aquella Barcelona derrotada y miserable de 1940. A tal efecto, el señor director, en su florido discurso del domingo, informó a los presos de que a partir de entonces compartirían celda. Al doctor Sanahuja lo pusieron en la celda de Martín, presumiblemente para que lo tuviese vigilado y a salvo de sus prontos suicidas. A Fermín le tocó compartir la celda 13 con su antiguo vecino de al lado, el número 14, y así sucesivamente. Todos los presos de la galería fueron emparejados para dejar sitio a los recién llegados que cada noche traían en furgones desde la Modelo o el Campo de la Bota.

—No ponga esa cara que a mí me hace todavía menos gracia que a usted —advirtió el número 14 al mudarse con su nuevo compañero.

—Le advierto que a mí la hostilidad me produce aerofagia —amenazó Fermín—. Así que déjese de bravuconadas a lo Buffalo Bill y haga un esfuerzo por ser cortés y mear de cara a la pared sin salpicar o uno de estos días va a amanecer usted cubierto de champiñones.

El antiguo número 14 pasó cinco días sin dirigirle la palabra a Fermín. Finalmente, rendido ante las sulfúricas ventosidades que éste le dedicaba de madrugada, cambió de estrategia.

—Ya se lo advertí —dijo Fermín.

—Está bien. Me rindo. Mi nombre es Sebastián Salgado. De profesión, sindicalista. Deme la mano y seamos amigos pero, por lo que más quiera, deje de tirarse esos pedos, porque empiezo a tener alucinaciones y veo en sueños al *Noi del Sucre* bailando el charlestón.

Fermín estrechó la mano de Salgado y advirtió que le faltaban el dedo meñique y el anular.

—Fermín Romero de Torres, encantado de conocerle por fin. De profesión, servicios secretos de inteligencia en el sector Caribe de la Generalitat de Catalunya, ahora en desuso, pero de vocación bibliógrafo y amante de las bellas letras.

Salgado miró a su nuevo compañero de fatigas y puso los ojos en blanco.

—Y dicen que el loco es Martín.

—Loco es el que se tiene por cuerdo y cree que los necios no son de su condición.

Salgado asintió, derrotado.

La segunda circunstancia se produjo unos días después, cuando un par de centinelas fueron a buscarle al anochecer. Bebo les abrió la celda, intentando disimular su preocupación.

—Tú, flaco, levanta —masculló uno de los centinelas.

Salgado creyó por un instante que sus plegarias habían sido escuchadas y que se llevaban a Fermín para fusilarlo.

—Valor, Fermín —le animó sonriente—. A morir por Dios y por España, que es lo más bonito que hay.

Los dos centinelas agarraron a Fermín, lo esposaron de pies y manos, y se lo llevaron a rastras ante la mirada acongojada de toda la galería y las carcajadas de Salgado.

—De ésta no te escapas ni a pedos —dijo riendo su compañero.

9

Lo condujeron a través de una madeja de túneles hasta un largo corredor a cuyo término se veía un gran portón de madera. Fermín sintió náuseas y se dijo que hasta allí había llegado el miserable viaje de su vida y que tras aquella puerta le esperaba Fumero con un soplete y la noche libre. Para su sorpresa, al llegar a la puerta uno de los centinelas le quitó las esposas mientras el otro llamaba con delicadeza.

—Adelante —contestó una voz familiar.

Fue así como Fermín se encontró en el despacho del señor director, una sala lujosamente decorada con alfombras sustraídas de algún caserón de la Bonanova y mobiliario de categoría. Remataban la escenografía un banderón español con águila, escudo y leyenda, un retrato del Caudillo con más retoques que una fotografía publicitaria de Marlene Dietrich y el mismísimo señor director, don Mauricio Valls, sonriente tras su escritorio mientras saboreaba un cigarrillo importado y una copa de brandy.

—Siéntate. Sin miedo —invitó.

Fermín reparó en que a su lado había una bandeja con un plato de carne, guisantes y puré de patata humeante que olía a mantequilla caliente.

—No es un espejismo —dijo dulcemente el señor director—. Es tu cena. Espero que te guste.

Fermín, que no había visto prodigio igual desde julio de 1936, se lanzó a devorar las viandas antes de que se evaporasen. El señor director lo contemplaba comer con una expresión de asco y desprecio bajo su sonrisa impostada, encadenando un cigarrillo con otro y repasando la gomina de su peinado a cada minuto. Cuando hubo terminado su cena, Valls indicó a los centinelas que se retirasen. A solas, el señor director le resultaba mucho más siniestro que con escolta armada.

—Fermín, ¿verdad? —preguntó casualmente.

Fermín asintió lentamente.

—Te preguntarás por qué te he mandado llamar.

Fermín se encogió en la silla.

—Nada que deba preocuparte. Muy al contrario. Te he hecho llamar porque quiero mejorar tus condiciones de vida y, quién sabe, tal vez revisar tu condena, porque ambos sabemos que los cargos que te imputaron no se sostenían. Es lo que tienen los tiempos, que hay mucha agua removida y a veces pagan justos por pecadores. Es el precio del renacimiento nacional. Al margen de estas consideraciones, quiero que entiendas que estoy de tu parte. Yo también soy un poco prisionero de este lugar. Creo que los dos queremos salir de aquí cuanto antes y he pensado que podemos ayudarnos. ¿Cigarrito?

Fermín aceptó tímidamente.

—Si no le importa, lo guardo para luego.

—Claro. Ten, quédate el paquete.

Fermín se metió el paquete en el bolsillo. El señor director se inclinó sobre la mesa, sonriente. En el zoo tenían una serpiente igualita, pensó Fermín, pero aquélla sólo comía ratones.

—¿Qué tal tu nuevo compañero de celda?

—¿Salgado? Entrañable.

—No sé si sabrás que, antes de enchironarlo, ese malnacido era un pistolero y sicario de los comunistas.

Fermín negó.

—Me dijo que era sindicalista.

Valls rió levemente.

—En mayo del 38 él solito se coló en la casa de la familia Vilajoana, en el paseo de la Bonanova, y se los cargó a todos, incluidos los cinco niños, las cuatro doncellas y la abuela de ochenta y seis años. ¿Sabes quiénes eran los Vilajoana?

—Pues así...

—Joyeros. En el momento del crimen había en la casa una suma de veinticinco mil pesetas en joyas y dinero en metálico. ¿Sabes dónde está ese dinero ahora?

—No lo sé.

—Ni tú ni nadie. El único que lo sabe es el camarada Salgado, que decidió no entregarlo al proletariado y lo escondió para vivir la gran vida después de la guerra. Cosa que no hará nunca, porque lo tendremos aquí hasta que cante o hasta que tu amigo Fumero acabe por cortarlo a trocitos.

Fermín asintió, atando cabos.

—Ya había notado que le faltan un par de dedos de la mano izquierda y que anda raro.

—Un día le dices que se baje los calzones y verás que le faltan otras cosas que ha ido perdiendo por el camino a causa de su empecinamiento en no confesar.

Fermín tragó saliva.

—Quiero que sepas que a mí estas salvajadas me repugnan. Ésa es una de las dos razones por las que he ordenado mudar a Salgado a tu celda. Porque creo que hablando se entiende la gente. Por eso quiero que averigües dónde escondió el botín de los Vilajoana, y los de todos los robos y crímenes que cometió en los últimos años, y que me lo digas.

Fermín sintió que el corazón se le caía a los pies.

—¿Y la otra razón?

—La segunda razón es que he notado que últimamente te has hecho muy amigo de David Martín. Lo cual me parece muy bien. La amistad es un valor que ennoblece al ser humano y ayuda a rehabilitar a los presos. No sé si sabías que Martín es escritor.

—Algo he oído al respecto.

El señor director le dirigió una mirada gélida pero mantuvo la sonrisa conciliadora.

—El caso es que Martín no es mala persona, pero está equivocado respecto a muchas cosas. Una de ellas es la ingenua idea de que debe proteger a personas y secretos indeseables.

—Es que él es muy raro y tiene estas cosas.

—Claro. Por eso he pensado que a lo mejor estaría bien que tú estuvieses a su lado, con los ojos y las orejas bien abiertos, y me contases lo que dice, lo que piensa, lo que siente... Seguro que hay alguna cosa que te ha comentado y que te ha llamado la atención.

—Pues ahora que el señor director lo dice, últimamente se queja bastante de un grano que le ha salido en la ingle por el roce de los calzoncillos.

El señor director suspiró y negó por lo bajo, visiblemente cansado de esgrimir tanta amabilidad con un indeseable.

—Mira, mamarracho, esto lo podemos hacer por las buenas o por las malas. Yo estoy intentando ser razonable, pero me basta coger este teléfono y tu amigo Fumero está aquí dentro de media hora. Me han contado que últimamente, además del soplete, tiene en uno de los calabozos del sótano una caja de herramientas de ebanistería con las que hace virguerías. ¿Me explico?

Fermín se agarró las manos para disimular el tembleque.

—De maravilla. Perdóneme, señor director. Hacía tanto que no comía carne que se me debe de haber subido la proteína a la cabeza. No volverá a suceder.

El señor director sonrió de nuevo y prosiguió como si nada hubiera pasado.

—En particular, me interesa saber si ha mencionado alguna vez un cementerio de los libros olvidados o muertos, o algo así. Piénsalo bien antes de contestar. ¿Te ha hablado Martín de ese lugar alguna vez?

Fermín negó.

—Le juro a su señoría que no he oído hablar de ese lugar al señor Martín ni a nadie en toda mi vida...

El señor director le guiñó el ojo.

—Te creo. Y por eso sé que si lo menciona, me lo dirás. Y si no lo menciona, tú le sacarás el tema y averiguarás dónde está.

Fermín asintió repetidamente.

—Y otra cosa más. Si Martín te habla de cierto encargo que le he hecho, convéncele de que por su bien, y sobre todo por el de cierta dama a quien él tiene en muy alta estima y por el esposo y el hijo de ésta, es mejor que se emplee a fondo y escriba su obra maestra.

—¿Se refiere usted a la señora Isabella? —preguntó Fermín.

—Ah, veo que te ha hablado de ella... Tendrías que verla —dijo mientras se limpiaba los lentes con un pañuelo—. Jovencita, jovencita, con esa carne prieta de colegiala... No sabes la de veces que ha estado sentada ahí, donde estás tú ahora, suplicando por el pobre infeliz de Martín. No te voy a decir lo que me ha ofrecido porque soy un caballero pero, entre tú y yo, la devoción que esa chiquilla siente por Martín es de bolero. Si tuviese que apostar, yo diría que el crío ese, Daniel, no es de su marido, sino de Martín, que tiene un gusto pésimo para la literatura pero exquisito para las mujerzuelas.

El señor director se detuvo al advertir que el prisionero le observaba con una mirada impenetrable que no fue de su agrado.

—¿Y tú qué miras? —le desafió.

Dio un golpe con los nudillos en la mesa y al instante la puerta se abrió tras Fermín. Los dos centinelas lo agarraron por los brazos y lo levantaron de la silla hasta que sus pies no tocaron el suelo.

—Acuérdate de lo que te he dicho —dijo el señor director—. Dentro de cuatro semanas quiero verte ahí sentado otra vez. Si me traes resultados, te aseguro que tu estancia aquí cambiará para mejor. Si no, te haré una reserva para el calabozo del sótano con Fumero y sus juguetes. ¿Está claro?

—Como el agua.

Luego, con un gesto de hastío, indicó a sus hombres que se llevaran al prisionero y apuró su copa de brandy, asqueado de tener que tratar con aquella gentuza inculta y envilecida día tras día.

10

Barcelona, 1957

Daniel, se ha quedado usted blanco —murmuró Fermín, despertándome del trance.

El comedor de Can Lluís y las calles que habíamos recorrido hasta llegar allí habían desaparecido. Cuanto era capaz de ver era aquel despacho en el castillo de Montjuic y el rostro de aquel hombre hablando de mi madre con palabras e insinuaciones que me quemaban. Sentí algo frío y cortante abrirse camino en mi interior, una rabia como no la había conocido jamás. Por un instante deseé más que nada en el mundo tener a aquel malnacido frente a mí para retorcerle el cuello y mirarle de cerca hasta que le explotasen las venas de los ojos.

—Daniel...

Cerré los ojos un instante y respiré hondo. Cuando los abrí de nuevo estaba de regreso en Can Lluís, y Fermín Romero de Torres me miraba derrotado.

—Perdóneme, Daniel —dijo.

Tenía la boca seca. Me serví un vaso de agua y lo apuré esperando que me viniesen las palabras a los labios.

—No hay nada que perdonar, Fermín. Nada de lo que me ha contado es culpa suya.

—La culpa es mía por tenérselo que contar, para empezar —dijo en voz tan baja que casi resultaba inaudible.

Le vi bajar la mirada, como si no se atreviese a observarme. Comprendí que el dolor que le embargaba al recordar aquel episodio y tener que revelarme la verdad era tan grande que me avergoncé del rencor que se había apoderado de mí.

—Fermín, míreme.

Fermín atinó a mirarme por el rabillo del ojo y le sonreí.

—Quiero que sepa que le agradezco que me haya contado la verdad y que entiendo por qué prefirió no decirme nada de esto hace dos años.

Fermín asintió débilmente pero algo en su mirada me dio a entender que mis palabras no le servían de consuelo alguno. Al contrario. Permanecimos en silencio unos instantes.

—Hay más, ¿verdad? —pregunté al fin.

Fermín asintió.

—¿Y lo que viene es peor?

Fermín asintió de nuevo.

—Mucho peor.

Desvié la mirada y sonreí al profesor Alburquerque, que se retiraba ya, no sin antes saludarnos.

—Entonces, ¿por qué no nos pedimos otra agua y me cuenta el resto? —pregunté.

—Mejor que sea vino —estimó Fermín—. Del peleón.

11

Barcelona, 1940

Una semana después de la entrevista entre Fermín y el señor director, un par de individuos a los que nadie había visto nunca por la galería y que olían a la legua a Brigada Social se llevaron a Salgado esposado sin mediar palabra.

—Bebo, ¿sabes adónde se lo llevan? —preguntó el número 12.

El carcelero negó, pero en sus ojos se podía ver que algo había oído y que prefería no entrar en el tema. A falta de otras noticias, la ausencia de Salgado fue inmediato objeto de debate y especulación por parte de los prisioneros, que formularon teorías de todo tipo.

—Ése era un espía de los nacionales infiltrado aquí para sacarnos información con el cuento de que lo habían enchironado por sindicalista.

—Sí, por eso le arrancaron dos dedos y vete a saber el qué, para que todo fuese más convincente.

—Ahora mismo debe de estar en el Amaya poniéndose

ciego de merluza a la vasca con sus amiguetes y riéndose de todos nosotros.

—Yo creo que ha confesado lo que sea que querían que cantara y que lo han tirado diez kilómetros mar adentro con una piedra al cuello.

—Tenía cara de falangista. Menos mal que yo no he soltado ni pío, que a vosotros os van a poner a caldo.

—Sí, hombre, a lo mejor hasta nos meten en la cárcel.

A falta de otro pasatiempo, las discusiones se prolongaron hasta que dos días después los mismos individuos que se lo habían llevado lo trajeron de vuelta. Lo primero que todos advirtieron fue que Salgado no se tenía en pie y que lo arrastraban como un fardo. Lo segundo, que estaba pálido como un cadáver y empapado de sudor frío. El prisionero había regresado medio desnudo y cubierto por una costra marrón que parecía una mezcla de sangre seca y sus propios excrementos. Lo dejaron caer en la celda como si fuese una bolsa de estiércol y se marcharon sin despegar los labios.

Fermín lo cogió en brazos y lo tendió en el camastro. Empezó a lavarlo lentamente con unos jirones de tela que consiguió rasgando su propia camisa y algo de agua que le trajo Bebo de tapadillo. Salgado estaba consciente y respiraba con dificultad, pero los ojos le relucían como si alguien les hubiese prendido fuego por dentro. Donde dos días antes había tenido la mano izquierda ahora latía un muñón de carne violácea cauterizado con alquitrán. Mientras Fermín le limpiaba el rostro, Salgado le sonrió con los pocos dientes que le quedaban.

—¿Por qué no les dice de una vez a esos carniceros lo que quieren saber, Salgado? Es sólo dinero. No sé cuánto tendrá usted escondido, pero no vale esto.

—Y una mierda —mascullÓ con el poco aliento que le quedaba—. Ese dinero es mío.

—Será de toda la gente a la que asesinó y robó usted, si no le importa la precisión.

—Yo no robé a nadie. Ellos lo habían robado antes al pueblo. Y si los ejecuté fue por impartir la justicia que el pueblo reclamaba.

—Ya. Menos mal que vino usted, el Robin Hood de Matadepera, a desfacer el entuerto. Valiente justiciero está usted hecho.

—Ese dinero es mi futuro —escupió Salgado.

Fermín le pasó el paño húmedo por la frente fría y trenzada de arañazos.

—El futuro no se desea; se merece. Y usted no tiene futuro, Salgado. Ni usted, ni un país que va pariendo alimañas como usted y como el señor director, y que luego mira para otro lado. El futuro lo hemos arrasado entre todos y lo único que nos espera es mierda como la que chorrea usted y que ya estoy harto de limpiarle.

Salgado dejó escapar una suerte de gemido gutural que Fermín imaginó que era una carcajada.

—Los discursos ahórreselos usted, Fermín. A ver si ahora se las va a dar de héroe.

—No. Héroes sobran. Yo lo que soy es un cobarde. Ni más ni menos —dijo Fermín—. Pero al menos lo sé y lo admito.

Fermín siguió limpiándole como pudo, en silencio, y luego lo tapó con el amago de manta forrada de chinches que compartían y que apestaba a orines. Se quedó al lado del ladrón hasta que Salgado cerró los ojos y se sumió en un sueño del que Fermín no estuvo seguro de que fuera a despertar.

—Dígame que se ha muerto ya —llegó la voz del 12.

—Se aceptan apuestas —añadió el número 17—. Un cigarrillo a que palma.

—Váyanse todos a dormir o a la mierda —ofreció Fermín.

Se acurrucó en el extremo opuesto de la celda e intentó conciliar el sueño, pero pronto tuvo claro que aquella noche iba a pasarla en blanco. Al rato puso el rostro entre los barrotes y dejó los brazos colgando sobre la barra de metal que los atravesaba. Al otro lado del corredor, desde las sombras de la celda de enfrente, dos ojos encendidos a la lumbre de un cigarrillo lo observaban.

—No me ha dicho para qué le hizo llamar Valls el otro día —dijo Martín.

—Imagíneselo.

—¿Alguna petición fuera de lo común?

—Quiere que le sonsaque a usted sobre no sé qué cementerio de libros o algo por el estilo.

—Interesante —comentó Martín.

—Fascinante.

—¿Le explicó el porqué de su interés sobre ese tema?

—Francamente, señor Martín, nuestra relación no es tan estrecha. El señor director se limita a amenazarme con mutilaciones varias si no cumplo su mandato en cuatro semanas y yo me limito a decir que sí.

—No se preocupe, Fermín. Dentro de cuatro semanas estará usted fuera de aquí.

—Sí, en una playa a orillas del Caribe con dos mulatas bien alimentadas dándome masajes en los pies.

—Tenga fe.

Fermín dejó escapar un suspiro de desaliento. Entre locos, matarifes y moribundos se repartían las cartas de su destino.

12

Aquel domingo, después de su discurso en el patio, el señor director lanzó una mirada inquisitiva a Fermín rematada con una sonrisa que le hizo saborear la bilis en los labios. Tan pronto como los centinelas permitieron a los prisioneros romper filas, Fermín se aproximó subrepticiamente a Martín.

—Brillante discurso —comentó Martín.

—Histórico. Cada vez que ese hombre habla, la historia del pensamiento en Occidente da un giro copernicano.

—El sarcasmo no le va, Fermín. Se contradice con su ternura natural.

—Váyase al infierno.

—En ello estoy. ¿Un cigarrillo?

—No fumo.

—Dicen que ayuda a morir más rápido.

—Pues venga, que no quede.

Fermín no consiguió pasar de la primera calada. Martín le quitó el cigarrillo de los dedos y le dio unas palmadas en la espalda mientras Fermín tosía hasta los recuerdos de la primera comunión.

—No sé cómo puede usted tragarse eso. Sabe a perros chamuscados.

—Es lo mejor que se puede conseguir aquí. Dicen que los hacen con restos de colillas que recogen por los pasillos de la Monumental.

—Pues a mí el *bouquet* me recuerda más bien a los urinarios, fíjese usted.

—Respire hondo, Fermín. ¿Está mejor?

Fermín asintió.

—¿Va a contarme algo sobre el cementerio ese para que tenga carnaza que echarle al gorrino en jefe? No hace falta que sea verdad. Cualquier disparate que se le ocurra me sirve.

Martín sonrió exhalando aquel humo fétido entre los dientes.

—¿Qué tal su compañero de celda, Salgado, el defensor de los pobres?

—Pues mire, creía uno ya que tenía cierta edad y lo había visto todo en este circo de mundo. Y cuando esta madrugada parecía que Salgado había estirado la pata, le oigo levantarse y acercarse a mi catre, como si fuese un vampiro.

—Algo de eso tiene —convino Martín.

—El caso es que se me acerca y se me queda mirando fijamente. Yo me hago el dormido y, cuando Salgado se traga el anzuelo, lo veo escurrirse hasta un rincón de la celda y con la única mano que le queda empieza a hurgarse lo que en ciencia médica se denomina recto o tramo final del intestino grueso —prosiguió Fermín.

—¿Cómo dice?

—Como lo oye. El bueno de Salgado, convaleciente de su más reciente sesión de mutilación medieval, decide celebrar la primera vez que es capaz de levantarse para explorar ese sufrido rincón de la anatomía humana que la naturaleza ha vedado a la luz del sol. Yo, incrédulo, ni me atrevo a respirar. Pasa un minuto y Salgado parece que tiene dos o tres dedos, los que le quedan, metidos allí dentro en busca de la piedra filosofal o de alguna hemorroide muy profunda. Todo ello acompañado de unos gemidos soterrados que no voy a reproducir.

—Me deja usted de piedra —dijo Martín.

—Pues tome asiento para el *gran finale.* Tras un minuto o dos de labor prospectiva en territorio anal, deja escapar un suspiro a lo San Juan de la Cruz y se hace el milagro. Al sacar los dedos de allí abajo extrae algo brillante que, incluso desde el rincón en el que estoy, puedo certificar que no es una cagarruta al uso.

—¿Qué era entonces?

—Una llave. No una llave inglesa, sino una de esas llaves pequeñas, como de maletín o de taquilla de gimnasio.

—¿Y entonces?

—Y entonces coge la llave, le saca lustre a salivazos, porque me imagino que debía oler a rosas silvestres, y luego se acerca al muro donde, después de convencerse de que sigo dormido, extremo que confirmo con unos ronquidos logradísimos, como de cachorrillo de San Bernardo, procede a esconder la llave insertándola en una grieta entre las piedras que luego recubre con mugre y no descarto que con algún que otro derivado de su palpado por los bajos.

Martín y Fermín se miraron en silencio.

—¿Piensa usted lo mismo que yo? —inquirió Fermín.

Martín asintió.

—¿Cuánto cree que ese capullito de alhelí debe de tener escondido en su nidito de codicia? —preguntó Fermín.

—Lo suficiente para creer que le compensa perder dedos, manos, parte de su masa testicular y Dios sabe qué más para proteger el secreto de su ubicación —aventuró Martín.

—¿Y ahora qué hago? Porque, antes de permitir que la víbora del señor director ponga las zarpas en el tesorito de Salgado para financiarse la edición en cartoné de sus obras magnas y comprarse un sillón en la Real Academia de la Lengua, me trago esa llave o, si hace falta, me la introduzco yo también en las partes innobles de mi tracto intestinal.

—De momento no haga nada —indicó Martín—. Asegúrese de que la llave sigue ahí y espere mis instrucciones. Estoy ultimando los detalles de su fuga.

—Sin ánimo de ofender, señor Martín, yo le agradezco sobremanera su asesoría y apoyo moral pero en ésta me va el cuello y algún que otro querido apéndice, y a la luz de que la versión más extendida es que está usted como un cencerro, me inquieta la idea de que estoy poniendo mi vida en sus manos.

—Si no se fía usted de un novelista, ¿de quién se va a fiar?

Fermín vio a Martín partir patio abajo envuelto en su nube portátil de cigarrillo hecho de colillas.

—Madre de Dios —murmuró al viento.

13

El macabro casino de apuestas organizado por el número 17 se prolongó durante varios días en los que tan pronto parecía que Salgado iba a expirar como se levantaba para arrastrarse hasta los barrotes de la celda desde donde recitaba a grito pelado la estrofa «Hijosdeperranomesacaréisuncéntimomecagoenvuestraputamadre» y variaciones al uso hasta desgañitarse y caer exánime al suelo, de donde lo tenía que levantar Fermín para devolverlo al catre.

—¿Sucumbe el Cucaracha, Fermín? —preguntaba el 17 tan pronto como le oía caer redondo.

Fermín ya no se molestaba en dar el parte médico de su compañero de celda. Si se terciaba, ya verían pasar el saco de lona.

—Mire, Salgado, si se va a morir muérase ya y si tiene planeado vivir, le ruego que lo haga en silencio porque me tiene hasta la coronilla con sus recitales de espumarajos —decía Fermín arropándolo con un trozo de lona sucia que, en ausencia de Bebo, había conseguido de uno de los carceleros, tras camelárselo con una supuesta receta científica para beneficiarse quinceañeras en flor a base de atontarlas con leches merengadas y melindres.

—Usted no se me haga el caritativo que le veo el plumero y ya sé que es igual que esta colección de carroñeros que se apuestan hasta los calzoncillos a que me muero —replicaba Salgado, que parecía dispuesto a mantener aquella mala leche hasta el último momento.

—Pues mire, no son ganas de contradecir a un moribundo en sus últimos o, cuando menos, tardíos estertores, pero sepa usted que no he apostado ni un real en esta timba, y de echarme un día al vicio no sería con apuestas sobre la vida de un ser humano, aunque usted de ser humano tenga lo que yo de coleóptero —sentenció Fermín.

—No se crea que con tanta palabrería me despista —replicó Salgado, malicioso—. Sé perfectamente lo que están tramando usted y su amigo del alma Martín con todo ese cuento de *El conde de Montecristo.*

—No sé de qué me habla, Salgado. Duérmase un rato, o un año, que nadie lo va a echar de menos.

—Si cree usted que se va a escapar de este lugar es que está tan loco como él.

Fermín sintió un sudor frío en la espalda. Salgado le mostró su sonrisa desdentada a porrazos.

—Lo sabía —dijo.

Fermín negó por lo bajo y se fue a acurrucar a su rincón, tan lejos como pudo de Salgado. La paz apenas duró un minuto.

—Mi silencio tiene un precio —anunció Salgado.

—Tendría que haberlo dejado morir cuando lo trajeron —murmuró Fermín.

—Como muestra de gratitud estoy dispuesto a hacerle una rebaja —dijo Salgado—. Sólo le pido que me haga un último favor y guardaré su secreto.

—¿Cómo sé que será el último?

—Porque le van a pillar a usted como a todos los que han intentado salir de aquí por pies y, después de buscarle las cosquillas unos días, lo pasarán por el garrote en el patio como espectáculo edificante para el resto y entonces ya no podré pedirle nada más. ¿Qué me dice? Un pequeño favor y mi total cooperación. Le doy mi palabra de honor.

—¿Su palabra de honor? Hombre, ¿por qué no lo ha dicho antes? Eso lo cambia todo.

—Acérquese...

Fermín dudó un instante, pero se dijo que no tenía nada que perder.

—Sé que el cabrón ese de Valls le ha encargado que averigüe usted dónde tengo escondido el dinero —dijo—. No se moleste en negarlo.

Fermín se limitó a encogerse de hombros.

—Quiero que se lo diga —instruyó Salgado.

—Lo que usted mande, Salgado. ¿Dónde está el dinero?

—Dígale al director que tiene que ir él solo, en persona. Si alguien lo acompaña no sacará un duro. Dígale que tiene que acudir a la antigua fábrica Vilardell en el Pueblo Nuevo, detrás del cementerio. A medianoche. Ni antes ni después.

—Esto suena por lo menos a sainete de misterio de don Carlos Arniches, Salgado...

—Escúcheme bien. Dígale que tiene que entrar en

la fábrica y buscar la antigua caseta del guarda junto a la sala de telares. Una vez allí tiene que llamar a la puerta y, cuando le pregunten quién va, debe decir: «Durruti vive.»

Fermín ahogó una carcajada.

—Ésa es la memez más grande que he oído desde el último discurso del director.

—Usted limítese a repetirle lo que he dicho.

—¿Y cómo sabe usted que no iré yo y con sus intrigas y contraseñas de serial de a peseta me llevaré el dinero?

La codicia ardía en los ojos de Salgado.

—No me lo diga: porque estaré muerto —completó Fermín.

La sonrisa reptil de Salgado le desbordaba los labios. Fermín estudió aquellos ojos consumidos por la sed de venganza. Comprendió entonces lo que pretendía Salgado.

—Es una trampa, ¿no?

Salgado no respondió.

—¿Y si Valls sobrevive? ¿No se ha parado a pensar en lo que le van a hacer?

—Nada que no me hayan hecho ya.

—Le diría que tiene usted un par de huevos si no me constase que sólo le queda parte de uno y, si esta jugada le sale rana, ni eso —aventuró Fermín.

—Eso es problema mío —atajó Salgado—. ¿En qué quedamos entonces, Montecristo? ¿Trato hecho?

Salgado ofreció la única mano que le quedaba. Fermín la contempló durante unos instantes antes de estrecharla sin ganas.

14

Fermín tuvo que esperar al tradicional discurso del domingo tras la misa y al escaso intervalo al aire libre en el patio para aproximarse a Martín y confiarle lo que Salgado le había pedido.

—No interferirá en el plan —aseguró Martín—. Haga lo que le pide. Ahora no podemos permitirnos un chivatazo.

Fermín, que llevaba días entre la náusea y la taquicardia, se secó el sudor frío que le chorreaba por la frente.

—Martín, no es por desconfianza, pero si ese plan que está preparando es tan bueno, ¿por qué no lo usa usted para salir de aquí?

Martín asintió, como si llevase días esperando oír aquella pregunta.

—Porque yo merezco estar aquí y, aunque no fuese así, no hay lugar ya para mí fuera de estos muros. No tengo adónde ir.

—Tiene a Isabella...

—Isabella está casada con un hombre diez veces mejor que yo. Lo único que conseguiría saliendo de aquí sería hacerla desgraciada.

—Pero ella está haciendo todo lo posible por sacarle de aquí...

Martín negó.

—Me tiene usted que prometer algo, Fermín. Es lo único que le pediré a cambio de ayudarle a escapar.

Éste es el mes de las peticiones, pensó Fermín asintiendo de buen grado.

—Lo que usted me pida.

—Si consigue salir le pido que, si está en su mano, cuide de ella. A distancia, sin que ella lo sepa, sin que ni siquiera sepa que usted existe. Que cuide de ella y de su hijo, Daniel. ¿Hará eso por mí, Fermín?

—Por supuesto.

Martín sonrió con tristeza.

—Es usted un buen hombre, Fermín.

—Ya van dos ocasiones en que me dice eso, y cada vez me suena peor.

Martín extrajo uno de sus apestosos cigarrillos y lo encendió.

—No tenemos mucho tiempo. Brians, el abogado que contrató Isabella para llevar mi caso, estuvo ayer aquí. Cometí el error de contarle lo que Valls quiere de mí.

—Lo de reescribirle la bazofia esa...

—Exactamente. Le pedí que no le dijese nada a Isabella, pero le conozco y tarde o temprano lo hará, y ella, a la que conozco todavía mejor, se pondrá hecha una furia y vendrá aquí para amenazar a Valls con esparcir a los cuatro vientos su secreto.

—¿Y no puede usted detenerla?

—Intentar detener a Isabella es como intentar detener un tren de carga: una misión para tontos.

—Cuanto más me habla de ella más me apetece conocerla. A mí las mujeres con carácter...

—Fermín, le recuerdo su promesa.

Fermín se llevó la mano al corazón y asintió con solemnidad. Martín prosiguió.

—A lo que iba. Cuando eso suceda Valls puede hacer cualquier tontería. Es un hombre a quien le mueve la vanidad, la envidia y la codicia. Cuando se sienta acorralado dará un paso en falso. No sé qué, pero estoy seguro de que algo intentará. Es importante que para entonces ya esté usted fuera de aquí.

—No es que yo tenga muchas ganas de quedarme, la verdad...

—No me entiende usted. Hay que adelantar el plan.

—¿Adelantarlo? ¿A cuándo?

Martín lo observó largamente a través de la cortina de humo que ascendía de sus labios.

—A esta noche.

Fermín intentó tragar saliva, pero tenía la boca llena de polvo.

—Pero si todavía no sé ni cuál es el plan...

—Abra bien los oídos.

15

Aquella tarde, antes de regresar a la celda, Fermín se acercó a uno de los centinelas que le habían conducido al despacho de Valls.

—Dígale al señor director que tengo que hablar con él.

—¿De qué, si puede saberse?

—Dígale que tengo los resultados que esperaba. Él sabrá de lo que hablo.

Antes de una hora el centinela y su compañero se personaron a la puerta de la celda número 13 para recoger a Fermín. Salgado lo observaba todo con una expresión canina desde el catre, masajeándose el muñón. Fermín le guiñó un ojo y partió bajo la custodia de los centinelas.

El señor director lo recibió con una sonrisa efusiva y un plato de pastas de Casa Escribá.

—Fermín, amigo mío, qué placer tenerle de nuevo aquí para mantener una charla inteligente y productiva. Tome asiento, por favor, y deguste a discreción esta fina selección de dulces que me ha traído la esposa de uno de los prisioneros.

Fermín, que hacía días que era incapaz de ingerir ni un grano de alpiste, cogió una rosquilla por no contradecir a Valls y la sostuvo en la mano como si se tratase de un amuleto. Fermín advirtió que el señor director había dejado de tutearle y supuso que el nuevo tratamiento de usted sólo podía tener consecuencias funestas. Valls se sirvió una copa de brandy y se dejó caer en su butacón de general.

—¿Y bien? Entiendo que tiene usted buenas noticias para mí —le invitó a hablar el señor director.

Fermín asintió.

—En el capítulo de Bellas Letras, puedo confirmarle a su ilustrísima que Martín está más que persuadido y motivado para realizar la labor de pulido y planchado que le solicitó. Es más, me ha comentado que el material que le proporcionó usted es de tan alta calidad y finura que cree que su tarea será sencilla, porque basta con poner puntos sobre dos o tres íes de la genialidad del señor director para obtener una obra maestra digna del más selecto Paracelso.

Valls se detuvo a absorber el cañonazo de palabrería de Fermín, pero asintió cortés sin aflojar la sonrisa helada.

—No hace falta que me lo endulce, Fermín. Me basta con saber que Martín hará lo que tiene que hacer. Ambos sabemos que la labor no es de su agrado, pero me alegra que se avenga a razones y que comprenda que facilitar las cosas nos beneficia a todos. Ahora, respecto a los otros dos puntos...

—A ello iba. Respecto al camposanto de los tomos enajenados...

—Cementerio de los Libros Olvidados —corrigió Valls—. ¿Ha podido sonsacarle a Martín la ubicación?

Fermín asintió con plena convicción.

—Por lo que he podido colegir, el susodicho osario está oculto tras un laberinto de túneles y cámaras bajo el mercado del Borne.

Valls sopesó aquella revelación, visiblemente sorprendido.

—¿Y la entrada?

—Hasta ahí no pude llegar, señor director. Imagino que en alguna trampilla oculta tras el aparejo y pestuzo disuasorio de algunos de los puestos de verduras al por mayor. Martín no quería hablar del tema y pensé que si le presionaba demasiado se cerraría en banda.

Valls asintió lentamente.

—Hizo bien. Prosiga.

—Y para finalizar, en relación con la tercera petición de vuecencia, aprovechando los estertores y las agonías mortales del abyecto Salgado pude persuadirle para que, en su delirio, confesara el escondrijo del pingüe botín de su criminal andadura al servicio de la masonería y el marxismo.

—¿Cree usted que va a morir, entonces?

—De un momento a otro. Creo que ya se ha encomendado a san León Trotsky y está a la espera del soplo final para ascender al politburó de la posteridad.

Valls negó por lo bajo.

—Ya les dije a esos animales que a la fuerza no le sacarían nada.

—Técnicamente le sacaron alguna gónada o miembro, pero coincido con el señor director en que con alimañas como Salgado la única vía de actuación es la psicología aplicada.

—¿Y entonces? ¿Dónde escondió el dinero?

Fermín se inclinó hacia adelante y adoptó un tono confidencial.

—Es complicado de explicar.

—No me venga con rodeos que lo envío al sótano a que le refresquen la oratoria.

Fermín procedió entonces a venderle a Valls aquella intriga peregrina que había obtenido de labios de Salgado. El señor director lo escuchaba con incredulidad.

—Fermín, le advierto que si me está mintiendo se arrepentirá. Lo que han hecho con Salgado no llegará ni a aperitivo de lo que harán con usted.

—Le aseguro a su señoría que le estoy repitiendo lo que me dijo Salgado palabra por palabra. Si quiere usted se lo juro sobre el retrato fehaciente del Caudillo por la gracia de Dios que obra sobre su escritorio.

Valls le miró a los ojos fijamente. Fermín le sostuvo la mirada sin pestañear, tal y como le había enseñado Martín. Finalmente el señor director retiró la sonrisa y, una vez conseguida la información que buscaba, el plato de pastas. Sin pretensión alguna de cordialidad chasqueó los dedos y los dos centinelas entraron para llevarse a Fermín de nuevo a la celda.

Esta vez Valls no se molestó ni en amenazar a Fermín. Mientras le arrastraban corredor abajo, Fermín vio que el secretario del director se cruzaba con ellos y se detenía en el umbral del despacho de Valls.

—Señor director, Sanahuja, el médico de la celda de Martín...

—Sí. ¿Qué?

—Que dice que Martín ha tenido un desvanecimiento y que piensa que podría ser algo grave. Solicita permiso para acudir al botiquín a buscar algunas cosas...

Valls se levantó, iracundo.

—¿Y a qué estás esperando? Venga. Llevadle y que coja lo que necesite.

16

Por orden del señor director un carcelero quedó apostado frente a la celda de Martín mientras el doctor Sanahuja administraba sus cuidados. Era un joven de no más de veinte años, nuevo en el turno. Se suponía que Bebo tenía el turno de noche, pero en su lugar y sin explicación se había presentado aquel novato pardillo que no parecía capaz ni de aclararse con el manojo de llaves y que estaba más nervioso que cualquiera de los prisioneros. Rondaban las nueve de la noche cuando el doctor, visiblemente cansado, se aproximó a los barrotes y se dirigió al carcelero.

—Necesito más gasas limpias y agua oxigenada.

—No puedo abandonar el puesto.

—Ni yo puedo abandonar a un paciente. Por favor. Gasas y agua oxigenada.

El carcelero se agitó nerviosamente.

—Al señor director le disgusta que no se sigan sus instrucciones al pie de la letra.

—Menos le gustará que le pase algo a Martín porque usted no me ha hecho caso.

El joven carcelero sopesó la situación.

—Jefe, que no vamos a atravesar las paredes ni a comernos los barrotes... —argumentó el doctor.

El carcelero dejó escapar una maldición y partió a toda prisa. Mientras el carcelero se alejaba rumbo al botiquín, Sanahuja esperó frente a los barrotes. Salgado llevaba dormido dos horas, respirando con dificultad. Fermín se acercó sigilosamente hasta el corredor y cruzó una mirada con el doctor. Sanahuja le lanzó entonces el paquete, que no llegaba al tamaño de una baraja de cartas, envuelto en un jirón de tela y atado con un cordel. Fermín lo atrapó al vuelo y se retiró rápidamente a las sombras del fondo de su celda. Cuando el carcelero regresó con lo que Sanahuja le había pedido, se asomó a los barrotes y escrutó la silueta de Salgado.

—Está en las últimas —dijo Fermín—. No creo que llegue a mañana.

—Tú mantenlo vivo hasta las seis. Que no me joda la marrana y que se muera en el turno de otro.

—Se hará lo humanamente posible —replicó Fermín.

17

Aquella noche, mientras Fermín deshacía en su celda el paquete que el doctor Sanahuja le había pasado desde el corredor, un Studebaker negro conducía al señor director por la carretera que descendía desde Montjuic a las calles oscuras que bordeaban el puerto. Jaime, el chófer, prestaba particular atención para evitar baches y cualquier otro traspié que pudiera incomodar a su pasajero o interrumpir el trance de sus pensamientos. El nuevo director no era como el antiguo. El antiguo director solía entablar conversaciones con él cuando iban en el coche y en alguna ocasión se había sentado delante, a su lado. El director Valls no le dirigía la palabra excepto para darle una orden y raramente cruzaba la mirada con él a menos que hubiese cometido un error, o pisado una piedra, o tomado una curva demasiado de prisa. Entonces sus ojos se encendían en el espejo retrovisor y un gesto displicente afloraba en su rostro. El director Valls no le permitía encender la radio porque decía que las emisiones que se escuchaban insultaban a su inteligencia. Tampoco le permitía llevar en el salpicadero las fotografías de su esposa y de su hija.

Afortunadamente, a aquella hora de la noche ya no había tráfico y la ruta no presentó sobresaltos. En apenas unos minutos el coche rebasó las Atarazanas, bordeó el monumento a Colón y enfiló las Ramblas. En un par de minutos llegó frente al café de la Ópera y se detuvo. El público del Liceo, al otro lado de la calle, ya había entrado para la sesión de noche y las Ramblas estaban casi desiertas. El chófer descendió y, tras comprobar que no había nadie cerca, procedió a abrir la puerta a Mauricio Valls. El señor director se apeó y contempló el paseo sin interés. Se ajustó la corbata y se peinó los hombros de la chaqueta con las manos.

—Espere aquí —dijo al chófer.

Cuando entró el señor director, el café estaba casi desierto. El reloj que había tras la barra marcaba cinco minutos para las diez de la noche. El señor director respondió al saludo del camarero con un asentimiento y se sentó a una mesa del fondo. Se quitó los guantes con parsimonia y extrajo su pitillera de plata, la que le había regalado su suegro en el primer aniversario de bodas. Encendió un cigarrillo y contempló el viejo café. El camarero se aproximó bandeja en mano y pasó un paño húmedo que olía a lejía sobre la mesa. El señor director le lanzó una mirada de desprecio que el empleado ignoró.

—¿Qué tomará el señor?

—Dos manzanillas.

—¿En la misma taza?

—No. En tazas separadas.

—¿Espera el caballero compañía?

—Evidentemente.

—Muy bien. ¿Se le ofrece alguna cosa más?

—Miel.

—Sí, señor.

El camarero partió sin prisa y el señor director murmuró algo despectivo por lo bajo. Una radio sobre la barra emitía el murmullo de un consultorio sentimental e intercalaba anuncios de la firma de cosméticos Bella Aurora, cuyo uso diario garantizaba juventud, belleza y lozanía. Cuatro mesas más allá un hombre mayor parecía haberse dormido con un periódico en la mano. El resto de las mesas estaban vacías. Las dos tazas humeantes llegaron cinco minutos después. El camarero las puso sobre la mesa con infinita lentitud y luego dejó un tarro con miel.

—¿Será todo, caballero?

Valls asintió. Esperó a que el camarero hubiera regresado a la barra para extraer el frasco que llevaba en el bolsillo. Desenroscó el tapón y lanzó una mirada al otro parroquiano, que seguía noqueado por la prensa. El camarero estaba de espaldas tras la barra, secando vasos.

Valls tomó el frasco y vertió el contenido en la taza que quedaba al otro extremo de la mesa. Luego mezcló un chorro generoso de miel y procedió a remover la manzanilla con la cucharita hasta que estuvo completamente diluida. En la radio leían la angustiada misiva de una señora de Betanzos cuyo marido, al parecer contrariado porque se le había quemado el estofado de Todos los Santos, se había echado al bar con los amigos a escuchar el fútbol y ni paraba en casa ni había vuelto a misa. Se le recomendaba oración, entereza y que usase sus armas de mujer, pero dentro de los estrictos límites de la familia cristiana. Valls consultó de nuevo el reloj. Eran las diez y cuarto.

18

A las diez y veinte Isabella Sempere entró por la puerta. Vestía un abrigo sencillo y llevaba el pelo recogido y el rostro sin maquillar. Valls la vio y alzó la mano. Isabella se quedó un instante observándole y luego se aproximó lentamente a la mesa. Valls se levantó y ofreció su mano sonriendo afablemente. Isabella ignoró la mano y tomó asiento.

—Me he tomado la libertad de pedir dos manzanillas, que es lo que mejor sienta en una noche desapacible como ésta.

Isabella asintió evitando la mirada de Valls. El señor director la contempló detenidamente. La señora de Sempere, como siempre que acudía a verle, se había desarreglado todo lo posible y había intentado disimular su belleza. Valls observó el dibujo de sus labios, el pulso en su garganta y la curva de sus senos bajo el abrigo.

—Usted dirá —dijo Isabella.

—Ante todo, permítame agradecerle que haya acudido a este encuentro con tan poco margen de tiempo. He recibido su nota esta tarde y he creído que era conveniente que hablásemos del tema fuera del despacho y de la prisión.

Isabella se limitó a asentir. Valls probó la manzanilla y se relamió los labios.

—Buenísima. La mejor de Barcelona. Pruébela.

Isabella ignoró su invitación.

—Como comprenderá, toda discreción es poca. ¿Puedo preguntarle si le ha dicho a alguien que venía usted aquí esta noche?

Isabella negó.

—¿Su esposo tal vez?

—Mi marido está haciendo inventario en la librería. No llegará a casa hasta bien entrada la madrugada. Nadie sabe que estoy aquí.

—¿Le pido otra cosa? Si no le apetece una manzanilla...

Isabella negó y tomó la taza en sus manos.

—Está bien así.

Valls sonrió serenamente.

—Como le decía, he recibido su carta. Entiendo su indignación y quería explicarle que todo se trata de un malentendido.

—Está usted chantajeando a un pobre enfermo mental, su prisionero, para que le escriba una obra con la que ganar reputación. No creo haber entendido mal nada hasta ese punto.

Valls deslizó una mano hacia Isabella.

—Isabella... ¿Puedo llamarla así?

—No me toque.

Valls retiró la mano, esgrimiendo un gesto conciliador.

—Está bien, sólo hablemos con calma.

—No hay nada de qué hablar. Si no deja usted en paz a David, llevaré su historia y su fraude hasta Madrid o hasta donde haga falta. Todos sabrán qué clase de persona y qué clase de literato es usted. Nada ni nadie me va a detener.

Las lágrimas asomaban en los ojos de Isabella y la taza de manzanilla temblaba en sus manos.

—Por favor, Isabella. Beba un poco. Le hará bien.

Isabella bebió un par de sorbos, ausente.

—Así, con una pizca de miel, es como sabe mejor —añadió Valls.

Isabella bebió dos o tres sorbos más.

—Debo decirle que la admiro, Isabella —dijo Valls—. Pocas personas tendrían el coraje y la entereza de defender a un pobre infeliz como Martín..., alguien a quien todos han abandonado y traicionado. Todos menos usted.

Isabella miró nerviosamente el reloj sobre la barra. Eran las diez y treinta y cinco. Tomó un par de sorbos más de manzanilla y apuró la taza.

—Debe usted de apreciarle mucho —aventuró Valls—. A veces me pregunto si, con el tiempo y cuando llegue a conocerme mejor, tal como soy, podrá usted apreciarme tanto como a él.

—Me da usted asco, Valls. Usted y toda la escoria como usted.

—Lo sé, Isabella. Pero es la escoria como yo la que siempre manda en este país y la gente como usted la que siempre se queda en la sombra. Tanto da qué bando lleve las riendas.

—Esta vez no. Esta vez sus superiores sabrán lo que está haciendo.

—¿Qué le hace pensar que les importará, o que ellos no hacen lo mismo o mucho más que yo, que apenas soy un aficionado?

Valls sonrió y extrajo un folio doblado del bolsillo de su chaqueta.

—Isabella, quiero que sepa que yo no soy como usted piensa. Y, para demostrárselo, aquí está la orden de liberación de David Martín, con fecha de mañana.

Valls le mostró el documento. Isabella lo examinó incrédula. Valls sacó su pluma y, sin más, firmó el documento.

—Ahí está. David Martín es, técnicamente, un hombre libre. Gracias a usted, Isabella. Gracias a usted...

Isabella le devolvió una mirada vidriosa. Valls apreció cómo sus pupilas se dilataban lentamente y una película de sudor afloraba sobre su labio superior.

—¿Se encuentra bien? Está usted pálida...

Isabella se levantó tambaleándose y se aferró a la silla.

—¿Está mareada, Isabella? ¿La acompaño a algún sitio?

Isabella retrocedió unos pasos y tropezó con el camarero en su camino hacia la salida. Valls se quedó en la mesa, saboreando su manzanilla hasta que el reloj marcó las diez y cuarenta y cinco. Dejó entonces unas monedas sobre la mesa y lentamente se encaminó hacia la salida. El coche le esperaba en la acera, y el chófer sostenía abierta la puerta.

—¿Desea el señor director ir a casa o al castillo?

—A casa, pero primero vamos a hacer una parada en el Pueblo Nuevo, en la antigua fábrica Vilardell —ordenó.

De camino a recoger el botín prometido, Mauricio Valls, futuro insigne de las letras españolas, contempló el desfile de calles negras y desiertas de aquella Barcelona maldita que tanto detestaba, y derramó lágrimas por Isabella y por lo que podría haber sido.

19

Cuando Salgado despertó de su letargo y abrió los ojos, lo primero que advirtió fue que había alguien inmóvil observándole al pie del camastro. Sintió un amago de pánico y por un instante creyó que todavía estaba en la sala del sótano. Un parpadeo en la luz que flotaba desde los candiles del corredor dibujó rasgos conocidos.

—Fermín, ¿es usted? —preguntó.

La figura en la sombra asintió y Salgado respiró hondo.

—Tengo la boca seca. ¿Queda algo de agua?

Fermín se aproximó lentamente. Portaba algo en la mano: un paño y un frasco de cristal.

Salgado vio cómo Fermín vertía el líquido del frasco en el tejido.

—¿Qué es eso, Fermín?

Fermín no contestó. Su rostro no mostraba expresión alguna. Se inclinó sobre Salgado y le miró a los ojos.

—Fermín, no...

Antes de que pudiera pronunciar otra sílaba Fermín le colocó el paño sobre la boca y la nariz, y apretó con fuerza mientras le sujetaba la cabeza sobre el camastro. Salgado se agitaba con la poca fuerza que le quedaba. Fermín mantuvo el paño sobre su rostro. Salgado le miraba aterrado. Segundos más tarde perdió el conocimiento. Fermín no levantó el paño. Contó cinco segundos más y sólo entonces lo retiró. Se sentó en el camastro dando la espalda a Salgado y esperó unos minutos. Luego, tal y como le había dicho Martín, se acercó a la puerta de la celda.

—¡Carcelero! —llamó.

Escuchó los pasos del novato aproximándose por el corredor. El plan de Martín contemplaba que fuese Bebo quien estuviese en su puesto aquella noche como estaba previsto, y no aquel cretino.

—¿Qué pasa ahora? —preguntó el carcelero.

—Es Salgado, que ha palmado.

El carcelero sacudió la cabeza y esbozó una expresión exasperada.

—Me cago en su puta madre. ¿Y ahora qué?

—Traiga usted el saco.

El carcelero maldijo su suerte.

—Si quiere ya lo meteré yo, jefe —se ofreció Fermín.

El carcelero asintió con un asomo de gratitud.

—Si me trae el saco ahora, mientras yo lo voy metiendo usted puede dar aviso y nos lo recogen antes de medianoche —añadió Fermín.

El carcelero asintió de nuevo y partió en busca del saco de lona. Fermín permaneció a la puerta de la celda. Al otro lado del corredor, Martín y Sanahuja le observaban en silencio.

Diez minutos después, el carcelero regresó sosteniendo la saca por un extremo, incapaz de disimular la náusea que le producía aquel hedor a carroña podrida. Fermín se retiró al fondo de la celda sin esperar instrucciones. El carcelero abrió la celda y echó el saco al interior.

—Avíselos ahora, jefe, y así nos quitan de encima el fiambre antes de las doce o lo tendremos aquí hasta mañana por la noche.

—¿Seguro que lo puede meter ahí usted solo?

—No se preocupe, jefe, que hay práctica.

El carcelero asintió de nuevo, no del todo convencido.

—A ver si tenemos suerte, porque el muñón le está empezando a supurar y eso va a oler que no le cuento...

—Joder —dijo el carcelero alejándose a toda prisa.

Tan pronto como lo oyó llegar al extremo del corredor, Fermín procedió a desnudar a Salgado y luego se desprendió de su ropas. Se vistió con los harapos pestilentes del ladrón y le puso los suyos. Colocó a Salgado de lado en el camastro, de cara al muro, y lo tapó con la manta hasta cubrirle medio rostro. Entonces agarró el saco de lona y se introdujo dentro. Iba a cerrar la saca cuando recordó algo.

Volvió a salir a toda prisa y se acercó al muro. Rascó con las uñas entre las dos piedras donde había visto a Salgado esconder la llave hasta que asomó la punta. Intentó asirla con los dedos, pero la llave resbalaba y quedaba apresada entre la piedra.

—Dese prisa —llegó la voz de Martín desde el otro lado del corredor.

Fermín clavó las uñas sobre la llave y tiró con fuerza. La uña del anular se desprendió y una punzada de dolor le cegó por unos segundos. Fermín ahogó un grito y se llevó el dedo a los labios. El sabor de su propia sangre, salado y metálico, le llenó la boca. Abrió los ojos de nuevo y vio que un centímetro de la llave sobresalía de la grieta. Esta vez pudo retirarla con facilidad.

Volvió a calzarse la saca de lona y, como pudo, cerró el nudo desde el interior, dejando una abertura de casi un palmo. Contuvo las arcadas que le subían por la garganta y se tendió en el suelo, anudando los cordeles desde el interior de la saca hasta dejar apenas una rendija del tamaño de un puño. Se llevó los dedos a la nariz y prefirió respirar a través de su propia mugre antes que rendirse a aquel hedor a podredumbre. Ahora sólo cabía esperar, se dijo.

20

Las calles del Pueblo Nuevo estaban sumergidas en una tiniebla espesa y húmeda que reptaba desde la ciudadela de chabolas y cabañas en la playa del Somorrostro. El Studebaker del señor director atravesaba los velos de bruma lentamente y avanzaba entre los cañones de sombras formados por fábricas, almacenes y hangares oscuros y decrépitos. Las luces del coche dibujaban dos túneles de claridad al frente. Al rato la silueta de la antigua fábrica textil Vilardell asomó en la niebla. Las chimeneas y crestas de pabellones y talleres abandonados se perfilaron al fondo de la calle. El gran portón estaba custodiado por una reja de lanzas; tras ésta se adivinaba un laberinto de maleza entre la que sobresalían los esqueletos de camiones y carromatos abandonados. El chófer se detuvo frente a la entrada de la vieja factoría.

—Deje el motor en marcha —ordenó el señor director.

Los haces de luz de ambos faros penetraban en la negrura más allá del portón, revelando el estado ruinoso de la fábrica, bombardeada durante la guerra y abandonada como tantas estructuras en toda la ciudad.

A un lado se apreciaban unos barracones sellados con tablones de madera y, frente a unas cocheras que parecían haber sido pasto de las llamas, se alzaba lo que Valls supuso que era la antigua casa de los vigilantes. El aliento rojizo de una vela o un candil de aceite lamía el contorno de una de las ventanas cerradas. El señor director observó la escena sin prisa desde el asiento trasero del coche. Tras varios minutos de espera, se inclinó hacia adelante y se dirigió al chófer.

—Jaime, ¿ve usted esa casa a la izquierda, frente a la cochera?

Era la primera vez que el señor director se dirigía a él por su nombre de pila. Algo en aquel tono repentinamente amable y cálido le hizo preferir el trato frío y distante habitual.

—¿La caseta, dice usted?

—La misma. Quiero que se acerque hasta allí y llame a la puerta.

—¿Quiere que entre ahí? ¿En la fábrica?

El señor director dejó caer un suspiro de impaciencia.

—En la fábrica no. Escúcheme bien. Ve la casa, ¿verdad?

—Sí, señor.

—Muy bien. Pues se acerca usted a la verja, se cuela por la abertura que hay entre los barrotes, va hasta la caseta y llama a la puerta. ¿Hasta ahí todo claro?

El chófer asintió con escaso entusiasmo.

—Bien. Cuando haya usted llamado, alguien le abrirá. Cuando lo haga le dice: «Durruti vive.»

—¿Durruti?

—No me interrumpa. Usted repita lo que le he dicho. Le darán algo. Probablemente una maleta o un fardo. Lo trae usted, y ya está. Simple, ¿no?

El chófer estaba pálido y no cesaba de mirar por el retrovisor, como si esperase que alguien o algo emergiese de las sombras en cualquier momento.

—Tranquilo, Jaime. No va a pasar nada. Le pido esto como un favor personal. Dígame, ¿está usted casado?

—Hará ahora tres años que me casé, señor director.

—Ah, qué bien. ¿Y tiene usted hijos?

—Una niña de dos años y mi señora está esperando, señor director.

—La familia es lo más importante, Jaime. Es usted un buen español. Si le parece, como regalo de bautizo anticipado y muestra de mi agradecimiento por su excelente trabajo, le voy a dar cien pesetas. Y si me hace este pequeño favor le voy a recomendar para un ascenso. ¿Qué le parecería un empleo de despacho en la Diputación? Tengo buenos amigos allí y me dicen que buscan hombres con carácter para sacar al país del pozo al que lo han llevado los bolcheviques.

A la mención del dinero y de las buenas perspectivas una leve sonrisa asomó a los labios del chófer.

—¿No será peligroso o...?

—Jaime, que soy yo, el señor director. ¿Le iba a pedir yo que hiciera algo peligroso o ilegal?

El chófer le miró en silencio. Valls le sonrió.

—Repítame qué es lo que tiene que hacer, ande.

—Voy hasta la puerta de la casa y llamo. Cuando abran digo: «Viva Durruti.»

—Durruti vive.

—Eso. Durruti vive. Me dan la maleta y la traigo.

—Y nos vamos a casa. Así de fácil.

El chófer asintió y, tras un instante de duda, bajó del coche y se aproximó a la verja. Valls observó su silueta atravesando el haz de luz de los faros y llegar ante la entrada. Allí se volvió un instante a mirar el coche.

—Venga, imbécil, entra —murmuró Valls.

El chófer se coló entre los barrotes y, sorteando escombros y maleza, se acercó lentamente a la puerta de la casa. El señor director extrajo el revólver que llevaba en el bolsillo interior del abrigo y tensó el percutor. El chófer llegó a la puerta y se detuvo allí. Valls lo vio llamar dos veces y esperar. Transcurrió casi un minuto sin que nada sucediese.

—Otra vez —murmuró Valls para sí.

El chófer miraba ahora hacia el coche, como si no supiera qué hacer. De repente un soplo de luz amarillenta se dibujó donde un instante antes había estado la puerta cerrada. Valls vio cómo el chófer pronunciaba la contraseña. Se volvió una vez más a mirar hacia el coche, sonriendo. El disparo, a bocajarro, le reventó la sien y le atravesó el cráneo. Una neblina de sangre emergió por el otro lado y el cuerpo, ya cadáver, se sostuvo un instante en pie envuelto en el halo de pólvora antes de precipitarse al suelo como un muñeco roto.

Valls bajó del asiento trasero a toda prisa y se colocó al volante del Studebaker. Sosteniendo el revólver sobre el salpicadero y apuntando hacia la entrada de la fábrica con la mano izquierda, puso la marcha atrás y pisó el acelerador. El coche retrocedió hacia la tiniebla tropezando con baches y charcos que punteaban la calle. Mientras se alejaba pudo ver el resplandor de varios disparos a la puerta de la fábrica, pero ninguno alcanzó el coche. Sólo cuando estuvo a unos doscientos metros maniobró para dar la vuelta y, acelerando a fondo, se alejó de allí mordiéndose los labios de rabia.

21

Encerrado en el interior del saco, Fermín sólo pudo oír sus voces.

—Hemos tenido suerte, tú —dijo el carcelero novato.

—Fermín se ha dormido ya —dijo el doctor Sanahuja desde su celda.

—Suerte que tienen algunos —dijo el carcelero—. Ahí lo tenéis. Ya os lo podéis llevar.

Fermín oyó pasos a su alrededor y sintió una sacudida repentina cuando uno de los enterradores rehízo el nudo y lo cerró con fuerza. Luego lo levantaron entre dos y, sin miramientos, lo arrastraron por el corredor de piedra. Fermín no se atrevió a mover ni un músculo.

Los golpes de escalones, esquinas, puertas y peldaños le acuchillaban el cuerpo sin piedad. Se llevó un puño a la boca y lo mordió para no gritar de dolor. Tras un largo periplo Fermín percibió una caída brusca de temperatura y la pérdida de aquel eco claustrofóbico que existía en todo el interior del castillo. Estaban fuera. Lo arrastraron varios metros sobre un firme empedrado y salpicado de charcos. El frío empezó a calar rápidamente a través de la saca.

Finalmente sintió que lo levantaban y lo lanzaban al vacío. Aterrizó en lo que parecía una superficie de madera. Unos pasos se alejaban. Fermín respiró hondo. El interior de la saca hedía a excremento, carne podrida y gasoil. Escuchó cómo arrancaba el motor del camión y, tras una sacudida, sintió el movimiento del vehículo y el tirón de una pendiente que hizo rodar la saca. Comprendió que el vehículo se alejaba colina abajo con un lento traqueteo por el mismo camino por el que había llegado allí meses atrás. Recordaba que el ascenso a la montaña había sido largo y plagado de curvas. Al poco, sin embargo, notó que el vehículo giraba y enfilaba un nuevo camino sobre un terreno llano y tosco, sin asfaltar. Se habían desviado y Fermín tuvo la certeza de que se estaban adentrando en la montaña en vez de descender hacia la ciudad. Algo había salido mal.

No fue hasta entonces cuando se le ocurrió pensar que tal vez Martín no lo había calculado todo, que algún detalle se le había escapado. Al fin y al cabo, nadie sabía a ciencia cierta qué hacían con los cadáveres de los presos. Tal vez Martín no se había parado a pensar que a lo mejor lanzaban los cuerpos a una caldera para deshacerse de ellos. Pudo imaginar a Salgado, al despertar de su letargo de cloroformo, riéndose y diciendo que antes de arder en el infierno Fermín Romero de Torres, o como diantres se llamase, había ardido en vida.

El camino se prolongó unos minutos. Al poco, cuando el vehículo empezó a aminorar la marcha, Fermín lo percibió por primera vez. Un hedor como nunca había conocido. Se le encogió el corazón y, mientras aquel vapor indecible le llevaba a la náusea, deseó no haber escuchado nunca al loco de Martín y haberse quedado en su celda.

22

Cuando el señor director llegó al castillo de Montjuic, descendió del coche y se dirigió a toda prisa a su despacho. Su secretario estaba anclado en su pequeño escritorio frente a la puerta, mecanografiando la correspondencia del día con dos dedos.

—Deja eso y haz que traigan ahora mismo al hijo de perra de Salgado —ordenó.

El secretario le miró desconcertado, dudando si abrir la boca.

—No te quedes ahí pasmado. Muévete.

El secretario se levantó, azorado, y rehuyó la mirada iracunda del señor director.

—Salgado ha muerto, señor director. Esta misma noche...

Valls cerró los ojos y respiró hondo.

—Señor director...

Sin molestarse en dar explicaciones Valls corrió y no se detuvo hasta llegar a la celda número 13. Al verle, el carcelero salió de su modorra y le dedicó un saludo militar.

—Excelencia, qué...

—Abre. Rápido.

El carcelero abrió la celda y Valls entró sin contemplaciones. Se dirigió al camastro y, asiendo del hombro el cuerpo que había sobre el camastro, tiró con fuerza. Salgado quedó tendido boca arriba. Valls se inclinó sobre el cuerpo y le olfateó el aliento. Se volvió entonces al carcelero, que le miraba aterrado.

—¿Dónde está el cuerpo?

—Se lo han llevado los de la funeraria...

Valls le propinó una bofetada que lo derribó. Dos centinelas se habían personado en el corredor a la espera de las instrucciones del director.

—Lo quiero vivo —les dijo.

Los dos centinelas asintieron y partieron a paso ligero. Valls se quedó allí, apoyado contra los barrotes de la celda que compartían Martín y el doctor Sanahuja. El carcelero, que se había levantado y no se atrevía ni a respirar, creyó ver que el señor director se estaba riendo.

—Idea suya, supongo, ¿verdad, Martín? —preguntó Valls, al fin.

El señor director hizo un amago de reverencia y, mientras se alejaba por el corredor, aplaudió lentamente.

23

Fermín notó que el camión aminoraba la marcha y negociaba los últimos escollos de aquel camino sin pavimentar. Tras un par de minutos de baches y quejidos del camión, el motor se detuvo. El hedor que traspasaba el tejido de la saca era indescriptible. Los dos enterradores se aproximaron a la parte trasera del camión. Escuchó el chasquido de la palanca que aseguraba el cierre y luego, de súbito, un fuerte tirón en la saca y una caída al vacío.

Fermín golpeó el suelo con el costado. Un dolor sordo se extendió por su hombro. Antes de que pudiese reaccionar, los dos enterradores recogieron el saco del suelo empedrado y, sosteniendo un extremo cada uno de ellos, lo llevaron cuesta arriba hasta detenerse unos metros más allá. Dejaron caer de nuevo el saco y entonces Fermín oyó cómo uno de ellos se arrodillaba y empezaba a deshacer el nudo que sellaba la saca. Los pasos del otro se alejaron un par de metros y pudo percibir cómo recogía algo metálico. Fermín intentó tomar aire pero aquel miasma le quemaba la garganta. Cerró los ojos. El aire frío le rozó el rostro. El enterrador asió el saco por el extremo cerrado y tiró con fuerza. El cuerpo de Fermín rodó sobre piedras y terreno encharcado.

—Venga, a la de tres —dijo uno ellos.

Cuatro manos lo asieron por los tobillos y las muñecas. Fermín luchó por contener la respiración.

—Oye, ¿no está sudando?

—¿Cómo coño va a sudar un muerto, *atontao*? Será el charco. Hala, una, dos y...

Tres. Fermín se sintió balancear en el aire. Un instante después estaba volando y se abandonó a su destino. Abrió los ojos en pleno vuelo y cuanto pudo apreciar antes del impacto fue que se precipitaba hacia el fondo de una zanja cavada en la montaña. La claridad de la luna no permitía más que distinguir algo pálido que cubría el suelo. Fermín tuvo la certeza de que se trataba de piedras y, serenamente, en el medio segundo que tardó en caer, decidió que no le importaba morir.

El aterrizaje fue suave. Fermín sintió que su cuerpo había caído sobre algo blando y húmedo. Cinco metros más arriba, uno de los enterradores sostenía una pala que vació al aire. Un polvo blanquecino se esparció en una neblina brillante que le acarició la piel y, un segundo después, empezó a devorarla como si se tratase de ácido. Los dos enterradores se alejaron y Fermín se incorporó para descubrir que se encontraba en una fosa abierta en la tierra repleta de cadáveres cubiertos de cal viva. Intentó sacudirse aquel polvo de fuego y trepó entre los cuerpos hasta alcanzar el muro de tierra. Escaló hundiendo las manos en la tierra e ignorando el dolor.

Cuando alcanzó la cima, consiguió arrastrarse hasta un charco de agua sucia en el que limpiar la cal. Se puso de pie y pudo apreciar que las luces del camión se alejaban en la noche. Se volvió un instante a mirar atrás y vio que la fosa se extendía a sus pies como un océano de cadáveres trenzados entre sí. La náusea le golpeó con fuerza y cayó de rodillas, vomitando bilis y sangre sobre las manos. El hedor a muerte y el pánico apenas le permitían respirar. Oyó entonces un rumor en la distancia. Alzó la vista y vio los faros de un par de coches que se aproximaban. Corrió entonces hacia la ladera de la montaña y llegó a una pequeña explanada desde la que se podía ver el mar al pie de la montaña y el faro del puerto en la punta de la escollera.

En lo alto, el castillo de Montjuic se alzaba entre nubes negras que se arrastraban y enmascaraban la luna. El ruido de los coches se aproximaba. Sin pensarlo dos veces Fermín se lanzó ladera abajo, cayendo y rodando entre troncos, piedras y maleza que le golpeaban y le arrancaban la piel a jirones. Ya no sintió dolor, ni miedo, ni cansancio hasta que llegó a la carretera, desde donde echó a correr en dirección a los hangares del puerto. Corrió sin pausa ni aliento, sin noción del tiempo ni conciencia de las heridas que cubrían su cuerpo.

24

El alba despuntaba cuando llegó al laberinto infinito de chabolas que cubrían la playa del Somorrostro. La bruma del alba reptaba desde el mar y serpenteaba entre los tejados. Fermín se adentró en las callejuelas y túneles de la ciudad de los pobres hasta caer entre dos pilas de escombros. Allí lo encontraron dos niños harapientos que arrastraban unas cajas de madera y que se detuvieron a contemplar aquella silueta esquelética que parecía sangrar por todos los poros de su piel.

Fermín les sonrió e hizo el signo de la victoria con dos dedos. Los niños se miraron entre sí. Uno de ellos dijo algo que no pudo oír. Se abandonó a la fatiga y con los ojos entreabiertos pudo ver que lo recogían del suelo entre cuatro personas y lo tendían en un catre junto a un fuego. Sintió el calor en la piel y recuperó lentamente la sensación en pies, manos y brazos. El dolor vino después, como una marea lenta pero inexorable. A su alrededor voces apagadas de mujeres murmuraban palabras incomprensibles. Le quitaron los pocos harapos que le quedaban encima. Paños empapados en agua caliente y alcanfor acariciaron con infinita delicadeza su cuerpo desnudo y quebrado.

Entreabrió los ojos al sentir la mano de una anciana sobre su frente, la mirada cansada y sabia sobre la suya.

—¿De dónde vienes? —preguntó aquella mujer que Fermín, en su delirio, creyó que era su madre.

—De entre los muertos, madre —murmuró—. He regresado de entre los muertos.

Tercera parte

VOLVER *a* NACER

1

Barcelona, 1940

El incidente de la vieja fábrica Vilardell nunca llegó a los diarios. A nadie convenía que aquella historia viera la luz. Lo que allí sucedió sólo lo recuerdan quienes estaban presentes. La misma noche en que Mauricio Valls regresó al castillo para comprobar que el prisionero número 13 había escapado, el inspector Fumero de la Brigada Social recibió aviso del señor director de un chivatazo por parte de uno de los presos. Fumero y sus hombres estaban apostados en sus posiciones antes de que saliese el sol.

El inspector puso a dos de sus hombres vigilando el perímetro y concentró al resto en la entrada principal, desde la que, tal y como le había indicado Valls, podía verse la caseta. El cuerpo de Jaime Montoya, el heroico chófer del director de la prisión, que se había ofrecido voluntario para acudir en solitario a investigar la veracidad de los alegatos sobre elementos subversivos presentados por uno de los prisioneros, seguía allí, tendido entre los escombros. Poco antes del alba, Fumero dio orden a sus hombres de que entraran en la vieja fábrica. Cercaron la caseta y cuando los ocupantes, dos hombres y una mujer joven, detectaron su presencia, sólo se produjo un mínimo incidente cuando ella, que portaba un arma de fuego, alcanzó en un brazo a uno de los policías. La herida apenas era un rasguño sin importancia. Amén de aquel desliz, en treinta segundos Fumero y sus hombres habían reducido a los rebeldes.

El inspector ordenó entonces que los metiesen a todos en la caseta y que también arrastrasen el cuerpo del chófer muerto al interior. Fumero no pidió nombres ni documentación. Ordenó a sus hombres que atasen a los rebeldes de pies y manos con alambre a unas sillas de metal oxidado que estaban tiradas en un rincón. Una vez que estuvieron inmovilizados, Fumero indicó a sus hombres que lo dejasen solo y que se apostasen a la puerta de la caseta y de la fábrica a esperar sus instrucciones. A solas con los prisioneros, cerró la puerta y tomó asiento frente a ellos.

—No he dormido en toda la noche y estoy cansado. Me quiero ir a mi casa. Me vais a decir dónde está el dinero y las joyas que escondéis para el tal Salgado y aquí no va a pasar nada, ¿de acuerdo?

Los prisioneros lo contemplaban con una mezcla de perplejidad y terror.

—No sabemos nada de unas joyas ni de un tal Salgado —dijo el hombre de más edad.

Fumero asintió con cierto hastío. Paseaba su mirada con parsimonia por los tres prisioneros, como si pudiera leer sus pensamientos y éstos le aburrieran.

Tras dudar unos instantes, eligió a la mujer y arrimó su silla para quedar apenas a un par de palmos de ella. La mujer estaba temblando.

—Déjala en paz, hijo de puta —escupió el otro hombre, más joven—. Si la tocas te juro que te mataré.

Fumero sonrió melancólicamente.

—Tienes una novia muy guapa.

Navas, el oficial apostado a la puerta de la caseta, notaba el sudor frío empapándole la ropa. Ignoraba los alaridos que provenían del interior y, cuando sus compañeros le dirigieron una mirada soterrada desde el portón de la factoría, Navas negó con la cabeza.

Nadie intercambió una sola palabra. Fumero llevaba dentro de la caseta una media hora cuando finalmente la puerta se abrió a su espalda. Navas se apartó y evitó mirar directamente las manchas húmedas sobre las ropas negras del inspector. Fumero se alejó lentamente hacia la salida y Navas, tras un somero vistazo al interior de la caseta, contuvo las arcadas y cerró la puerta. A una señal de Fumero, dos de los hombres se aproximaron portando dos bidones de gasolina y rociaron el perímetro y los muros de la caseta. No se quedaron a verla arder.

Fumero los esperaba sentado en el asiento del pasajero cuando volvieron al coche. Partieron en silencio mientras una columna de humo y llamas se alzaba entre las ruinas de la vieja fábrica dejando un rastro de cenizas que se esparcía al viento. Fumero abrió la ventanilla y alargó la mano abierta al aire frío y húmedo. Tenía sangre en los dedos. Navas conducía con la vista clavada al frente, aunque sus ojos sólo veían la mirada de súplica que le había lanzado la mujer joven, todavía viva, antes de que cerrase la puerta. Advirtió que Fumero lo estaba observando y apretó las manos al volante para ocultar el temblor.

Desde la acera un grupo de niños harapientos contemplaban el paso del coche. Uno de ellos, esbozando una pistola con los dedos, jugó a dispararles. Fumero sonrió y respondió con el mismo gesto poco antes de que el coche se perdiera en la madeja de calles que rodeaban la jungla de chimeneas y almacenes como si nunca hubiese estado allí.

2

Fermín pasó siete días delirando en el interior de la barraca. Ningún paño húmedo conseguía apaciguarle la fiebre; ningún ungüento era capaz de calmar el mal que, decían, lo devoraba por dentro. Las viejas del lugar, que a menudo se turnaban para cuidar de él y administrarle tónicos con la esperanza de mantenerlo con vida, decían que el extraño llevaba un demonio dentro, el demonio de los remordimientos, y que su alma quería huir hacia el final del túnel y descansar en el vacío de la negrura.

Al séptimo día el hombre al que todos llamaban Armando y cuya autoridad en aquel lugar quedaba un par de centímetros por debajo de la de Dios acudió a la barraca y tomó asiento junto al enfermo. Examinó sus heridas, levantó sus párpados con los dedos y leyó los secretos escritos en sus pupilas dilatadas. Las ancianas que cuidaban de él se habían congregado en un corro a su espalda y esperaban en respetuoso silencio. Al rato Armando asintió para sí mismo y abandonó la barraca. Un par de jóvenes que esperaban en la puerta lo siguieron hasta la línea de espuma en la orilla donde rompía la marea y escucharon sus instrucciones con atención. Armando los vio partir y se quedó allí, sentado sobre los restos de una barcaza de pescadores desguazada por el temporal que había quedado varada entre la playa y el purgatorio.

Encendió un cigarro corto y lo saboreó a la brisa del amanecer. Mientras fumaba y meditaba sobre qué debía hacer, Armando extrajo un pedazo de página de *La Vanguardia* que llevaba en el bolsillo desde hacía días. Allí, enterrada entre anuncios de fajas y breves sobre la actualidad de espectáculos en el Paralelo, asomaba una escueta noticia en la que se informaba de la fuga de un prisionero de la cárcel de Montjuic. El texto tenía aquel regusto estéril de las historias que reproducen palabra por palabra el comunicado oficial. La única licencia que se había permitido el redactor era una coletilla donde se afirmaba que nunca antes alguien había conseguido huir de aquella inexpugnable fortaleza.

Armando alzó la mirada y contempló la montaña de Montjuic, que se alzaba al sur. El castillo, un apunte de torres serradas entre la bruma, sobrevolaba Barcelona. Armando sonrió con amargura y, con la brasa de su cigarro, prendió aquel recorte de prensa y lo vio deshacerse en cenizas en la brisa. Los diarios, como siempre, eludían la verdad como si en ello les fuera la vida, y quizá con razón. Todo en aquella noticia apestaba a medias verdades y a detalles dejados de lado. Entre ellos, la circunstancia de que nadie había conseguido fugarse de la prisión de Montjuic. Aunque tal vez, pensó, en este caso era verdad porque él, el hombre al que llamaban Armando, sólo era alguien en el mundo invisible de la ciudad de los pobres y los intocables. Hay épocas y lugares en los que no ser nadie es más honorable que ser alguien.

3

Los días se arrastraban con parsimonia. Armando pasaba una vez al día por la barraca a interesarse por el estado del moribundo. La fiebre daba tímidas muestras de ir amainando y la madeja de golpes, cortes y heridas que cubrían su cuerpo parecían empezar a sanar lentamente bajo los ungüentos. El moribundo pasaba la mayor parte del día durmiendo o murmurando palabras incomprensibles entre la vigilia y el sueño.

—¿Vivirá? —preguntaba Armando a veces.

—Aún no lo ha decidido —le contestaba aquella mujerona desdibujada por los años a quien aquel infeliz había tomado por su madre.

Los días cristalizaron en semanas y pronto pareció evidente que nadie vendría a preguntar por el extraño, porque nadie pregunta por aquello que prefiere ignorar. Normalmente la policía y la Guardia Civil no entraban en el Somorrostro. Una ley de silencio delineaba con claridad que la ciudad y el mundo acababan a las puertas del poblado de chabolas y a ambas partes les interesaba mantener aquella frontera invisible. Armando sabía que, al otro lado, eran muchos los que secreta o abiertamente rezaban para que un día la tormenta se llevase para siempre la ciudad de los pobres, pero hasta que llegase ese día, todos preferían mirar hacia otro lugar, dar la espalda al mar y a las gentes que malvivían entre la orilla y la jungla de fábricas del Pueblo Nuevo. Aun así, Armando tenía sus dudas. La historia que intuía detrás de aquel extraño inquilino que habían acogido bien podía llevar a que la ley del silencio se quebrase.

A las pocas semanas, un par de policías novatos se acercaron a preguntar si alguien había visto a un hombre que se parecía al extraño. Armando se mantuvo alerta durante días, pero cuando nadie más acudió en su busca acabó por comprender que a aquel hombre no lo quería encontrar nadie. Tal vez había muerto y ni siquiera lo sabía.

Al mes y medio de llegar allí, las heridas de su cuerpo empezaron a sanar. Cuando el hombre abrió los ojos y preguntó dónde estaba, lo ayudaron a incorporarse y a sorber un caldo, pero no le dijeron nada.

—Tiene usted que descansar.

—¿Estoy vivo? —preguntó.

Nadie le confirmó si lo estaba o no. Sus días pasaban entre el sueño y una fatiga que no le abandonaba. Cada vez que cerraba los ojos y se entregaba al cansancio, viajaba al mismo lugar. En su sueño, que se repetía noche tras noche, escalaba las paredes de una fosa infinita sembrada de cadáveres. Cuando llegaba a la cima y se volvía a mirar atrás veía que aquella marea de cuerpos espectrales se removía como un remolino de anguilas. Los muertos abrían los ojos y escalaban los muros, siguiendo sus pasos. Lo seguían a través de la montaña y se adentraban en las calles de Barcelona, buscando los que habían sido sus hogares, llamando a las puertas de quienes habían amado. Algunos iban en busca de sus asesinos y recorrían la ciudad sedientos de venganza, pero la mayoría sólo quería regresar a sus casas, a sus camas, a sostener en sus brazos a los hijos, esposas y amantes que habían dejado atrás. Sin embargo nadie les abría las puertas, nadie les sostenía la mano y nadie quería besar sus labios, y el moribundo, cubierto de sudor, se despertaba en la oscuridad con el estruendo ensordecedor del llanto de los muertos en el alma.

Un extraño solía visitarle a menudo. Olía a tabaco y a colonia, dos sustancias de poca circulación en aquella época. Se sentaba en una silla a su lado y le miraba con ojos impenetrables. Tenía el pelo negro como el alquitrán y los rasgos afilados. Cuando se daba cuenta de que el paciente estaba despierto le sonreía.

—¿Es usted Dios o el diablo? —le preguntó en una ocasión el moribundo.

El extraño se encogió de hombros y consideró la pregunta.

—Un poco de ambos —respondió al fin.

—Yo en principio soy ateo —informó el paciente—. Aunque en realidad tengo mucha fe.

—Como mucha gente. Descanse ahora, amigo mío. Que el cielo puede esperar. Y el infierno le viene pequeño.

4

Entre las visitas del extraño caballero del pelo azabache, el convaleciente se dejaba alimentar, lavar y vestir con ropas limpias que le iban grandes. Cuando fue capaz de sostenerse en pie y dar unos pasos, lo acompañaron hasta la orilla del mar y allí pudo mojarse los pies y dejarse acariciar por la luz del Mediterráneo. Un día pasó la mañana viendo cómo unos niños vestidos de harapos y con la cara sucia jugaban en la arena, y pensó que le apetecía vivir, al menos un poco más. Con el tiempo los recuerdos y la rabia empezaron a aflorar y, con ellos, el deseo y a su vez el temor de regresar a la ciudad.

Piernas, brazos y demás engranajes empezaron a funcionar más o menos con normalidad. Recuperó el raro placer de orinar al viento sin ardores ni sucesos vergonzantes y se dijo que un hombre que podía mear de pie y sin ayuda era un hombre en condiciones de afrontar sus responsabilidades. Aquella misma noche, de madrugada, se levantó con sigilo y se alejó por los angostos callejones de la ciudadela hasta el límite que marcaban las vías del tren. Al otro lado se alzaba el bosque de chimeneas y la cresta de ángeles y mausoleos del cementerio. Más allá, en un lienzo de luces que ascendía por las colinas, yacía Barcelona. Oyó unos pasos a su espalda y al volverse se encontró con la mirada serena del hombre del pelo azabache.

—Ha vuelto usted a nacer —dijo.

—Pues a ver si esta vez me sale mejor que la primera, porque llevo una carrera...

El hombre del pelo azabache sonrió.

—Permítame que me presente. Yo soy Armando, el gitano.

Fermín le estrechó la mano.

—Fermín Romero de Torres, payo, pero relativamente de ley.

—Amigo Fermín, me ha parecido que andaba usted pensando en volver con ésos.

—La cabra tira al monte —sentenció Fermín—. He dejado algunas cosas a medio hacer.

Armando asintió.

—Lo entiendo, pero todavía no, amigo mío —le dijo—. Tenga paciencia. Quédese con nosotros una temporada.

El miedo a lo que le aguardaba a su regreso y la generosidad de aquellas gentes le retuvieron allí hasta que una mañana de domingo tomó prestado un diario a uno de los chavales, que lo había encontrado en la basura de un chiringuito en la playa de la Barceloneta. Era difícil determinar cuánto tiempo llevaba el periódico entre los escombros, pero estaba fechado tres meses después de la noche de su fuga. Peinó las páginas en busca de un indicio, de una señal o de una mención, pero no había nada. Aquella tarde, cuando ya había decidido que al anochecer regresaría a Barcelona, Armando se le acercó y le informó de que uno de sus hombres había pasado por la pensión en la que vivía.

—Fermín, es mejor que no vaya usted por allí a buscar sus cosas.

—¿Cómo sabe usted mi domicilio?

Armando sonrió, obviando la pregunta.

—La policía les ha dicho que usted falleció. Una nota sobre su muerte apareció hace semanas en los diarios. No le quise decir nada porque entiendo que leer sobre el propio fallecimiento cuando uno está convaleciente no ayuda.

—¿De qué fallecí?

—Causas naturales. Se cayó usted por un barranco cuando pretendía huir de la justicia.

—Entonces, ¿estoy muerto?

—Como la polka.

Fermín sopesó las implicaciones de su nuevo estatus.

—¿Y ahora qué hago? ¿Adónde voy? No puedo quedarme aquí para siempre, abusando de su bondad y poniéndolos en peligro.

Armando se sentó a su lado y encendió uno de los cigarrillos que se liaba él mismo y que olían a eucalipto.

—Fermín, puede hacer lo que quiera, porque usted no existe. Yo casi le diría que se quedase con nosotros, porque ahora es usted uno de los nuestros, gente que no tiene ni nombre ni figura en ningún lugar. Somos fantasmas. Invisibles. Pero sé que tiene usted que volver y resolver lo que sea que ha dejado allí. Lamentablemente, una vez que se vaya de aquí yo no puedo ofrecerle protección.

—Ya ha hecho usted suficiente por mí.

Armando le palmeó el hombro y le tendió una hoja de papel doblada que llevaba en el bolsillo.

—Márchese de la ciudad un tiempo. Deje pasar un año y, cuando vuelva, empiece por aquí —dijo al alejarse.

Fermín desdobló la página y leyó:

FERNANDO BRIANS
Abogado
Calle de Caspe, 12
Sobreático 1.ª
Barcelona. Teléfono 564375

—¿Cómo puedo pagarles lo que han hecho ustedes por mí?

—Cuando haya resuelto sus asuntos pásese un día por aquí y pregunte por mí. Nos iremos a ver bailar a Carmen Amaya y luego me cuenta usted cómo consiguió escapar de ahí arriba. Tengo curiosidad —dijo Armando.

Fermín miró aquellos ojos negros y asintió lentamente.

—¿En qué celda estuvo usted, Armando?

—La trece.

—¿Eran suyas las marcas de cruces en la pared?

—A diferencia de usted, Fermín, yo sí soy creyente, pero ya no tengo fe.

Aquel atardecer nadie le impidió que se fuera ni se despidió de él. Partió, uno más entre los invisibles, hacia las calles de una Barcelona que olía a electricidad. Vio a lo lejos las torres de la Sagrada Familia encalladas en un manto de nubes rojas que amenazaban con una tormenta bíblica y siguió caminando. Sus pasos lo llevaron hasta la estación de autobuses de la calle Trafalgar. En los bolsillos del abrigo que Armando le había regalado encontró dinero. Compró el billete con el trayecto más largo que encontró y pasó la noche en el autobús recorriendo carreteras desiertas bajo la lluvia. Al día siguiente hizo lo mismo y así, tras jornadas de trenes, caminatas y autobuses de medianoche llegó hasta donde las calles no tenían nombre y las casas no tenían número y donde nada ni nadie lo recordaba.

Tuvo cien oficios y ningún amigo. Hizo dinero que gastó. Leyó libros que hablaban de un mundo en el que ya no creía. Empezó a escribir cartas que nunca supo cómo terminar. Vivió contra el recuerdo y el remordimiento. Más de una vez se adentró en un puente o un barranco y contempló el abismo con serenidad. En el último momento siempre volvía la memoria de aquella promesa y la mirada del Prisionero del Cielo. Al año dejó la habitación que tenía alquilada sobre un bar y sin más equipaje que un ejemplar de *La Ciudad de los Malditos* que había encontrado en un mercadillo, posiblemente el único de los libros de Martín que no había sido quemado y que había leído una docena de veces, caminó dos kilómetros hasta la estación de tren y compró el billete que le había estado esperando todos aquellos meses.

—Uno para Barcelona, por favor.

El taquillero expidió el billete y se lo entregó con una mirada de desdén:

—Menudas ganas —dijo—. Con los polacos de mierda.

5

Barcelona, 1941

Anochecía cuando Fermín descendió del tren en la estación de Francia. La máquina había escupido una nube de vapor y hollín que reptaba por el andén y velaba los pasos de los pasajeros que descendían tras el largo trayecto. Fermín se unió a la marcha silenciosa hacia la salida entre gentes enfundadas en ropas deshilachadas que arrastraban maletas sujetas con correas, ancianos prematuros que portaban todas sus pertenencias en un fardo y niños con la mirada y los bolsillos vacíos.

Una pareja de la Guardia Civil custodiaba la entrada al andén y Fermín pudo ver que sus ojos se paseaban entre los pasajeros y que detenían a algunos al azar para pedirles la documentación. Fermín siguió caminando en línea recta hacia uno de ellos. Cuando apenas los separaban una docena de metros, advirtió que el guardia civil lo estaba observando. En la novela de Martín que le había servido de compañía todos aquellos meses, uno de los personajes afirmaba que el mejor modo de desarmar a la autoridad es dirigirse a ella antes de que la autoridad se dirija a uno. Antes de que el agente pudiera señalarle, Fermín se encaminó directamente hacia él y le habló con voz serena.

—Buenas noches, jefe. ¿Sería tan amable de indicarme dónde queda el hotel Porvenir? Tengo entendido que está en la plaza Palacio, pero casi no conozco la ciudad.

El guardia civil lo examinó en silencio, un tanto descolocado. Su compañero se había acercado y le cubrió el flanco derecho.

—Eso lo va tener que preguntar en la salida —dijo en un tono poco amigable.

Fermín asintió cortésmente.

—Disculpe la molestia. Así lo haré.

Se disponía a continuar hacia el vestíbulo de la estación cuando el otro agente le retuvo del brazo.

—La plaza Palacio queda a la izquierda al salir. Frente a Capitanía.

—Muy agradecido. Que tengan ustedes una buena noche.

El guardia civil lo soltó y Fermín se alejó lentamente, midiendo sus pasos hasta que llegó al vestíbulo y de allí a la calle.

Un cielo escarlata cubría una Barcelona negra y tramada de siluetas oscuras y afiladas. Un tranvía semivacío se arrastraba proyectando una luz mortecina sobre los adoquines. Fermín esperó a que hubiera pasado para cruzar al otro lado. Mientras sorteaba los raíles espejados contempló la fuga que dibujaba el paseo Colón y, al fondo, la montaña de Montjuic y el castillo, que se alzaba sobre la ciudad. Bajó la mirada y enfiló la calle Comercio en dirección al mercado del Borne. Las calles estaban desiertas y una brisa fría soplaba entre los callejones. No tenía adónde ir.

Recordó que Martín le había contado que años atrás había vivido cerca de allí, en un viejo caserón incrustado en el angosto cañón de sombras de la calle Flassaders, junto a la fábrica de chocolates Mauri. Se dirigió hacia allí pero al llegar comprobó que el edificio y la finca colindante habían sido pasto de los bombardeos durante la guerra. Las autoridades no se habían molestado en retirar los escombros y los vecinos, presumiblemente para poder deambular por una calle que era más estrecha que el pasillo de algunas casas de la zona noble, se habían limitado a apartar los cascotes y apilarlos fuera del paso.

Fermín miró a su alrededor. Apenas se apreciaba el aliento de luces y velas que exhalaban una claridad mortecina desde los balcones. Fermín se adentró entre las ruinas, sorteando cascotes, gárgolas quebradas y vigas trenzadas en nudos imposibles. Buscó un hueco entre los escombros y se acurrucó al abrigo de una piedra en la que aún podía leerse el número 17, el antiguo domicilio de David Martín. Replegó el abrigo y los diarios viejos que llevaba bajo la ropa. Hecho un ovillo, cerró los ojos e intentó conciliar el sueño.

Había transcurrido una media hora y el frío empezaba a calarle los huesos. Un viento cargado de humedad lamía las ruinas buscando grietas y resquicios. Fermín abrió los ojos y se levantó. Intentaba encontrar un rincón más resguardado cuando advirtió que una silueta lo observaba desde la calle. Fermín se quedó inmóvil. La figura dio unos pasos en dirección a donde se encontraba.

—¿Quién va? —preguntó.

La figura se acercó un poco más y el eco de una farola lejana dibujó su perfil. Era un hombre alto y fornido que vestía de negro. Fermín reparó en el cuello. Un sacerdote. Fermín alzó las manos en señal de paz.

—Ya me voy, padre. Por favor, no llame a la policía.

El sacerdote lo miró de arriba abajo. Tenía la mirada severa y el aire de haberse pasado media vida levantando sacos en el puerto en vez de cálices.

—¿Tiene hambre? —preguntó.

Fermín, que se habría comido cualquiera de aquellos pedruscos si alguien los hubiera rociado con tres gotas de aceite de oliva, negó.

—Acabo de cenar en Las Siete Puertas y me he puesto morado de arroz negro —dijo.

El sacerdote esbozó un amago de sonrisa. Se dio la vuelta y echó a andar.

—Venga —ordenó.

6

El padre Valera vivía en el ático de un edificio situado al final del paseo del Borne que daba directamente a los tejados del mercado. Fermín dio cuenta con entusiasmo de tres platos de sopa y de unos cuantos mendrugos de pan seco y un par de vasos de vino diluido en agua que el cura le puso delante mientras le observaba con curiosidad.

—¿Usted no cena, padre?

—No tengo por costumbre cenar. Disfrute usted, que veo que trae hambre atrasada desde el 36.

Mientras sorbía sonoramente la sopa y los tropezones de pan, Fermín iba paseando la mirada por el comedor. A su lado una vitrina mostraba una colección de platos y vasos, varios santos y lo que parecía una modesta cubertería de plata.

—Yo también he leído *Los miserables*, así que ni se le ocurra —advirtió el cura.

Fermín negó avergonzado.

—¿Cómo se llama?

—Fermín Romero de Torres, para servir a vuecencia.

—¿Lo buscan a usted, Fermín?

—Según se mire. Es un tema complicado.

—No es asunto mío si no me lo quiere contar. Pero con esa ropa no puede ir por ahí. Acabará en el calabozo antes de llegar a la Vía Layetana. Están parando a mucha gente que llevaba tiempo escondida. Hay que ir con mucho ojo.

—Tan pronto como localice unos fondos bancarios que tengo en estado de hibernación he pensado dejarme caer por El Dique Flotante y salir hecho un pincel.

—A ver, levántese un momento.

Fermín soltó la cuchara y se puso de pie. El cura lo examinó con detalle.

—Ramón hacía dos como usted, pero creo que algunas de sus ropas de cuando era joven le irán bien.

—¿Ramón?

—Mi hermano. Me lo mataron abajo en la calle, en la puerta del edificio, en mayo del 38. Iban a por mí, pero él les plantó cara. Era músico. Tocaba en la banda municipal. Primer trompeta.

—Lo siento mucho, padre.

El cura se encogió de hombros.

—Quién más quién menos ha perdido a alguien, del bando que sea.

—Yo no soy de ningún bando —repuso Fermín—. Es más, las banderas me parecen trapos de colores que huelen a rancio y me basta ver a cualquiera que se envuelva en ellas y se le llene la boca de himnos, escudos y discursos para que me entren cagarrinas. Siempre he pensado que el que siente mucho apego a un rebaño es que tiene algo de borrego.

—Lo debe usted de pasar muy mal en este país.

—No sabe usted hasta qué punto. Pero siempre me digo que el acceso directo al buen jamón serrano lo compensa todo. Y en todas partes cuecen habas.

—Eso es verdad. Dígame, Fermín. ¿Cuánto hace que no prueba un buen jamón serrano?

—6 de marzo de 1934. Los Caracoles, calle Escudellers. Otra vida.

El cura sonrió.

—Puede usted quedarse a pasar la noche, Fermín, pero mañana tendrá que buscarse otro sitio. La gente habla. Le puedo dar algo de dinero para una pensión, pero sepa que en todas piden la cédula de identidad y que inscriben a los inquilinos en la lista de comisaría.

—No tiene ni que decirlo, padre. Mañana antes de que salga el sol me esfumo más rápido que la buena voluntad. Eso sí, no le aceptaré ni un céntimo, que ya he abusado suficientemente de...

El cura alzó la mano y negó.

—Vamos a ver cómo le quedan algunas cosas de Ramón —dijo levantándose de la mesa.

El padre Valera insistió en proveer a Fermín de un par de zapatos en medianas condiciones, un traje de lana modesto pero limpio, un par de mudas de ropa interior y algunos enseres de aseo personal que le puso en una maleta. En uno de los estantes había una trompeta reluciente y varias fotografías de dos hombres jóvenes y bien parecidos sonriendo en lo que parecían las fiestas de Gracia. Había que fijarse mucho para darse cuenta de que uno era el padre Valera, que ahora parecía treinta años más viejo.

—Agua caliente no tengo. La cisterna no la llenan hasta por la mañana, así que o se espera o tira del jarro.

Mientras Fermín se aseaba como podía, el padre Valera preparó una cafetera con una suerte de achicoria mezclada con otras sustancias de aspecto vagamente sospechoso. No había azúcar pero aquella taza de agua sucia estaba caliente y la compañía era grata.

—Talmente se diría que estamos en Colombia saboreando finos granos seleccionados —dijo Fermín.

—Es usted un hombre peculiar, Fermín. ¿Le puedo hacer una pregunta personal?

—¿Lo cubre el secreto de confesión?

—Digamos que sí.

—Dispare.

—¿Ha matado usted a alguien? En la guerra, quiero decir.

—No —respondió Fermín.

—Yo sí.

Fermín se quedó inmóvil con la taza a medio sorbo. El cura bajó la mirada.

—Nunca se lo había dicho a nadie.

—Queda bajo secreto de confesión —aseguró Fermín.

El cura se frotó los ojos y suspiró. Fermín se preguntó cuánto tiempo llevaba aquel hombre allí solo, con la única compañía de aquel secreto y la memoria de su hermano muerto.

—Seguro que tuvo usted sus razones, padre.

El cura negó.

—Dios se ha marchado de este país —dijo.

—Pues no tema, que tan pronto vea cómo está el patio al norte de los Pirineos volverá con el rabo entre las piernas.

El cura guardó silencio un largo rato. Apuraron el sucedáneo de café y Fermín, por animar al pobre cura, que parecía un poco más alicaído a cada minuto que pasaba, se sirvió una segunda taza.

—¿Le gusta de verdad?

Fermín asintió.

—¿Quiere que le oiga en confesión? —preguntó de pronto el cura—. Ahora sin bromas.

—No se ofenda, padre, pero es que yo en estas cosas no acabo de creer...

—Pero a lo mejor Dios cree en usted.

—Lo dudo.

—No hace falta creer en Dios para confesarse. Es algo entre usted y su conciencia. ¿Qué tiene que perder?

Por espacio de un par de horas Fermín le contó al padre Valera todo lo que llevaba callando desde que había huido del castillo hacía ya más de un año. El padre le escuchaba con atención, asintiendo ocasionalmente. Finalmente, cuando Fermín sintió que se había vaciado y que se había quitado de encima una losa que llevaba meses asfixiándolo sin que se diese cuenta, el padre Valera sacó una petaca con licor de un cajón y, sin preguntar, le sirvió lo que quedaba de sus reservas.

—¿No me da la absolución, padre? ¿Sólo un chupito de coñac?

—Viene a ser lo mismo. Y además yo ya no soy quién para perdonar ni juzgar a nadie, Fermín. Pero creo que le convenía sacar todo eso. ¿Qué piensa hacer ahora?

Fermín se encogió de hombros.

—Si he vuelto, y me juego el cuello al hacerlo, es por la promesa que le hice a Martín. Tengo que buscar a ese abogado y luego a la señora Isabella y a ese niño, Daniel, y protegerlos.

—¿Cómo?

—No lo sé. Algo se me ocurrirá. Se admiten sugerencias.

—Pero usted no los conoce de nada. Son apenas unos extraños de los que le habló un hombre que conoció en la cárcel...

—Ya lo sé. Dicho así suena a locura, ¿verdad?

El cura le miraba como si pudiera ver a través de sus palabras.

—¿No será que ha visto tanta miseria y tanta mezquindad entre los hombres que quiere usted hacer algo bueno, aunque sea una locura?

—¿Y por qué no?

Valera sonrió.

—Ya sabía yo que Dios creía en usted.

7

Al día siguiente Fermín salió de puntillas para no despertar al padre Valera, que se había quedado dormido en el sofá con un libro de poemas de Machado en la mano y roncaba como un toro de lidia. Antes de partir le plantó un beso en la frente y dejó encima de la mesa del comedor la plata que el cura le había envuelto en una servilleta y colado en la maleta. Luego se perdió escaleras abajo con la ropa y la conciencia limpias, y con la determinación de seguir vivo, al menos, unos cuantos días más.

Aquel día salió el sol y una brisa limpia que venía del mar tendió un cielo brillante y acerado que dibujaba sombras alargadas al paso de la gente. Fermín dedicó la mañana a recorrer las calles que recordaba, a detenerse en escaparates y a sentarse en bancos a ver pasar chicas guapas, que para él eran todas. Al mediodía se acercó a una tasca que quedaba a la entrada de la calle Escudellers, cerca del restaurante Los Caracoles, de tan grata memoria. La tasca en sí tenía la infausta reputación entre los paladares más valientes y sin remilgos de vender los bocadillos más baratos de toda Barcelona. El truco, decían los expertos, consistía en no preguntar acerca de los ingredientes.

Con sus nuevas galas de señor y una contundente armadura de ejemplares de *La Vanguardia* doblados debajo de la ropa para conferir empaque, asomo de musculatura y abrigo de bajo presupuesto, Fermín se sentó a la barra y, tras consultar la lista de delicias al alcance de los bolsillos y los estómagos más modestos, procedió a abrir negociaciones con el camarero.

—Tengo una pregunta, joven. En el especial del día, bocadillo de mortadela y fiambre de Cornellá en pan de payés, ¿el pan es con tomate fresco?

—Recién recogido de nuestras huertas en el Prat, detrás de la fábrica de ácido sulfúrico.

—*Bouquet* de altura. Y dígame usted, buen hombre. ¿Se fía en esta casa?

El camarero perdió el semblante risueño y se replegó tras la barra, colgándose el trapo al hombro con gesto hostil.

—Ni a Dios.

—¿No se hacen excepciones en el caso de mutilados de guerra condecorados?

—Aire o avisamos a la Social.

Visto el giro que había tomado el intercambio, Fermín se batió en retirada en busca de un rincón tranquilo en el que replantear su estrategia. Acababa de instalarse en el escalón de un portal cuando la silueta de una chiquilla, que no debía de tener ni diecisiete años pero apuntaba ya curvas de corista, pasó a su lado y fue a dar de bruces en el suelo.

Fermín se levantó para ayudarla y apenas la había

asido del brazo cuando escuchó pasos a su espalda y oyó una voz que hacía que la del rudo camarero que lo acababa de enviar a tomar viento fresco sonara a música celestial.

—Mira, furcia de mierda, a mí no me vengas con ésas o te rajo la cara y te dejo tirada en la calle, que es más puta que tú.

El autor de aquel discurso era un macarrón de tez cetrina y dudoso gusto en complementos de bisutería. Dejando de lado el hecho de que el susodicho doblaba en corpulencia a Fermín y que portaba en la mano lo que tenía trazas de ser un objeto cortante o cuando menos puntiagudo, Fermín, que empezaba a estar hasta la coronilla de matones y chulos, se interpuso entre la joven y aquel tipo.

—¿Y tú quién coño eres, *desgraciao*? Venga, lárgate antes de que te rompa la cara.

Fermín sintió que la muchacha, que le pareció que olía a una rara mezcla de canela y fritanga, se aferraba a sus brazos. Un simple vistazo al matón bastaba para saber que la situación no tenía cariz de solventarse por la vía dialéctica y, por toda respuesta, Fermín decidió pasar a la acción. Tras un análisis *in extremis* de su oponente, Fermín llegó a la conclusión de que el montante de su masa corporal era mayormente sebo y que, en lo que se decía músculo, o materia gris, no presentaba excedentes.

—A mí no me habla usted así, y a la señorita menos.

El macarra lo miró atónito, sin visos de haber registrado sus palabras. Un instante después, el individuo, que esperaba de aquel alfeñique cualquier cosa menos guerra, encajó con la sorpresa del mes un maletazo contundente en las partes blandas al que, una vez derribado en el suelo con las manos amarrándose las esencias, le siguieron cuatro o cinco impactos con la esquina de cuero de la valija en puntos estratégicos que lo dejaron, al menos durante un rato, abatido y desmotivado.

Un grupo de transeúntes que había presenciado el incidente comenzó a aplaudir, y, cuando Fermín se volvió para comprobar si la muchacha estaba bien, se encontró con su mirada embelesada y envenenada de gratitud y ternura de por vida.

—Fermín Romero de Torres, para servirla a usted, señorita.

La muchacha se aupó a pies juntillas y le besó en la mejilla.

—Yo soy la Rociíto.

A sus pies el tipejo intentaba incorporarse y recuperar el aliento. Antes de que el equilibrio de fuerzas dejase de serle favorable, Fermín optó por poner distancia con el escenario de la confrontación.

—Habría que migrar con cierta premura —anunció Fermín—. Perdida la iniciativa, la batalla está en nuestra contra...

La Rociíto lo tomó del brazo y lo guió a través de una red de callejuelas angostas que desembocaba en la plaza Real. Una vez al sol y en campo abierto, Fermín se detuvo un instante a recuperar el aliento. La Rociíto pudo ver que Fermín palidecía por momentos y no ofrecía un buen aspecto. La joven intuyó que las emociones del encuentro, o el hambre, habían inducido una bajada de tensión en su valiente campeón y lo acompañó hasta la terraza del hostal Dos Mundos, donde Fermín se desplomó en una de las sillas.

La Rociíto, que tendría diecisiete años pero un ojo clínico que ya hubiese querido para sí el doctor Trueta, procedió a pedirle un surtido de tapas con el que revivirle. Cuando Fermín vio llegar el festín, se alarmó.

—Rociíto, que no llevo ni un céntimo...

—Esto lo pago yo —atajó con orgullo—. Que de mi hombre me cuido yo y lo tengo bien *alimentao.*

La Rociíto lo iba empapuzando a golpe de choricillos, pan y patatas bravas, todo ello bañado en una monumental jarra de cerveza. Fermín fue reviviendo y recuperando el tono vital ante la mirada satisfecha de la chica.

—De postre, si quiere, le hago una especialidad de la casa que se queda tonto —ofreció la joven relamiéndose los labios.

—Pero, chiquilla, ¿tú no tendrías que estar en el colegio ahora, con las monjas?

La Rociíto le rió la gracia.

—Ay, tunante, qué labia que tiene el señorito.

A medida que discurría el festín, Fermín comprendió que, si de la muchacha dependiese, tenía ante él una prometedora carrera de proxeneta. Sin embargo, otros asuntos de mayor calado reclamaban su atención.

—¿Cuántos años tienes, Rociíto?

—Dieciocho y medio, señorito Fermín.

—Pareces mayor.

—Es la delantera. Me salió a los trece y gloria da verla, aunque me esté mal decirlo.

Fermín, que no había visto una conspiración de curvas comparable desde sus anhelados días en La Habana, intentó recobrar el sentido común.

—Rociíto —empezó—, yo no me puedo hacer cargo de ti...

—Ya lo sé, señorito, no se crea que soy tonta. Ya sé que usted no es hombre para vivir de una mujer. Que seré joven, pero he *aprendío* a verlos venir...

—Me tienes que decir dónde te puedo enviar el dinero de este banquete, porque ahora me pillas en un momento económico delicado...

La Rociíto negó.

—Tengo una habitación aquí, en el hostal, a medias con la Lali, pero ella está fuera todo el día porque se hace los barcos mercantes... ¿Por qué no sube el señorito y le doy un masaje?

—Rociíto...

—Que invita la casa...

Fermín la contemplaba con un deje melancólico.

—Tiene usted los ojos tristes, señorito Fermín. Deje que la Rociíto le alegre la vida, aunque sea un ratito. ¿Qué mal hay en eso?

Fermín bajó la mirada avergonzado.

—¿Cuánto hace que el señorito no está con una mujer como Dios manda?

—Ya ni me acuerdo.

La Rociíto le brindó la mano y, tirando de él, se lo llevó escaleras arriba a un cuarto minúsculo en el que apenas había un camastro y una pila. La habitación tenía un pequeño balcón que daba a la plaza. La muchacha corrió una cortina y se desprendió en un tris del vestido de flores que llevaba y bajo el que sólo estaba su piel. Fermín contempló aquel milagro de la naturaleza y se dejó abrazar por un corazón que era casi tan viejo como el suyo.

—Si el señorito no quiere no hace falta que hagamos nada, ¿eh?

La Rociíto le acostó en la cama y se tendió a su lado. Lo abrazó y le acarició la cabeza.

—Shhh, shhhh —susurraba.

Fermín, con el rostro sobre aquel pecho de dieciocho años, se echó a llorar.

Al caer la tarde, cuando la Rociíto tenía que incorporarse a su turno de oficio, Fermín recuperó el pedazo de papel con la dirección del abogado Brians que Armando le había entregado un año atrás y decidió ir a su encuentro. La Rociíto insistió en prestarle algo de calderilla para que tuviese para coger tranvías y tomarse un café y le hizo jurar y perjurar que volvería a verla, aunque sólo fuera para llevarla al cine o a misa, porque ella era muy devota de la Virgen del Carmen y le gustaban mucho los ceremoniales, sobre todo cuando cantaban. La Rociíto lo acompañó hasta abajo y al despedirse le dio un beso en los labios y un pellizco en el culo.

—*Bombonaso* —le dijo al verle partir bajos los arcos de la plaza.

Cuando cruzó la plaza de Cataluña, un lazo de nubes cargadas empezaba a arremolinarse en el cielo. Las bandadas de palomas que habitualmente sobrevolaban la plaza habían buscado el cobijo de los árboles y esperaban inquietas. La gente podía oler la electricidad en el aire y apretaba el paso hacia las bocas del metro. Se había levantado un viento desapacible que arrastraba una marea de hojas secas por el suelo. Fermín se apresuró y para cuando llegó a la calle Caspe ya empezaba a diluviar.

8

El abogado Brians era un hombre joven con cierto aire de estudiante bohemio y trazas de alimentarse a base de galletas saladas y café, que era a lo que olía su despacho. A eso y a papel polvoriento. Sus oficinas quedaban en un cuartucho suspendido en el ático del edificio que albergaba el gran teatro Tívoli, al final de un pasillo sin luz. Fermín lo encontró allí todavía a las ocho y media de la noche. Brians le abrió en mangas de camisa y al verlo se limitó a asentir y a suspirar.

—Fermín, supongo. Martín me habló de usted. Ya empezaba a preguntarme cuándo pasaría por aquí.

—He estado un tiempo fuera.

—Claro. Pase, por favor.

Fermín le siguió al interior del cubículo.

—Menuda nochecita, ¿verdad? —preguntó el abogado, nervioso.

—Es sólo agua.

Fermín miró a su alrededor y comprobó que sólo había una silla a la vista. Brians se la cedió. Él se acomodó sobre una pila de tomos de derecho mercantil.

—Todavía me tienen que traer el mobiliario.

Fermín calibró que allí no cabía ni un sacapuntas, pero prefirió no decir nada. Sobre la mesa había un plato con un pepito de lomo y una cerveza. Una servilleta de papel delataba que la opípara cena del abogado había venido del café de abajo.

—Me disponía a cenar. Con gusto lo comparto con usted.

—Coma, coma, que ustedes los jóvenes tienen que crecer y yo vengo cenado.

—¿No puedo ofrecerle nada? ¿Café?

—Si tiene un sugus...

Brians hurgó en un cajón en el que podría haber habido de todo menos caramelos sugus.

—¿Pastillas Juanola?

—Estoy bien, gracias.

—Con su permiso.

Brians soltó una dentellada al bocadillo y masticó con fruición. Fermín se preguntó quién de los dos tenía más aspecto de muerto de hambre. Junto al escritorio había una puerta entreabierta que daba a un cuarto contiguo en el que se vislumbraba un camastro plegable por hacer, un perchero con camisas arrugadas y una pila de libros.

—¿Vive usted aquí? —preguntó Fermín.

Claramente el abogado que Isabella había podido costear para Martín no era de altos vuelos. Brians siguió la mirada de Fermín y ofreció una sonrisa modesta.

—Éste es, temporalmente, mi despacho y vivienda, sí —respondió Brians, inclinándose para cerrar la puerta de su dormitorio.

—Debe de pensar usted que no tengo mucha pinta de abogado. Que conste que no es el único, mi padre opina lo mismo.

—No haga usted ni caso. Mi padre siempre nos decía a mí y a mis hermanos que éramos unos inútiles y que íbamos a acabar de picapedreros. Y aquí me tiene, más chulo que un ocho. Triunfar en la vida cuando la familia cree en uno y lo apoya no tiene mérito.

Brians asintió a regañadientes.

—Visto así... La verdad es que hace poco que me establecí por mi cuenta. Antes trabajaba en un bufete de renombre a la vuelta de la esquina, en el paseo de Gracia. Pero tuvimos una serie de desacuerdos. Las cosas no han sido fáciles desde entonces.

—No me diga. ¿Valls?

Brians asintió, despachando la cerveza en tres sorbos.

—Desde que acepté el caso del señor Martín, no paró hasta conseguir que me dejasen casi todos mis clientes y me despidieran. Los pocos que me siguieron son los que no tienen un céntimo para pagar mis honorarios.

—¿Y la señora Isabella?

La mirada del abogado se ensombreció. Dejó la cerveza sobre el escritorio y miró a Fermín, dudando.

—¿No lo sabe usted?

—¿Saber el qué?

—Isabella Sempere ha muerto.

9

La tormenta descargaba con fuerza sobre la ciudad. Fermín sostenía una taza de café en sus manos mientras Brians, de pie frente a la ventana abierta, contemplaba la lluvia azotando los tejados del Ensanche y relataba los últimos días de Isabella.

—Enfermó de repente, sin explicación. Si la hubiera conocido usted... Isabella era joven, llena de vida. Tenía una salud de hierro y había sobrevivido a las miserias de la guerra. Todo ocurrió como quien dice de un día para otro. La noche que usted consiguió huir del castillo, Isabella volvió tarde a casa. Cuando su esposo la encontró estaba arrodillada en el baño, sudando y con palpitaciones. Dijo que se encontraba mal. Llamaron al médico, pero antes de que llegase empezaron las convulsiones y vomitó sangre. El médico dijo que era una intoxicación y que debía seguir una dieta estricta durante unos días, pero a la mañana siguiente estaba peor. El señor Sempere la envolvió en unas mantas y un vecino taxista los acompañó al hospital del Mar. Le habían salido unas manchas oscuras en la piel, como llagas, y el pelo se le caía a puñados. En el hospital estuvieron esperando un par de horas pero al fin los médicos se negaron a verla, porque había alguien en la sala, un paciente al que aún no habían atendido que dijo conocer a Sempere y le acusó de haber sido comunista o alguna estupidez por el estilo. Supongo que para colarse. Una enfermera les dio un jarabe que, según dijo, le iría bien para limpiar el estómago, pero Isabella no podía tragar nada. Sempere no sabía qué hacer. La llevó a casa y empezó a llamar a un médico tras otro. Nadie sabía qué le sucedía. Un practicante que era cliente habitual de la librería conocía a alguien en el servicio del Clínico. Sempere la llevó allí.

»En el Clínico le dijeron que podía ser cólera y que se la llevase a casa, porque había un brote y ellos estaban saturados. Varias personas habían muerto ya en el barrio. Isabella cada día estaba peor. Deliraba. Su marido se desvivió y removió cielo y tierra, pero al cabo de unos días ya estaba tan débil que no pudo ni llevarla al hospital. Murió a la semana de enfermar, en el piso de la calle Santa Ana, encima de la librería...

Un largo silencio medió entre ellos sin más compañía que el repicar de la lluvia y el eco de truenos que se alejaban a medida que el viento amainaba.

—No fue hasta un mes después cuando me dijeron que la habían visto una noche en el café de la Ópera, frente al Liceo. Estaba sentada con Mauricio Valls. Isabella, desoyendo mis consejos, lo había amenazado con desvelar su plan de utilizar a Martín para que reescribiese no sé qué birria con la que creía que se iba a hacer célebre y le iban a llover medallas. Fui allí a preguntar. El camarero se acordaba de que Valls había llegado antes en un coche y me dijo que le había pedido dos manzanillas y miel.

Fermín sopesó las palabras del joven abogado.

—¿Y cree usted que Valls la envenenó?

—No puedo probarlo, pero cuantas más vueltas le doy más claro lo tengo. Tuvo que ser Valls.

Fermín arrastró la mirada por el suelo.

—¿Lo sabe el señor Martín?

Brians negó.

—No. Después de su fuga, Valls ordenó que Martín fuese confinado a la celda de aislamiento en una de las torres.

—¿Y el doctor Sanahuja? ¿No los pusieron a los dos juntos?

Brians suspiró, derrotado.

—A Sanahuja lo sometieron a un consejo de guerra por traición. Lo fusilaron dos semanas después.

Un largo silencio inundó la sala. Fermín se levantó y empezó a caminar en círculos, agitado.

—¿Y a mí por qué nadie me ha buscado? Al fin y al cabo, yo soy la causa de todo...

—Usted no existe. Para evitar la humillación ante sus superiores y la ruina de su prometedora carrera en el régimen, Valls hizo jurar a la patrulla que envió en su busca que lo habían alcanzado de un disparo cuando se escapaba por la ladera de Montjuic y que lanzaron su cuerpo a la fosa común.

Fermín saboreó la rabia en los labios.

—Pues mire, estoy por plantarme ahora mismo en el Gobierno Militar y decir «éstos son mis cojones». A ver cómo explica Valls mi resurrección.

—No diga tonterías. Así no iba a arreglar nada. Lo único que conseguiría es que se lo llevasen a la carretera de las Aguas y le pegasen un tiro en la nuca. Esa sabandija no lo vale.

Fermín asintió, pero la vergüenza y la culpa se lo comían por dentro.

—¿Y Martín? ¿Qué va a ser de él?

Brians se encogió de hombros.

—Lo que sé es confidencial. No puede salir de estas cuatro paredes. Hay un carcelero en el castillo, un tal Bebo, que me debe más de uno y de dos favores. Le iban a matar a un hermano pero conseguí que le conmutasen la pena por diez años en una cárcel de Valencia. Bebo es un buen hombre y me cuenta todo lo que ve y oye en el castillo. Valls no me deja ver a Martín, pero a través de Bebo he podido saber que está vivo y que Valls lo tiene encerrado en la torre y vigilado las veinticuatro horas del día. Le ha entregado papel y pluma. Bebo dice que Martín está escribiendo.

—¿El qué?

—A saber. Valls cree, o eso me dijo Bebo, que Martín le está escribiendo el libro que le ha encargado basado en sus notas. Pero Martín, que usted y yo sabemos que no está muy en sus cabales, parece que está escribiendo otra cosa. A veces repite en voz alta lo que escribe, o se levanta y empieza a dar vueltas por la celda recitando trozos de diálogo y frases enteras. Bebo hace el turno de noche junto a su celda y cuando puede le pasa cigarrillos y terrones de azúcar, que es lo único que come. ¿Martín le habló a usted alguna vez de algo llamado *El Juego del Ángel*?

Fermín negó.

—¿Es ése el título del libro que está escribiendo?

—Eso dice Bebo. Por lo que él ha podido entender de lo que le cuenta Martín y de lo que le oye decir en voz alta, suena como si fuese una especie de autobiografía o una confesión... Si quiere saber mi opinión, Martín se ha dado cuenta de que está perdiendo el juicio y antes de que sea demasiado tarde está intentando poner en papel lo que recuerda. Es como si se estuviese escribiendo una carta a sí mismo para saber quién es...

—¿Y qué pasará cuando Valls descubra que no ha hecho caso de sus órdenes?

El abogado Brians le devolvió una mirada fúnebre.

10

Cuando dejó de llover rondaba la medianoche. Desde el ático del abogado Brians, Barcelona ofrecía un aspecto inhóspito bajo un cielo de nubes bajas que se arrastraban sobre los tejados.

—¿Tiene adónde ir, Fermín? —preguntó Brians.

—Tengo una oferta tentadora para instalarme de concubino y guardaespaldas de una moza un tanto ligera de cascos pero de buen corazón y una carrocería que quita el hipo, pero no me veo yo en el papel de mantenido ni aunque sea a los pies de la Venus de Jerez.

—No me acaba de gustar la idea de que esté usted en la calle, Fermín. Es peligroso. Se puede quedar aquí el tiempo que quiera.

Fermín miró alrededor.

—Ya sé que no es el hotel Colón, pero tengo una cama abatible ahí detrás, no ronco y, la verdad, agradecería la compañía.

—¿No tiene usted novia?

—Mi novia era la hija del socio fundador del bufete del que Valls y compañía consiguieron que me despidieran.

—Esta historia de Martín la está usted pagando cara. Voto de castidad y de pobreza.

Brians sonrió.

—Deme una causa perdida y yo soy feliz.

—Pues mire, le voy a tomar la palabra. Pero sólo si me permite ayudar y contribuir. Puedo limpiar, ordenar, mecanografiar, cocinar, ofrecerle asesoría y servicios de detección y vigilancia, y si en un momento de flaqueza se ve usted en un brete y necesita aflojar la presión, a través de mi amiga la Rociíto estoy seguro de que le puedo facilitar los servicios de una profesional que lo deje a usted nuevo, que en los años jóvenes hay que vigilar que una sobreacumulación de efluvios seminales se le suban a la cabeza, porque luego es peor.

Brians le tendió la mano.

—Trato hecho. Queda usted contratado como pasante adjunto al bufete de Brians y Brians, el defensor de los insolventes.

—Como me llamo Fermín que antes de que acabe la semana le he conseguido a usted un cliente de los que pagan en metálico y por adelantado.

Fue así como Fermín Romero de Torres se instaló temporalmente en el minúsculo despacho del abogado Brians, donde empezó por reordenar, limpiar y poner al día todos los dossiers, carpetas y casos abiertos. En un par de días el despacho parecía haber triplicado su superficie merced a las artes de Fermín, que lo había dejado como una patena. Fermín pasaba la mayor parte del día allí encerrado, pero destinaba un par de horas a expediciones varias de las que regresaba con puñados de flores sustraídas del vestíbulo del teatro Tívoli, algo de café, que conseguía camelándose a una camarera del bar de abajo, y finos artículos del colmado Quílez que anotaba en la cuenta del bufete que había despachado a Brians y del que Fermín se había presentado como nuevo chico de los recados.

—Fermín, este jamón está de miedo, ¿de dónde lo ha sacado?

—Pruebe el manchego, que verá la luz.

Durante las mañanas revisaba todos los casos de Brians y pasaba a limpio sus notas. Por las tardes cogía el teléfono y, a golpe de listín, se lanzaba a la búsqueda de clientes de presumible solvencia. Cuando olfateaba posibilidades, procedía a rematar la llamada con una visita a domicilio. De un total de cincuenta llamadas a comercios, profesionales y particulares del barrio, diez se convirtieron en visitas y tres en nuevos clientes para Brians.

El primero era una viuda en litigio con una compañía de seguros que se negaba a pagar por la defunción de su marido, argumentando que el paro cardíaco que le había sobrevenido tras una comilona de langostinos en Las Siete Puertas era un caso de suicidio no contemplado en la póliza. El segundo, un taxidermista al que un torero retirado le había llevado el miura de quinientos kilos que había terminado con su carrera en los ruedos y que, una vez disecado, el diestro se negó a recoger y a pagar porque, según él, los ojos de cristal que le había colocado el taxidermista le conferían un aire endemoniado que lo había hecho salir corriendo del establecimiento al grito de «¡lagarto, lagarto!». Y el tercero, un sastre de la ronda San Pedro al que un dentista sin título le había extraído cinco molares, ninguno de ellos cariado. Eran casos de poca monta, pero todos los clientes habían abonado un retente y firmado un contrato.

—Fermín, le voy a poner un sueldo fijo.

—Ni hablar.

Fermín se negó a aceptar emolumento alguno por sus buenos oficios excepto pequeños préstamos ocasionales con los que los domingos por la tarde se llevaba a la Rociíto al cine, a bailar a La Paloma o al parque del Tibidabo, donde en la casa de los espejos la joven le dejó un chupetón en el cuello que le escoció una semana y donde, aprovechando un día en que eran los dos únicos pasajeros en el avión de falsete que sobrevolaba en círculos el cielo en miniatura de Barcelona, Fermín recuperó el pleno ejercicio y goce de su hombría tras una larga temporada alejado de los escenarios del amor apresurado.

Un día, magreando las beldades de la Rociíto en lo alto de la noria del parque, Fermín se dijo que casi parecía que aquéllos, contra todo pronóstico, estaban resultando ser buenos tiempos. Y le entró el miedo, porque sabía que no podían durar y que aquellas gotas de paz y felicidad robadas se evaporarían antes que la juventud de la carne y los ojos de la Rociíto.

11

Aquella misma noche se sentó en el despacho a esperar a que Brians volviese de sus rondas por tribunales, oficinas, procuradurías, prisiones y los mil y un besamanos que tenía que sufrir para obtener información. Eran casi las once de la noche cuando oyó los pasos del joven abogado aproximarse por el corredor. Le abrió la puerta y Brians entró arrastrando los pies y el alma, más derrotado que nunca. Se dejó caer en un rincón y se llevó las manos a la cabeza.

—¿Qué ha pasado, Brians?

—Vengo del castillo.

—¿Buenas noticias?

—Valls se ha negado a recibirme. Me han tenido cuatro horas esperando y luego me han dicho que me fuera. Me han retirado el permiso de visitas y la autorización para entrar en el recinto.

—¿Le han dejado ver a Martín?

Brians negó.

—No estaba allí.

Fermín lo miró sin comprender. Brians permaneció en silencio unos instantes buscando las palabras.

—Cuando me iba Bebo me ha seguido y me ha contado lo que sabía. Sucedió hace dos semanas. Martín había estado escribiendo como un poseso, día y noche, sin apenas parar para dormir. Valls se olía algo raro y ordenó a Bebo que confiscase las páginas que Martín llevaba hasta entonces. Hicieron falta tres centinelas para inmovilizarlo y arrancarle el manuscrito. Había escrito más de quinientas páginas en menos de dos meses.

Bebo se las entregó a Valls y cuando éste empezó a leer parece ser que montó en cólera.

—No era lo que esperaba, imagino...

Brians negó.

—Valls estuvo leyendo toda la noche y a la mañana siguiente subió a la torre escoltado por cuatro de sus hombres. Hizo que esposaran a Martín de pies y manos y luego entró en la celda. Bebo estaba escuchando por la ranura de la puerta de la celda y oyó parte de la conversación. Valls estaba furioso. Le dijo que estaba muy decepcionado con él, que le había entregado las semillas de una obra maestra y que él, ingrato, en vez de seguir sus instrucciones había empezado a escribir aquel disparate que no tenía ni pies ni cabeza. «Éste no es el libro que esperaba de usted, Martín», no paraba de repetir Valls.

—¿Y qué decía Martín?

—Nada. Lo ignoraba. Como si no estuviera allí. Lo cual ponía a Valls más y más furioso. Bebo oyó como abofeteaba y golpeaba a Martín, pero éste no dejó escapar ni un lamento. Cuando Valls se cansó de pegarle e insultarle sin conseguir que Martín ni se molestase en dirigirle la palabra, dice Bebo que Valls sacó una carta que llevaba en el bolsillo, una carta que el señor Sempere había enviado a su nombre meses atrás y que había sido confiscada. Dentro de esa carta había una nota que Isabella había escrito para Martín en su lecho de muerte...

—Hijo de perra...

—Valls lo dejó allí, encerrado con aquella carta porque sabía que nada le iba a hacer más daño que saber que Isabella había muerto... Dice Bebo que cuando Valls se fue y Martín leyó la carta empezó a gritar, y que estuvo chillando toda la noche y golpeando los muros y la puerta de hierro con las manos y la cabeza...

Brians levantó la mirada y Fermín se arrodilló frente a él y le colocó la mano en el hombro.

—¿Está usted bien, Brians?

—Yo soy su abogado —dijo con voz trémula—. Se supone que es mi deber protegerlo y sacarlo de ahí...

—Ha hecho usted todo lo que ha podido, Brians. Y Martín lo sabe.

Brians negó por lo bajo.

—No acaba ahí la cosa —dijo—. Bebo me ha contado que como Valls prohibió que le entregasen más papel y tinta, Martín empezó a escribir en el dorso de las páginas que le había tirado a la cara. A falta de tinta se hacía cortes en las manos y en los brazos y utilizaba su sangre...

»Bebo intentaba hablar con él, calmarle... No le aceptaba ya ni cigarrillos ni los terrones de azúcar que tanto le gustaban... Ni siquiera reconocía su presencia. Bebo cree que al recibir la noticia de la muerte de Isabella, Martín perdió ya totalmente el juicio y vivía en el infierno que había construido en su mente... Por las noches gritaba y todo el mundo le podía oír. Empezaron a correr rumores entre los visitantes, los presos y el personal de la prisión. Valls se estaba poniendo nervioso. Finalmente, ordenó a dos de sus pistoleros que se lo llevaran una noche...

Fermín tragó saliva.

—¿Adónde?

—Bebo no está seguro. Por lo que él pudo oír cree que a un caserón abandonado que hay junto al parque Güell..., un lugar en el que parece que durante la guerra ya mataron a más de uno y de dos, y a los que luego enterraron en el jardín... Cuando los pistoleros regresaron le dijeron a Valls que todo estaba solucionado, pero me dijo Bebo que aquella misma noche los oyó hablar entre ellos y que no las tenían todas consigo. Algo había pasado en la casa. Parece que había alguien más allí.

—¿Alguien?

Brians se encogió de hombros.

—¿Entonces David Martín está vivo?

—No lo sé, Fermín. Nadie lo sabe.

12

Barcelona, 1957

Fermín hablaba con un hilo de voz y la mirada abatida. Conjurar aquellos recuerdos parecía haberle dejado exánime y a duras penas se sostenía en la silla. Le serví un último vaso de vino y lo observé secarse las lágrimas con las manos. Le tendí una servilleta pero la ignoró. El resto de los parroquianos de Can Lluís se había ido a casa hacía ya rato y supuse que debía de pasar de la medianoche, pero nadie nos había querido decir nada y nos habían dejado tranquilos en el comedor. Fermín me miraba exhausto, como si desvelar aquellos secretos que había guardado durante tantos años le hubiese arrancado hasta la voluntad de vivir.

—Fermín...

—Ya sé lo que va a preguntarme. La respuesta es no.

—Fermín, ¿David Martín es mi padre?

Fermín me miró con severidad.

—Su padre es el señor Sempere, Daniel. Eso no lo dude usted nunca. Nunca.

Asentí. Fermín se quedó anclado en la silla, ausente, con la mirada perdida en ningún lugar.

—¿Y de usted, Fermín? ¿Qué fue de usted?

Fermín tardó en responder, como si aquella parte de la historia no tuviese importancia alguna.

—Volví a la calle. No me podía quedar allí, con Brians. Ni podía estar con la Rociíto. Ni con nadie...

Fermín dejó su relato varado y yo lo retomé por él.

—Volvió a la calle, un mendigo sin nombre, sin nadie ni nada en el mundo, un hombre al que todos tomaban por loco y que hubiera querido morirse si no hubiera sido porque había hecho una promesa...

—Le había prometido a Martín que cuidaría de Isabella y de su hijo..., de usted. Pero fui un cobarde, Daniel. Estuve tanto tiempo escondido, tuve tanto miedo de volver que cuando lo hice su madre ya no estaba allí...

—¿Por eso lo encontré aquella noche en la plaza Real? ¿No fue una casualidad? ¿Cuánto tiempo llevaba usted siguiéndome?

—Meses. Años...

Lo imaginé siguiéndome de niño cuando iba al colegio, cuando jugaba en el parque de la Ciudadela, cuando me detenía con mi padre en aquel escaparate a contemplar la pluma que creía a pies juntillas que había pertenecido a Víctor Hugo, cuando me sentaba en la plaza Real a leer para Clara y a acariciarla con los ojos cuando creía que nadie me veía. Un mendigo, una sombra, una figura en la que nadie reparaba y que las miradas evitaban. Fermín, mi protector y mi amigo.

—¿Y por qué no me contó la verdad años después?

—Al principio quería hacerlo, pero luego me di cuenta de que le haría más daño que bien. Que nada podía cambiar el pasado. Decidí ocultarle la verdad porque pensaba que era mejor que se pareciese usted a su padre y menos a mí.

Nos sumimos en un largo silencio en el que intercambiamos miradas a hurtadillas, sin saber qué decir.

—¿Dónde está Valls? —pregunté al fin.

—Ni se le ocurra —cortó Fermín.

—¿Dónde está ahora? —pregunté de nuevo—. Si no me lo dice usted, lo averiguaré yo.

—¿Y qué hará? ¿Se presentará en su casa para matarle?

—¿Por qué no?

Fermín rió con amargura.

—Porque tiene usted una mujer y un hijo, porque tiene usted una vida y gente que le quiere y a quien querer, porque lo tiene usted todo, Daniel.

—Todo menos a mi madre.

—La venganza no le devolverá a su madre, Daniel.

—Eso es muy fácil de decir. Nadie asesinó a la suya...

Fermín iba a decir algo, pero se mordió la lengua.

—¿Por qué cree que su padre nunca le habló de la guerra, Daniel? ¿Acaso cree que él no se imagina lo que pasó?

—Si es así, ¿por qué se calló? ¿Por qué no hizo nada?

—Por usted, Daniel. Por usted. Su padre, al igual que mucha gente a la que le tocó vivir aquellos años se lo tragaron todo y se callaron. Porque no tuvieron más narices. De todos los bandos y de todos los colores. Se los cruza usted por la calle todos los días y ni los ve. Se han podrido en vida todos estos años con ese dolor dentro para que usted y otros como usted pudiesen vivir. No se le ocurra juzgar a su padre. No tiene usted derecho.

Sentí como si mi mejor amigo me hubiese dado un puñetazo en la boca.

—No se enfade conmigo, Fermín...

Fermín negó.

—No me enfado.

—Sólo estoy intentado entender mejor todo esto. Déjeme hacerle una pregunta. Sólo una.

—¿Sobre Valls? No.

—Sólo una pregunta, Fermín. Se lo juro. Si no quiere no tiene por qué contestarme.

Fermín asintió a regañadientes.

—¿Es ese Mauricio Valls el mismo Valls en el que estoy pensando? —pregunté.

Fermín asintió.

—El mismo. El que fue ministro de Cultura hasta hace cuatro o cinco años. El que salía en la prensa día sí día no. El gran Mauricio Valls. Autor, editor, pensador y mesías revelado de la intelectualidad nacional. Ese Valls —dijo Fermín.

Comprendí entonces que había visto en la prensa la imagen de aquel individuo docenas de veces, que había escuchado su nombre y lo había visto impreso en el lomo de algunos de los libros que teníamos en la librería. Hasta aquella noche, el nombre de Mauricio Valls era uno de tantos en ese desfile de figuras públicas que forman parte de un paisaje desdibujado al que uno no presta especial atención pero que siempre está ahí. Hasta aquella noche, si alguien me hubiese preguntado quién era Mauricio Valls, hubiera dicho que era un personaje que me resultaba vagamente familiar, una figura destacada de aquellos años míseros en la que nunca me había fijado. Hasta aquella noche nunca se me hubiera pasado por la cabeza imaginar que algún día aquel nombre, aquel rostro, sería para siempre el del hombre que asesinó a mi madre.

—Pero... —protesté.

—Pero nada. Ha dicho una sola pregunta y ya se la he contestado.

—Fermín, no me puede dejar así...

—Escúcheme bien, Daniel.

Fermín me miró a los ojos y me agarró la muñeca.

—Le juro que, cuando sea el momento, yo mismo le ayudaré a encontrar a ese hijo de puta aunque sea la última cosa que haga en esta vida. Entonces ajustaremos cuentas con él. Pero no ahora. No así.

Le miré dudando.

—Prométame que no hará ninguna tontería, Daniel. Que esperará a que sea el momento.

Bajé la mirada.

—No puede usted pedirme eso, Fermín.

—Puedo y debo.

Asentí finalmente y Fermín me soltó el brazo.

13

Cuando llegué a casa eran casi las dos de la madrugada. Iba a enfilar el portal cuando vi que había luz en el interior de la librería, un resplandor débil tras la cortina de la trastienda. Entré por la puerta del vestíbulo del edificio y encontré a mi padre sentado en su escritorio, saboreando el primer cigarrillo que le había visto fumar en toda mi vida. Frente a él, en la mesa, había un sobre abierto y las cuartillas de una carta. Acerqué una silla y me senté frente a él. Mi padre me miraba en silencio, impenetrable.

—¿Buenas noticias? —pregunté, señalando la carta.

Mi padre me la tendió.

—Es de tu tía Laura, la de Nápoles.

—¿Tengo una tía en Nápoles?

—Es la hermana de tu madre, la que se fue a vivir a Italia con la familia materna el año que tú naciste.

Asentí ausente. No la recordaba, y su nombre apenas lo registraba entre los extraños que habían acudido al entierro de mi madre años atrás y a los que nunca había vuelto a ver.

—Dice que tiene una hija que viene a estudiar a Barcelona y pregunta si puede instalarse aquí durante una temporada. Una tal Sofía.

—Es la primera vez que oigo hablar de ella —dije.

—Ya somos dos.

La idea de mi padre compartiendo piso con una adolescente desconocida no resultaba muy creíble.

—¿Qué le vas a decir?

Mi padre se encogió de hombros, indiferente.

—No sé. Algo tendré que decirle.

Permanecimos en silencio casi un minuto, mirándonos sin atrevernos a hablar del tema que realmente nos ocupaba el pensamiento y no la visita de una prima lejana.

—Supongo que estabas con Fermín —dijo mi padre por fin.

Asentí.

—Hemos ido a cenar a Can Lluís. Fermín se ha comido hasta las servilletas. Al entrar me he encontrado al profesor Alburquerque, que estaba cenando allí, y le he dicho que a ver si se pasa por la librería.

El sonido de mi propia voz recitando banalidades tenía un eco acusador. Mi padre me observaba tenso.

—¿Te ha contado lo que le pasa?

—Yo creo que son nervios, por la boda y esas cosas que a él no le van nada.

—¿Y ya está?

Un buen mentiroso sabe que la mentira más efectiva es siempre una verdad a la que se le ha sustraído una pieza clave.

—Bueno, me ha contado cosas de los viejos tiempos, de cuando estuvo en prisión y todo eso.

—Entonces supongo que te habrá hablado del abogado Brians. ¿Qué te ha contado?

No sabía a ciencia cierta qué sabía o sospechaba mi padre, y decidí andarme con pies de plomo.

—Me ha contado que lo tuvieron preso en el castillo de Montjuic y que consiguió escapar con la ayuda de un hombre llamado David Martín, alguien a quien al parecer tú conocías.

Mi padre guardó un largo silencio.

—Delante de mí nunca nadie se ha atrevido a decirlo, pero yo sé que hay gente que creía entonces, y que todavía lo cree, que tu madre estaba enamorada de Martín —dijo con una sonrisa tan triste que supe que él se contaba entre ellos.

Mi padre tenía ese hábito de algunas personas que sonríen exageradamente cuando quieren contener el llanto.

—Tu madre era una buena mujer. Una buena esposa. No me gustaría que pensaras cosas raras de ella por lo que Fermín te haya podido contar. Él no la conoció. Yo sí.

—Fermín no insinuó nada —mentí—. Sólo que a mamá y a Martín los unía una amistad y que ella intentó ayudarle a salir de la prisión contratando a ese abogado, Brians.

—Me imagino que también te habrá hablado de ese hombre, Valls...

Dudé antes de asentir. Mi padre reconoció la consternación en mis ojos y negó.

—Tu madre murió de cólera, Daniel. Brians, nunca entenderé por qué, se empeñó en acusar a ese hombre, un burócrata con delirios de grandeza, de un crimen del que no tenía ni indicios ni pruebas.

No dije nada.

—Tienes que quitarte esa idea de la cabeza. Quiero que me prometas que no vas a pensar en eso.

Permanecí en silencio, preguntándome si mi padre era realmente tan ingenuo como parecía o si el dolor de la pérdida le había cegado y le había empujado a la cobardía de los supervivientes. Recordé las palabras de Fermín y me dije que ni yo ni nadie teníamos derecho a juzgarlo.

—Prométeme que no harás ninguna locura ni buscarás a ese hombre —insistió.

Asentí sin convicción. Me agarró el brazo.

—Júramelo. Por la memoria de tu madre.

Sentí que un dolor me atenazaba el rostro y me di cuenta de que estaba apretando los dientes con tanta fuerza que casi se me rompen. Desvié la mirada pero mi padre no me soltaba. Lo miré a los ojos, y hasta el último momento pensé que podría mentirle.

—Te juro por la memoria de mamá que mientras vivas no haré nada.

—No es eso lo que te he pedido.

—Es todo lo que te puedo dar.

Mi padre hundió la cabeza entre las manos y respiró profundamente.

—La noche que murió tu madre, arriba, en el piso...

—Me acuerdo perfectamente.

—Tú tenías cinco años.

—Cuatro años y seis meses.

—Aquella noche Isabella me pidió que nunca te contase lo que había pasado. Ella creía que era mejor así.

Era la primera vez que le oía referirse a mi madre por su nombre de pila.

—Ya lo sé, papá.

Me miró a los ojos.

—Perdóname —murmuró.

Sostuve la mirada de mi padre, que a veces parecía envejecer un poco más sólo con verme y recordar. Me levanté y le abracé en silencio. Él me estrechó contra sí con fuerza y, cuando rompió a llorar, la rabia y el dolor que había enterrado en su alma todos aquellos años empezaron a correr como sangre a borbotones. Supe entonces, sin poder explicarlo con certeza, que lenta e inexorablemente mi padre había empezado a morir.

Cuarta parte

SOSPECHA

1

Barcelona, 1957

La claridad del alba me sorprendió en el umbral del dormitorio del pequeño Julián, que por una vez dormía lejos de todo y de todos con una sonrisa en los labios. Oí los pasos de Bea acercándose por el pasillo y sentí sus manos sobre la espalda.

—¿Cuánto llevas aquí? —preguntó.

—Un rato.

—¿Qué haces?

—Lo miro.

Bea se acercó a la cuna de Julián y se inclinó a besarle la frente.

—¿A qué hora llegaste ayer?

No respondí.

—¿Cómo está Fermín?

—Va tirando.

—¿Y tú? —Sonreí sin ganas—. ¿Me lo vas a contar? —insistió.

—Otro día.

—Pensaba que no había secretos entre nosotros —dijo Bea.

—Yo también.

Me miró con extrañeza.

—¿Qué quieres decir, Daniel?

—Nada. No quiero decir nada. Estoy muy cansado. ¿Nos vamos a la cama?

Bea me tomó de la mano y me llevó al dormitorio. Nos tendimos en el lecho y la abracé.

—Esta noche he soñado con tu madre —dijo Bea—. Con Isabella.

El sonido de la lluvia empezó a arañar los cristales.

—Yo era una niña pequeña y ella me llevaba de la mano. Estábamos en una casa muy grande y muy antigua, con salones enormes y un piano de cola y una galería que daba a un jardín con un estanque. Junto al estanque había un niño igual que Julián, pero yo sabía que en realidad eras tú, no me preguntes por qué. Isabella se arrodillaba a mi lado y me preguntaba si te podía ver. Tú estabas jugando en el agua con un barco de papel. Yo le decía que sí. Entonces ella me decía que te cuidara. Que te cuidara para siempre porque ella tenía que irse lejos.

Permanecimos en silencio, escuchando el repiqueteo de la lluvia durante un largo rato.

—¿Qué te dijo Fermín anoche?

—La verdad —respondí—. Me dijo la verdad.

Bea me escuchaba en silencio mientras intentaba reconstruir la historia de Fermín. Al principio sentí cómo la rabia crecía de nuevo en mi interior, pero a medida que avanzaba en la historia me invadió una profunda tristeza y una gran desesperanza. Para mí todo aquello era nuevo y aún no sabía cómo iba a poder convivir con los secretos y las implicaciones de lo que Fermín me había desvelado. Aquellos sucesos habían tenido lugar hacía ya casi veinte años y el tiempo me había condenado al mero papel de espectador en una función en la que se habían tejido los hilos de mi destino.

Cuando acabé de hablar, advertí que Bea me observaba con preocupación e inquietud en la mirada. No era difícil adivinar lo que estaba pensando.

—Le he prometido a mi padre que mientras él viva no buscaré a ese hombre, Valls, y que no haré nada —añadí para tranquilizarla.

—¿Mientras *él* viva? ¿Y después? ¿No has pensado en nosotros? ¿En Julián?

—Claro que he pensado. Y no tienes por qué preocuparte —mentí—. Después de hablar con mi padre he comprendido que todo eso pasó hace ya mucho tiempo y no se puede hacer nada por cambiarlo.

Bea parecía poco convencida de mi sinceridad.

—Es la verdad —mentí de nuevo.

Me sostuvo la mirada unos instantes, pero aquéllas eran las palabras que ella quería oír y finalmente sucumbió a la tentación de creerlas.

2

Aquella misma tarde, mientras la lluvia seguía azotando las calles desiertas y encharcadas, la silueta torva y carcomida por el tiempo de Sebastián Salgado se perfiló a las puertas de la librería. Nos observaba con su inconfundible aire rapaz a través del escaparate, las luces del belén sobre su rostro. Llevaba el mismo traje viejo de su primera visita, empapado. Me acerqué a la puerta y se la abrí.

—Precioso el belén —dijo.

—¿No va a entrar?

Le sostuve la puerta y Salgado pasó cojeando. Se detuvo a los pocos pasos, apoyándose en su bastón. Fermín lo miraba con recelo desde el mostrador. Salgado sonrió.

—Cuánto tiempo, Fermín —entonó.

—Le creía muerto —replicó Fermín.

—Yo a usted también, como todo el mundo. Eso es lo que nos contaron. Que lo atraparon intentando fugarse y que le pegaron un tiro.

—No caerá esa breva.

—Si quiere que le diga la verdad, yo siempre tuve

la esperanza de que se hubiera usted escabullido. Ya se sabe que mala hierba...

—Me conmueve usted, Salgado. ¿Cuándo ha salido?

—Hará un mes.

—No me diga que lo soltaron por buena conducta —dijo Fermín.

—Yo creo que se cansaron de esperar a que me muriera. ¿Sabe que me dieron el indulto? Lo tengo en una lámina firmada por el mismísimo Franco.

—Lo habrá hecho enmarcar, supongo.

—Lo tengo en un lugar de honor: sobre la taza del váter, por si se me acaba el papel.

Salgado se acercó unos pasos al mostrador y señaló una silla que quedaba en un rincón.

—¿Les importa si tomo asiento? Aún no estoy acostumbrado a caminar más de diez metros en línea recta y me canso con facilidad.

—Toda suya —lo invité.

Salgado se desplomó sobre la silla y respiró hondo, masajeándose la rodilla. Fermín lo miraba como quien observa una rata que acaba de trepar fuera de la taza del inodoro.

—Tiene narices que quien todos pensaban que iba a ser el primero en palmar fuese el último... ¿Sabe lo que me mantuvo vivo todos estos años, Fermín?

—Si no lo conociese tan bien diría que la dieta mediterránea y el aire del mar.

Salgado exhaló un amago de risa, que en su caso sonaba a tos ronca y a bronquio al borde del colapso.

—Usted siempre el mismo, Fermín. Por eso me

caía usted tan bien. Qué tiempos aquéllos. Pero tampoco quiero aburrirles con batallitas y menos al joven, que a esta generación lo nuestro ya no les interesa. Lo suyo es el charlestón o como quiera que lo llamen ahora. ¿Hablamos de negocios?

—Usted dirá.

—Más bien usted, Fermín. Yo ya he dicho todo lo que tenía que decir. ¿Me va a dar lo que me debe? ¿O vamos a tener que organizar un escándalo que no le conviene?

Fermín permaneció impasible durante unos instantes que nos dejaron en un incómodo silencio. Salgado tenía los ojos clavados en él y parecía a punto de escupir veneno. Fermín me dirigió una mirada que no acabé de descifrar y suspiró abatido.

—Usted gana, Salgado.

Fermín extrajo un pequeño objeto del bolsillo y se lo tendió. Una llave. *La llave.* Los ojos de Salgado se encendieron como los de un niño. Se levantó y se acercó a Fermín lentamente. Aceptó la llave con la única mano que le quedaba, temblando de emoción.

—Si tiene planeado introducírsela de nuevo por vía rectal le ruego que pase al excusado, que éste es un local familiar abierto al público —advirtió Fermín.

Salgado, que había recuperado el color y el soplo de la primera juventud, se deshizo en una sonrisa de infinita satisfacción.

—Bien pensado, en el fondo me ha hecho usted el favor de mi vida guardándola todos estos años —declaró.

—Para eso están los amigos —replicó Fermín—.

Vaya con Dios y no dude en no volver por aquí nunca más.

Salgado sonrió y nos guiñó el ojo. Se encaminó hacia la salida, ya perdido en sus elucubraciones. Antes de salir a la calle se volvió un instante y alzó la mano a modo de saludo conciliador.

—Le deseo suerte y una larga vida, Fermín. Y tranquilo, que su secreto queda a salvo.

Lo vimos partir bajo la lluvia, un anciano que cualquiera hubiera tomado por un moribundo pero que, tuve la certeza, en aquel momento no sentía ni las frías gotas de lluvia sobre el rostro ni los años de encierro y penuria que llevaba en la sangre. Miré a Fermín, que se había quedado clavado al suelo, pálido y confundido con la visión de su viejo compañero de celda.

—¿Lo vamos a dejar irse así? —pregunté.

—¿Tiene algún plan mejor?

3

Trascurrido el proverbial minuto de prudencia, nos echamos a la calle armados de sendas gabardinas oscuras y un paraguas del tamaño de un parasol que Fermín había adquirido en un bazar del puerto con la idea de usarlo tanto en invierno como en el estío para sus escapadas con la Bernarda a la playa de la Barceloneta.

—Fermín, con este armatoste cantamos como una escolanía de gallos —advertí.

—Usted tranquilo, que ese sinvergüenza lo único que debe de ver son doblones de oro lloviendo del cielo —replicó Fermín.

Salgado nos llevaba un centenar de metros de ventaja y cojeaba a paso ligero por la calle Condal bajo la lluvia. Acortamos un poco la distancia, justo a tiempo de ver cómo se disponía a abordar un tranvía que subía por la Vía Layetana. Plegando el paraguas sobre la marcha echamos a correr y llegamos de milagro a saltar al estribo. En la mejor tradición de la época, hicimos el recorrido colgados de la parte de atrás. Salgado había encontrado un asiento en la parte delantera cedido por un buen samaritano que no sabía con quién se jugaba los cuartos.

—Es lo que tiene llegar a viejo —dijo Fermín—. Que nadie se acuerda de que también han sido unos capullos.

El tranvía recorrió la calle Trafalgar hasta llegar al Arco de Triunfo. Nos asomamos un poco y comprobamos que Salgado seguía clavado en su asiento. El cobrador, un hombre a un frondoso bigote adosado, nos observaba con el ceño fruncido.

—No se crean que por ir ahí colgados les voy a hacer descuento, que les tengo el ojo echado desde que han subido.

—Ya nadie valora el realismo social —murmuró Fermín—. Qué país.

Le tendimos unas monedas y nos entregó nuestros billetes. Empezábamos a pensar que Salgado se debía de haber dormido cuando, al enfilar el tranvía el camino que llevaba a la estación del Norte, se levantó y tiró del cable para solicitar parada. Aprovechando que el conductor iba frenando, nos dejamos caer frente al sinuoso palacio modernista que albergaba las oficinas de la compañía hidroeléctrica y seguimos al tranvía a pie hasta la parada. Vimos a Salgado apearse con ayuda de dos pasajeros y encaminarse hacia la estación.

—¿Está usted pensado lo mismo que yo? —pregunté.

Fermín asintió. Seguimos a Salgado hasta el gran vestíbulo de la estación, camuflándonos, o haciendo nuestra presencia dolorosamente obvia, con el paraguas descomunal de Fermín. Una vez en el interior,

Salgado se aproximó a una hilera de taquillas metálicas alineada junto a una de las paredes como un gran cementerio en miniatura. Nos apostamos en un banco que quedaba en la penumbra. Salgado se había detenido frente a la infinidad de taquillas y las contemplaba ensimismado.

—¿Se habrá olvidado de dónde guardó el botín? —pregunté.

—Qué se va a olvidar. Lleva veinte años esperando este momento. Lo que hace es saborearlo.

—Si usted lo dice... Yo creo que se ha olvidado.

Permanecimos allí, observando y esperando.

—Nunca me dijo dónde escondió usted la llave cuando se escapó del castillo... —aventuré.

Fermín me lanzó una mirada hostil.

—No pienso entrar en ese tema, Daniel.

—Olvídelo.

La espera se prolongó unos minutos más.

—A lo mejor tiene un cómplice... —dije—, y le está esperando.

—Salgado no es de los de compartir.

—A lo mejor hay alguien más que...

—Shhh —me silenció Fermín señalando a Salgado, que por fin se había movido.

El anciano se acercó a una de las taquillas y posó la mano sobre la puerta de metal. Sacó la llave y la introdujo en la cerradura. Abrió la compuerta y miró en el interior. En ese instante una pareja de la Guardia Civil dobló la esquina del vestíbulo desde los andenes y se aproximó al lugar donde Salgado estaba intentado extraer algo de la taquilla.

—Ay, ay, ay... —murmuré.

Salgado se volvió y saludó a los dos guardias civiles. Cruzaron unas palabras y uno de ellos retiró una maleta del interior y la dejó en el suelo a los pies de Salgado. El ladrón les agradeció efusivamente su ayuda y la pareja, saludándole con el ala del tricornio, continuó con su ronda.

—Viva España —murmuró Fermín.

Salgado asió la maleta y la arrastró hasta otro de los bancos, que quedaba en el extremo opuesto al que ocupábamos.

—No la va a abrir aquí, ¿verdad? —pregunté.

—Necesita asegurarse de que está todo ahí —replicó Fermín—. Son muchos años de sufrimiento los que ha esperado ese granuja para recobrar su tesoro.

Salgado miró alrededor una y otra vez para asegurarse de que no había nadie cerca y, finalmente, se decidió. Lo vimos abrir la maleta apenas unos centímetros y atisbar el interior.

Permaneció así por espacio de casi un minuto, inmóvil. Fermín y yo nos miramos sin comprender. De repente Salgado cerró la maleta y se levantó. Sin más, se encaminó hacia la salida dejando la maleta atrás frente a la taquilla abierta.

—Pero ¿qué hace? —pregunté.

Fermín se incorporó e hizo una señal.

—Usted vaya a por la maleta, yo le sigo a él...

Sin darme tiempo a replicar, Fermín se apresuró hacia la salida. Me dirigí a paso rápido hacia el lugar donde Salgado había abandonado la maleta. Un listillo que estaba leyendo el periódico en un banco próximo también le había echado el ojo y, mirando a ambos lados previamente para asegurarse de que nadie lo veía, se levantó y se aproximó como un buitre rondando su presa. Apreté el paso. Iba el extraño a cogerla cuando se la arrebaté de puro milagro.

—Esa maleta no es suya —dije.

El individuo me clavó una mirada hostil y aferró el asa.

—¿Aviso a la Guardia Civil? —pregunté.

Azorado, el pillo soltó la maleta y se perdió en dirección a los andenes. Me la llevé hasta el banco y, asegurándome de que nadie se fijaba en mí, la abrí.

Estaba vacía.

Sólo entonces oí el vocerío y alcé la vista para comprobar que se había producido una conmoción a la salida de la estación. Me levanté y pude ver a través de las cristaleras que la pareja de la Guardia Civil se abría paso entre un círculo de curiosos que se había formado bajo la lluvia. Cuando el gentío se apartó, vi a Fermín arrodillado en el suelo, sosteniendo en sus brazos a Salgado. El anciano tenía los ojos abiertos a la lluvia. Una mujer que entraba en aquel momento se llevó la mano a la boca.

—¿Qué ha pasado? —pregunté.

—Un pobre anciano, que se ha caído redondo... —dijo.

Salí al exterior y me acerqué lentamente al círculo de gente que observaba la escena. Vi que Fermín levantaba la vista e intercambiaba unas palabras con los dos guardias civiles. Uno de ellos asentía. Fermín se quitó entonces la gabardina y la tendió sobre el cadáver de Salgado, cubriéndole el rostro. Cuando llegué, una mano con sólo tres dedos asomaba bajo la prenda y en la palma, reluciente bajo la lluvia, había una llave. Cubrí a Fermín con el paraguas y le puse la mano en el hombro. Nos alejamos de allí lentamente.

—¿Está usted bien, Fermín?

Mi buen amigo se encogió de hombros.

—Vámonos a casa —acertó a decir.

4

Mientras nos alejábamos de la estación me quité la gabardina y la puse sobre los hombros de Fermín. La suya había quedado sobre el cadáver de Salgado. No me parecía que mi amigo estuviese en condiciones de dar grandes paseos y decidí parar un taxi. Le abrí la puerta y cuando estuvo dentro, sentado, cerré y subí por el otro lado.

—La maleta estaba vacía —dije—. Alguien se la ha jugado a Salgado.

—Quien roba a un ladrón...

—¿Quién cree que fue?

—Tal vez el mismo que le dijo que yo tenía su llave y le explicó dónde encontrarme —murmuró Fermín.

—¿Valls?

Fermín suspiró abatido.

—No lo sé, Daniel. Ya no sé qué pensar.

Advertí la mirada del taxista en el espejo, a la espera.

—Vamos a la entrada de la plaza Real, en la calle Fernando —indiqué.

—¿No volvemos a la librería? —preguntó un Fermín al que ya no le quedaba guerra en el cuerpo ni para discutir una carrera de taxi.

—Yo sí. Pero usted se va a casa de don Gustavo a pasar el resto del día con la Bernarda.

Hicimos el trayecto en silencio mientras Barcelona se desdibujaba bajo la lluvia. Al llegar a los arcos de la calle Fernando, donde años atrás había conocido a Fermín, aboné la carrera y nos apeamos. Acompañé a Fermín hasta el portal de don Gustavo y le di un abrazo.

—Cuídese, Fermín. Y coma algo o la Bernarda se va a clavar algún hueso la noche de bodas.

—Descuide. Si yo cuando me lo propongo tengo más facilidad para engordar que una soprano. Ahora cuando suba me pongo morado de polvorones de esos que se compra don Gustavo en Casa Quílez y mañana me tiene usted hecho un tocino.

—A ver si es verdad. Dele recuerdos a la novia.

—De su parte, aunque tal y como están las cosas en el plano jurídico-administrativo, me veo viviendo en pecado.

—De eso nada. ¿Se acuerda usted de lo que me dijo una vez? ¿Que el destino no hace visitas a domicilio, que hay que ir a por él?

—Tengo que confesar que lo saqué de un libro de Carax. Sonaba bonito.

—Pues yo lo creí y lo sigo creyendo. Y por eso le digo que su destino es casarse con la Bernarda en toda regla y en la fecha prevista, con curas, arroz y nombre y apellidos.

Mi amigo me miraba escéptico.

—Como me llamo Daniel que se casa usted por la puerta grande —prometí a un Fermín tan derrotado que sospechaba que ni un paquete de sugus ni un peliculón con Kim Novak en el Fémina luciendo *brassieres* en punta que desafiaban la ley de la gravedad conseguirían levantarle el ánimo.

—Si usted lo dice, Daniel...

—Usted me ha devuelto la verdad —dije—. Yo le voy a devolver su nombre.

5

Aquella misma tarde, de regreso en la librería, puse en marcha mi plan para salvar la identidad de Fermín. El primer paso consistió en hacer varias llamadas desde el teléfono de la trastienda y establecer un calendario de acción. El segundo paso requería recabar el talento de expertos de reconocida eficacia.

Al día siguiente, un mediodía soleado y apacible, me encaminé hacia la biblioteca del Carmen, donde me había citado con el profesor Alburquerque, convencido de que lo que él no supiera no lo sabía nadie.

Le encontré en la sala principal de lectura, rodeado de libros y papeles, y concentrado pluma en mano. Me senté frente a él al otro lado de la mesa y lo dejé trabajar. Tardó casi un minuto en reparar en mi presencia. Al levantar los ojos de la mesa me miró sorprendido.

—Debe de ser algo apasionante eso que estaba escribiendo —aventuré.

—Estoy trabajando en una serie de artículos sobre escritores malditos de Barcelona —explicó—. ¿Se acuerda del tal Julián Carax, un autor que me recomendó usted hace meses en la librería?

—Claro —contesté.

—Pues he estado indagando sobre él y la suya es una historia increíble. ¿Sabía usted que durante años un personaje diabólico se dedicó a recorrer el mundo buscando los libros de Carax para quemarlos?

—No me diga —dije fingiendo sorpresa.

—Un caso curiosísimo. Ya se lo pasaré cuando lo tenga terminado.

—Tendría que hacer usted un libro sobre el tema —propuse—. Una historia secreta de Barcelona a través de sus escritores malditos y prohibidos en la versión oficial.

El profesor sopesó la idea, intrigado.

—Se me ha pasado por la cabeza, la verdad, pero tengo tanto trabajo entre los diarios y la universidad...

—Si no lo escribe usted, no lo escribirá nadie...

—Pues mire, a lo mejor me lío la manta a la cabeza y lo hago. No sé de dónde voy a sacar el tiempo, pero...

—Sempere e Hijos le ofrece su fondo editorial y asesoría para lo que necesite.

—Lo tendré en cuenta. ¿Qué? ¿Vamos a comer?

El profesor Alburquerque plegó velas por aquel día y pusimos rumbo a Casa Leopoldo, donde, acompañados de unos vinos y una tapa de serrano sublime, nos sentamos a esperar un par de rabos de toro, el especial del día.

—¿Cómo tenemos a nuestro buen amigo Fermín? Hace un par de semanas, en Can Lluís, lo vi muy de capa caída.

—De él quería yo hablarle, precisamente. Es una cuestión un tanto delicada y le tengo que pedir que esto quede entre nosotros.

—Faltaría más. ¿Qué puedo hacer?

Procedí a esbozarle el problema de modo sucinto evitando entrar en detalles escabrosos o innecesarios. El profesor intuyó que había mucha más tela que cortar en el asunto de la que le estaba mostrando, pero hizo gala de su discreción ejemplar.

—A ver si lo entiendo —dijo—. Fermín no puede utilizar su identidad porque, oficialmente, fue declarado muerto hace casi veinte años y por lo tanto, a ojos del Estado, no existe.

—Correcto.

—Pero, por lo que usted me cuenta, esa identidad que fue anulada era también ficticia, una invención del propio Fermín durante la guerra para salvar el pellejo.

—Correcto.

—Ahí es donde me pierdo. Ayúdeme, Daniel. Si Fermín ya se sacó de la manga una identidad falsa una vez, ¿por qué no utiliza otra ahora para poder casarse?

—Por dos motivos, profesor. El primero es puramente práctico y es que, use su nombre u otro inventado, Fermín no tiene identidad a ningún efecto y, por tanto, cualquiera que sea la que decida usar tiene que ser creada de cero.

—Pero él quiere seguir siendo Fermín, supongo.

—Exacto. Y ése es el segundo motivo, que no es práctico sino espiritual, por así decirlo, y que es mucho más importante. Fermín quiere seguir siendo Fermín porque ésa es la persona de la que se ha enamorado la Bernarda, y ése el hombre que es amigo nuestro, el que conocemos y el que él quiere ser. Hace años que la persona que él había sido ya no existe para él. Es una piel que dejó atrás. Ni yo, que probablemente soy su mejor amigo, sé con qué nombre le bautizaron. Para mí, para todos los que le quieren y sobre todo para él mismo, es Fermín Romero de Torres. Y en el fondo, si se trata de crearle una identidad nueva, ¿por qué no crearle la suya?

El profesor Alburquerque asintió finalmente.

—Correcto —sentenció.

—Entonces, ¿lo ve usted factible, profesor?

—Bueno, es una misión quijotesca como pocas —estimó el profesor—. ¿Cómo proveer al enjuto hidalgo don Fermín de la Mancha de casta, galgo y un legajo de papeles falsificados con los que emparejarle con su bella Bernarda del Toboso a los ojos de Dios y del Registro Civil?

—He estado pensando y consultando libros de leyes —dije—. La identidad de una persona en este país empieza con una partida de nacimiento, que cuando se para uno a estudiarlo es un documento muy simple.

El profesor enarcó las cejas.

—Lo que sugiere usted es delicado. Por no hablar de que es un delito como la copa de un pino.

—Sin precedente más bien, al menos en los anales judiciales. Lo he comprobado.

—Siga usted, que me tiene interesado.

—Supongamos que alguien, hipotéticamente hablando, tuviera acceso a las oficinas del Registro Civil y pudiera por así decirlo *plantar* una partida de nacimiento en los archivos... ¿No sería ésa base suficiente para establecer la identidad de una persona?

El profesor meneó la cabeza.

—Para un recién nacido, puede, pero si hablamos, hipotéticamente, de un adulto, sería necesario crear todo un historial documental. Aunque tuviera usted el acceso, hipotéticamente, al archivo. ¿De dónde iba usted a sacar esos documentos?

—Digamos que pudiera crear una serie de facsímiles creíbles. ¿Lo vería usted posible?

El profesor lo meditó cuidadosamente.

—El principal riesgo sería que alguien descubriera el fraude y quisiera destaparlo. Teniendo en cuenta que en este caso la, digamos, parte amenazante que hubiera podido alertar de inconsistencias documentales ha perecido, el problema se reduciría a, uno, acceder al archivo e introducir en el sistema una carpeta con un historial de identidad ficticio pero contrastado, y, dos, generar toda la retahíla de documentos necesarios para establecer tal identidad. Estoy hablando de papeles de todos los colores y clases, desde partidas bautismales de parroquias, a cédulas, certificados...

—Respecto al primer punto, tengo entendido que está usted escribiendo una serie de reportajes sobre las maravillas del sistema legal español por encargo de la Diputación para una memoria de la institución. He estado indagando un poco y he descubierto que durante los bombardeos de la guerra varios de los archivos del Registro Civil fueron destruidos. Eso significa que cientos, miles de identidades tuvieron que ser reconstruidas de mala manera. Yo no soy un experto, pero me atrevo a suponer que eso abriría algún agujero que alguien bien informado, conectado y con un plan podría aprovechar...

El profesor me miró de reojo.

—Veo que ha hecho usted una verdadera labor de investigación, Daniel.

—Disculpe la osadía, profesor, pero para mí la felicidad de Fermín vale eso y mucho más.

—Y eso le honra. Pero también le podría valer una condena importante a quien intentase hacer algo así y fuese descubierto con las manos en la masa.

—Por eso he pensado que si alguien, hipotéticamente, tuviera acceso a uno de esos archivos reconstruidos del Registro Civil, podría llevar consigo un ayudante que, por así decirlo, asumiera la parte más arriesgada de la operación.

—En ese caso, el hipotético ayudante debería estar en condiciones de garantizarle al facilitador un descuento del veinte por ciento sobre el precio de cualquier libro adquirido en Sempere e Hijos de por vida. Y una invitación a la boda del recién nacido.

—Eso está hecho. Y se lo subiría a un veinticinco por ciento. Aunque en el fondo sé que hay quien, hipotéticamente, aunque sólo fuera por el gusto de colarle un gol a un régimen podrido y corrupto, se avendría a colaborar *pro bono* sin conseguir nada a cambio.

—Soy un académico, Daniel. El chantaje sentimental no funciona conmigo.

—Por Fermín, entonces.

—Eso es otra cosa. Pasemos a los tecnicismos.

Extraje el billete de cien pesetas que me había dado Salgado y se lo mostré.

—Éste es mi presupuesto para gastos y trámites de expedición —apunté.

—Ya veo que tira usted con pólvora del rey, pero mejor guarde esos dineros para otros empeños que requerirá esta fazaña porque mis oficios los tiene usted de balde —repuso el profesor—. La parte que más me preocupa, estimado ayudante, es la necesaria conspiración documental. Los nuevos centuriones del régimen, amén de pantanos y misales, han redoblado una ya de por sí descomunal estructura burocrática digna de las peores pesadillas del amigo Francisco Kafka. Como le digo, un caso así precisará que se generen todo tipo de cartas, instancias, ruegos y demás documentos que puedan resultar creíbles y que tengan la consistencia, tono y aroma propios de un dossier manido, polvoriento e incuestionable...

—Ahí estamos cubiertos —dije.

—Voy a necesitar estar al tanto de la lista de cómplices en esta conspiración para asegurarme de que no va usted de farol.

Procedí a explicarle el resto de mi plan.

—Podría funcionar —concluyó.

Tan pronto como llegó el plato principal, apuntalamos el tema y la conversación derivó por otros derroteros. En los cafés, y aunque había estado mordiéndome la lengua durante toda la comida, no pude más y, fingiendo que el asunto no tenía importancia alguna, dejé caer la cuestión.

—Por cierto, profesor, el otro día un cliente me comentaba una cosa en la librería y salió a colación el nombre de Mauricio Valls, el que fuera ministro de Cultura y todas esas cosas. ¿Qué sabe usted de él?

El profesor enarcó una ceja.

—¿De Valls? Lo que todo el mundo, supongo.

—Seguro que usted sabe más que todo el mundo, profesor. Mucho más.

—Bueno, la verdad es que ahora ya hace un tiempo que no oía ese nombre, pero hasta no hace mucho Mauricio Valls era todo un personaje. Como usted dice, fue nuestro flamante y renombrado ministro de Cultura durante unos años, director de numerosas instituciones y organismos, hombre bien situado en el régimen y de gran prestigio en el sector, padrino de muchos, niño mimado de las páginas culturales de la prensa española... Ya le digo, un personaje de renombre.

Sonreí débilmente, como si la sorpresa me resultara grata.

—¿Y ya no?

—Francamente, yo diría que hace un tiempo que desapareció del mapa, o al menos de la esfera pública. No estoy seguro de si le adjudicaron alguna embajada o algún cargo en una institución internacional, ya sabe usted cómo van esas cosas, pero la verdad es que de un tiempo a esta parte le he perdido la pista... Sé que montó una editorial con unos socios hace ya años. La editorial va viento en popa y no para de publicar cosas. De hecho cada mes me llegan invitaciones a actos de presentación de alguno de sus títulos...

—¿Y asiste Valls a esos actos?

—Hace años sí lo hacía. Siempre bromeábamos porque hablaba más de sí mismo que del libro o del autor que presentaba, pero de eso hace tiempo. Hace años que no le veo. ¿Puedo preguntarle la razón de su interés, Daniel? No le hacía a usted interesado en la pequeña feria de las vanidades de nuestra literatura.

—Simple curiosidad.

—Ya.

Mientras el profesor Alburquerque liquidaba la cuenta, me miró de reojo.

—¿Por qué siempre me parece que de la misa me cuenta usted no ya la media, sino un cuarto?

—Algún día le contaré el resto, profesor. Se lo prometo.

—Más le vale, porque las ciudades no tienen memoria y les hace falta alguien como yo, un sabio nada despistado, para mantenerla viva.

—Éste es el trato: usted me ayuda a solucionar lo

de Fermín y yo, algún día, le contaré algunas cosas que Barcelona preferiría olvidar. Para su historia secreta.

El profesor me ofreció la mano y se la estreché.

—Le tomo la palabra. Ahora, volviendo al tema de Fermín y los documentos que vamos a tener que sacarnos del sombrero...

—Creo que tengo al hombre adecuado para esa misión —apunté.

6

Oswaldo Darío de Mortenssen, príncipe de los escribientes barceloneses y viejo conocido mío, estaba saboreando su pausa de sobremesa en su caseta junto al palacio de la Virreina con un carajillo y una faria cuando me vio acercarme y me saludó con la mano.

—El hijo pródigo regresa. ¿Ha cambiado de idea? ¿Nos ponemos con esa carta de amor que le va a granjear acceso a cremalleras y cierres prohibidos de esa pollita anhelada?

Le volví a enseñar mi anillo de casado y asintió recordando.

—Disculpe. Es la costumbre. Usted es de los de antes. ¿Qué puedo hacer por usted?

—El otro día recordé de qué me sonaba su nombre, don Oswaldo. Trabajo en una librería y encontré una novela suya del año 33, *Los jinetes del crepúsculo.*

Oswaldo echó a volar recuerdos y sonrió con nostalgia.

—Qué tiempos aquéllos. Aquel par de sinvergüenzas de Barrido y Escobillas, mis editores, me timaron hasta el último céntimo. Pedro Botero los tenga en su gloria y bajo llave. Pero lo que disfruté yo escribiendo aquella novela no me lo quitará nadie.

—Si se la traigo un día, ¿me la dedicará?

—Faltaría más. Fue mi canto del cisne. El mundo no estaba preparado para el *western* ambientado en el delta del Ebro con bandoleros en canoa en vez de caballos y mosquitos del tamaño de una sandía campando a sus anchas.

—Es usted el Zane Grey del litoral.

—Ya me habría gustado. ¿Qué puedo hacer por usted, joven?

—Prestarme su arte e ingenio en una empresa no menos heroica.

—Soy todo oídos.

—Necesito que me ayude a inventar un pasado documental para que un amigo pueda contraer matrimonio sin escollos legales con la mujer a la que ama.

—¿Buen hombre?

—El mejor que conozco.

—Entonces no se hable más. Mis escenas favoritas siempre fueron las de bodas y bautizos.

—Se necesitarán instancias, informes, ruegos, certificados y toda la pesca.

—No será problema. Delegaremos parte de la logística en Luisito, a quien usted ya conoce, que es de total confianza y un artista en doce caligrafías diferentes.

Extraje el billete de cien pesetas que el profesor

había declinado y se lo tendí. Oswaldo abrió los ojos como platos y lo guardó rápidamente.

—Y luego dicen que en España no se puede vivir de la escritura —dijo.

—¿Cubrirá eso los gastos operativos?

—De sobra. Cuando lo tenga todo organizado le diré a cuánto sube la broma, pero ahora al pronto me atrevería a decir que con quince duros vamos sobrados.

—Lo dejo a su criterio, Oswaldo. Mi amigo, el profesor Alburquerque...

—Gran pluma —atajó Oswaldo.

—Y mejor caballero. Como le digo, el profesor se pasará por aquí y le facilitará la relación de documentos necesarios y todos los detalles. Para cualquier cosa que necesite usted me encontrará en la librería de Sempere e Hijos.

Se le iluminó la cara al oír el nombre.

—El santuario. De joven iba yo por allí todos los sábados a que el señor Sempere me abriese los ojos.

—Mi abuelo.

—Ahora hace ya años que no voy por allí porque mis finanzas están bajo mínimos y me he echado a lo del préstamo bibliotecario.

—Pues háganos el honor de volver a la librería, don Oswaldo, que es su casa y por precios no va a quedar nunca.

—Así lo haré.

Me tendió la mano y se la estreché.

—Un honor hacer negocios con los Sempere.

—Que sea el primero de muchos.

—Y del cojo aquel que se hacía ojitos con el oro y el moro, ¿qué se hizo?

—Resultó que no era oro todo lo que relucía —dije.

—El signo de los tiempos...

7

Barcelona, 1958

Aquel mes de enero llegó vestido de cielos cristalinos y una luz gélida que soplaba nieve en polvo sobre los tejados de la ciudad. El sol brillaba todos los días y arrancaba aristas de brillo y sombra en las fachadas de una Barcelona transparente en la que los autobuses de dos pisos circulaban con la azotea vacía y los tranvías dejaban un halo de vapor sobre los raíles al pasar.

Las luces de los adornos navideños brillaban en guirnaldas de fuego azul sobre las calles de la ciudad vieja, y los dulzones deseos de buena voluntad y de paz que goteaban de los villancicos de mil y un altavoces al pie de tiendas y comercios llegaron a calar lo suficiente para que, cuando a un espontáneo se le ocurrió calzarle una barretina al niño Jesús del pesebre que el ayuntamiento había colocado en la plaza San Jaime, el guardia que vigilaba, en vez de arrastrarlo a sopapos hasta jefatura como reclamó un grupo de beatas, hizo la vista gorda hasta que alguien del arzobispado dio aviso y se personaron tres monjas a restablecer el orden.

Las ventas navideñas habían repuntado y una estrella de belén en forma de números negros en el libro de contabilidad de Sempere e Hijos nos garantizaba que al menos íbamos a poder hacer frente a los recibos de la luz, a la calefacción y que, con suerte, podríamos comer caliente al menos una vez al día. Mi padre parecía haber recobrado el ánimo y había decretado que el próximo año no esperaríamos a última hora para decorar la librería.

—Tenemos pesebre para rato —murmuró Fermín con nulo entusiasmo.

Pasado ya el día de Reyes, mi padre nos dio instrucciones para que empaquetásemos cuidadosamente el belén y lo bajásemos al sótano hasta la próxima Navidad.

—Con cariño —advirtió mi padre—. Que no me entere yo de que se le han resbalado las cajas accidentalmente, Fermín.

—Como oro en paño, señor Sempere. Respondo con la vida de la integridad del pesebre y de todos los animales de granja que obran a la vera del Mesías en pañales.

Una vez hicimos sitio a las cajas que contenían todos los adornos navideños, me detuve un instante a echar un vistazo al sótano y sus rincones olvidados. La última vez que habíamos estado allí, la conversación había derivado por derroteros que ni Fermín ni yo habíamos vuelto a mencionar, pero que seguían pesando al menos en mi memoria. Fermín pareció leerme el pensamiento y agitó la cabeza.

—No me diga que sigue pensando en lo de la carta del atontado aquel.

—A ratos.

—¿No le habrá dicho nada a doña Beatriz?

—No. Volví a meter la carta en el bolsillo de su abrigo y no dije ni pío.

—¿Y ella? ¿No mencionó que había recibido carta de don Juan Tenorio?

Negué. Fermín arrugó la nariz, indicando que eso no acababa de ser buen augurio.

—¿Ha decidido ya lo que va a hacer?

—¿Sobre qué?

—No se haga el tonto, Daniel. ¿Va a seguir a su mujer a esa cita con el maromo en el Ritz y montar una escenita o no?

—Presupone usted que ella va a acudir —protesté.

—¿Y usted no?

Bajé la mirada disgustado conmigo mismo.

—¿Qué clase de marido no se fía de su mujer? —pregunté.

—¿Le doy nombres y apellidos o le basta una estadística?

—Yo me fío de Bea. Ella no me engañaría. Ella no es así. Si tuviese algo que decirme, me lo diría a la cara, sin engaños.

—Entonces no tiene usted de qué preocuparse, ¿verdad?

Algo en el tono de Fermín me hacía pensar que

mis sospechas e inseguridades le habían supuesto una decepción y, aunque nunca lo iba a admitir, le entristecía pensar que dedicaba mis horas a pensamientos mezquinos y a dudar de la sinceridad de una mujer que no merecía.

—Debe de pensar usted que soy un necio.

Fermín negó.

—No. Creo que es usted un hombre afortunado, al menos en amores, y que como casi todos los que lo son no se da cuenta.

Un golpe en la puerta en lo alto de la escalera nos llamó la atención.

—A menos que hayáis encontrado petróleo ahí abajo, haced el favor de subir de una vez, que hay faena —llamó mi padre.

Fermín suspiró.

—Desde que ha salido de números rojos está hecho un tirano —dijo Fermín—. Las ventas lo envalentonan. Quién lo ha visto y quién lo ve...

Los días caían con cuentagotas. Fermín había consentido finalmente en delegar los preparativos y detalles del banquete y de la boda en mi padre y en don Gustavo, que habían asumido el papel de figuras paternales y autoritarias en el tema. Yo, en calidad de padrino, asesoraba al comité directivo, y Bea ejercía las funciones de directora artística y coordinaba a todos los implicados con mano férrea.

—Fermín, me ordena Bea que acudamos a Casa Pantaleoni a que se pruebe usted el traje.

—Como no sea un traje de rayas...

Yo le había jurado y perjurado que llegado el momento su nombre sería de recibo y que su amigo el párroco podría entonar aquello de «Fermín, tomas por esposa a» sin que acabásemos todos en el cuartelillo, pero a medida que se acercaba la fecha Fermín se consumía de angustia y ansiedad. La Bernarda sobrevivía al suspense a base de oraciones y tocinillos de cielo, aunque, una vez confirmado su embarazo por un doctor de confianza y discreción, dedicaba buena parte de sus días a combatir náuseas y mareos ya que todo indicaba que el primogénito de Fermín llegaba dando guerra.

Fueron aquellos días de aparente y engañosa calma, pero bajo la superficie yo había sucumbido a una corriente turbia y oscura que lentamente me iba arrastrando hacia las profundidades de un sentimiento nuevo e irresistible: el odio.

A ratos libres, sin decir a nadie adónde iba, me escapaba hasta el Ateneo de la calle Canuda y rastreaba los pasos de Mauricio Valls en la hemeroteca y en los fondos del catálogo. Lo que durante años había sido una imagen borrosa y sin interés alguno iba adquiriendo día a día una claridad y una precisión dolorosas. Mis pesquisas me permitieron ir reconstruyendo poco a poco la trayectoria pública de Valls en los últimos quince años. Mucho había llovido desde sus principios de alevín del régimen. Con tiempo y buenas influencias, don Mauricio Valls, si uno había de creer lo que decían los diarios (extremo que Fermín comparaba a creer que el TriNaranjus se obtenía exprimiendo naranjas frescas de Valencia), había visto cristalizar sus anhelos y se había convertido en una estrella rutilante en el firmamento de la España de las artes y las letras.

Su escalada había sido imparable. A partir de 1944 había encadenado cargos y nombramientos oficiales de creciente relevancia en el mundo de las instituciones académicas y culturales del país. Sus artículos, discursos y publicaciones empezaban a ser legión. Cualquier certamen, congreso o efeméride cultural que se preciase requería de la participación y presencia de don Mauricio. En 1947, con un par de socios, creaba la Sociedad General de Ediciones Ariadna con oficinas en Madrid y Barcelona, que la prensa se afanaba en canonizar como la «marca de prestigio» de las letras españolas.

En 1948, esa misma prensa empezaba a referirse habitualmente a Mauricio Valls como «el más brillante y respetado intelectual de la nueva España». La autodesignada intelectualidad del país y quienes aspiraban a formar parte de ella parecían vivir un apasionado romance con don Mauricio. Los reporteros de las páginas culturales se deshacían en elogios y adulaciones, buscando su favor y, con suerte, la publicación en su editorial de alguna de las obras que guardaban en un cajón para poder así entrar a formar parte del paraninfo oficial y saborear algunas de sus preciadas mieles, aunque fuesen migajas.

Valls había aprendido las reglas del juego y dominaba el tablero como nadie. A principios de los años cincuenta, su fama e influencia trascendían ya los círculos oficiales y habían empezado a permear la llamada sociedad civil y a sus servidores. Las consignas de Mauricio Valls se habían convertido en un canon de verdades reveladas que cualquier ciudadano perteneciente al selecto estamento de tres o cuatro mil españoles que gustaban de tenerse por cultos y de mirar por encima del hombro a sus conciudadanos de a pie hacían suyo y repetían como alumnos aplicados.

En el camino hacia la cumbre, Valls había reunido en torno suyo a un estrecho círculo de personajes afines que comían de su mano y se iban posicionando al frente de instituciones y puestos de poder. Si alguien osaba cuestionar las palabras o la valía de Valls, la prensa procedía a crucificarlo sin tregua y, tras esbozar un retrato esperpéntico e indeseable del pobre infeliz, éste pasaba a ser un paria, un innombrable y un pordiosero a quien todas las puertas se le cerraban y cuya única alternativa era el olvido o el exilio.

Pasé horas interminables leyendo, sobre líneas y entre ellas, contrastando historia y versiones, catalogando fechas y haciendo listas de triunfos y de cadáveres escondidos en los armarios. En otras circunstancias, si el objeto de mi estudio hubiera sido puramente antropológico, me habría quitado el sombrero ante don Mauricio y su jugada maestra. Nadie le podía negar que había aprendido a leer el corazón y el alma de sus conciudadanos y a tirar de los hilos que movían sus anhelos, esperanzas y quimeras.

Si algo me quedó tras días y días sumergido en la versión oficial de la vida de Valls fue la certeza de que el mecanismo de construcción de una nueva España se iba perfeccionando y de que la meteórica ascensión de don Mauricio al poder y a los altares ejemplificaba un patrón en alza que tenía visos de futuro y que, con toda seguridad, sobreviviría al régimen y echaría raíces profundas e inamovibles en todo el territorio durante muchas décadas.

A partir de 1952, Valls alcanzó ya la cima al asumir el mando del Ministerio de Cultura durante tres años, tiempo que aprovechó para apuntalar su dominio y a sus lacayos en las escasas posiciones que todavía no habían conseguido controlar. El tono de su proyección pública asumió una áurea monotonía. Sus palabras eran citadas como fuente de saber y certeza. Su presencia en jurados, tribunales y toda suerte de besamanos era constante. Su arsenal de diplomas, laureles y condecoraciones no paraba de crecer.

Y, de repente, sucedió algo extraño.

No lo advertí en mis primeras lecturas. El desfile de loas y noticias sobre don Mauricio se prolongaba sin tregua, pero a partir de 1956 se apreciaba un detalle enterrado entre todas aquellas informaciones que contrastaba con las publicadas con anterioridad a esa fecha. El tono y contenido de las notas no variaba, pero a fuerza de leer y releer cada una de ellas y compararlas, reparé en una cosa.

Don Mauricio Valls no había vuelto a aparecer en público.

Su nombre, su prestigio, su reputación y su poder

seguían viento en popa. Sólo faltaba una pieza: su persona. Después de 1956 no había fotografías, ni menciones a su presencia, ni referencias directas a su participación en actos públicos.

El último recorte en el que se daba fe de la presencia de Mauricio Valls estaba fechado el 2 de noviembre de 1956, con ocasión de la entrega que se le había hecho del galardón a la más distinguida labor editorial del año durante un solemne acto en el Círculo de Bellas Artes de Madrid al que asistieron las máximas autoridades y lo más granado de la sociedad del momento. El texto de la noticia seguía las líneas habituales y previsibles del género, básicamente una gacetilla editorializada. Lo más interesante era la fotografía que la acompañaba, la última en la que se veía a Valls poco antes de su sexagésimo cumpleaños. En ella aparecía elegantemente vestido con un traje de buen corte, sonriendo mientras recibía una ovación del público asistente con gesto humilde y cordial. Otros habituales de aquel tipo de funciones aparecían con él y, a su espalda, ligeramente fuera de registro y con semblante serio e impenetrable, se apreciaban dos individuos parapetados tras lentes oscuros y vestidos de negro. No parecían participar en el acto. Su gesto era severo y al margen de la farsa. Vigilante.

Nadie había vuelto a fotografiar o a ver en público a don Mauricio Valls después de aquella noche en el Círculo de Bellas Artes. Por mucho empeño que le puse, no conseguí encontrar una sola aparición. Cansado de explorar vías muertas, volví al principio y reconstruí la historia del personaje hasta memorizarla como si se tratase de la mía. Olfateaba su rastro con la esperanza de encontrar una pista, un indicio que me permitiese comprender dónde estaba aquel hombre que sonreía en fotografías y paseaba su vanidad por infinitas páginas que ilustraban una corte servil y hambrienta de favores. Buscaba al hombre que había asesinado a mi madre para ocultar la vergüenza de lo que a todas luces era y nadie parecía capaz de admitir.

Aprendí a odiar en aquellas tardes solitarias en la vieja biblioteca del Ateneo, donde no hacía tanto había dedicado mis ansias a causas más puras, como la piel de mi primer amor imposible, la ciega Clara, o los misterios de Julián Carax y su novela *La Sombra del Viento.* Cuanto más difícil me resultaba encontrar el rastro de Valls, más me negaba a reconocerle el derecho a desaparecer y borrar su nombre de la historia. De mi historia. Necesitaba saber qué había sido de él. Necesitaba mirarle a los ojos, aunque sólo fuera para recordarle que alguien, una sola persona en todo el universo, sabía quién era de verdad y lo que había hecho.

8

Una tarde, harto ya de perseguir fantasmas, cancelé mi sesión en la hemeroteca y salí a pasear con Bea y con Julián por una Barcelona limpia y soleada que casi había olvidado. Fuimos caminando desde casa hasta el parque de la Ciudadela. Me senté en un banco y vi cómo Julián jugaba con su madre en el césped. Contemplándolos me repetí las palabras de Fermín. Un hombre afortunado, ése era yo, Daniel Sempere. Un hombre afortunado que había permitido que un rencor ciego creciese en su interior hasta hacerle sentir náuseas de sí mismo.

Observé a mi hijo entregarse a una de sus pasiones: gatear hasta ponerse perdido. Bea lo seguía de cerca. De vez en cuando Julián se detenía y miraba en mi dirección. Un golpe de brisa alzó las faldas de Bea y Julián se echó a reír. Aplaudí y Bea me lanzó una mirada de reprobación. Encontré los ojos de mi hijo y me dije que pronto iban a empezar a mirarme como si yo fuese el hombre más sabio y bueno del mundo, el portador de todas las respuestas. Me dije entonces que nunca más volvería a mencionar el nombre de Mauricio Valls ni a perseguir su sombra.

Bea se acercó a sentarse a mi lado. Julián la siguió gateando hasta el banco. Cuando llegó a mis pies lo tomé en brazos y procedió a limpiar sus manos en las solapas de mi chaqueta.

—Recién salida de la tintorería —dijo Bea.

Me encogí de hombros, resignado. Bea se reclinó sobre mí y me asió la mano.

—Menudas piernas —dije.

—No le veo la gracia. Luego tu hijo aprende. Menos mal que no había nadie.

—Bueno, allí había un abuelillo escondido detrás de un diario que creo que se ha desplomado de una taquicardia.

Julián decidió que la palabra *taquicardia* era lo más gracioso que había oído en su vida y pasamos buena parte del paseo de vuelta a casa cantando «ta-qui-cardia» mientras Bea, caminando unos pasos por delante de nosotros, echaba chispas.

Aquella noche, 20 de enero, Bea acostó a Julián y luego se quedó dormida en el sofá a mi lado mientras yo releía por tercera vez un ejemplar de una de las viejas novelas de David Martín que Fermín había encontrado en sus meses de exilio tras fugarse de la prisión y que había conservado todos aquellos años. Me gustaba saborear cada giro y desmenuzar la arquitectura de cada frase, creyendo que si descifraba la música de aquella prosa descubriría algo acerca de aquel hombre al que nunca había conocido y que todos me aseguraban que no era mi padre. Pero aquella noche era incapaz. Antes de finalizar una frase, mi pensamiento se levantaba de la página y todo cuanto veía frente a mí era aquella carta de Pablo Cascos Buendía en la que citaba a mi mujer en el hotel Ritz al día siguiente a las dos de la tarde.

Finalmente cerré el libro y contemplé a Bea, que dormía a mi lado, intuyendo en ella mil veces más secretos que en las historias de Martín y su siniestra ciudad de los malditos. Pasaba de la medianoche cuando Bea abrió los ojos y me descubrió escrutándola. Me sonrió, aunque algo en mi semblante le despertó una sombra de inquietud.

—¿En qué piensas? —preguntó.

—Pensaba en lo afortunado que soy —dije.

Bea me miró largamente, la duda en la mirada.

—Lo dices como si no lo creyeses.

Me levanté y le di la mano.

—Vamos a la cama —la invité.

Tomó mi mano y me siguió por el pasillo hasta el dormitorio. Me tendí en el lecho y la miré en silencio.

—Estás raro, Daniel. ¿Qué te pasa? ¿He dicho algo?

Negué ofreciéndole una sonrisa blanca como la mentira. Bea asintió y se desnudó lentamente. Nunca me daba la espalda cuando se desnudaba, ni se escondía en el baño o detrás de la puerta como aconsejaban los manuales de higiene matrimonial que promovía el régimen. La observé serenamente, leyendo las líneas de su cuerpo. Bea me miraba a los ojos. Se deslizó aquel camisón que yo detestaba y se metió en la cama, dándome la espalda.

—Buenas noches —dijo, la voz atada y, para quien la conocía bien, molesta.

—Buenas noches —murmuré.

Escuchándola respirar supe que tardó más de media hora en conciliar el sueño, pero finalmente la fatiga pudo más que mi extraño comportamiento. Me quedé a su lado, dudando si despertarla para pedirle perdón o, simplemente, besarla. No hice nada. Seguí allí inmóvil, observando la curva de su espalda y sintiendo cómo aquella negrura dentro de mí me susurraba que al cabo de unas horas Bea acudiría al encuentro de su antiguo prometido y que aquellos labios y aquella piel serían de otro, como su carta de bolero parecía insinuar.

Cuando me desperté Bea se había ido. No había conseguido dormirme hasta el amanecer y, cuando tocaron las nueve en las campanas de la iglesia, me desperté de golpe y me vestí con lo primero que encontré. Afuera esperaba un lunes frío y salpicado de copos de nieve que flotaban en el aire y se adherían como arañas de luz suspendidas de hilos invisibles a las gentes que pasaban. Al entrar en la tienda encontré a mi padre en lo alto del taburete al que todos los días se aupaba para cambiar la fecha del calendario. 21 de enero.

—Lo de que se le peguen a uno las sábanas se supone que no es de recibo después de los doce años —dijo—. Hoy te tocaba abrir a ti.

—Perdona. Mala noche. No se repetirá.

Pasé un par de horas intentando ocupar la cabeza y las manos en las tareas de la librería, pero cuanto ocupaba mi pensamiento era aquella maldita carta que recitaba en silencio una y otra vez. A media mañana Fermín se me aproximó subrepticiamente y me ofreció un sugus.

—Hoy es el día, ¿no?

—Cállese, Fermín —corté con una brusquedad que alzó las cejas de mi padre.

Me refugié en la trastienda y los oí murmurar. Me senté frente al escritorio de mi padre y miré el reloj. Era la una y veinte de la tarde. Intenté dejar pasar los minutos pero las agujas del reloj se resistían a moverse. Cuando volví de nuevo a la tienda Fermín y mi padre me miraron con preocupación.

—Daniel, a lo mejor quieres tomarte el resto del día libre —dijo mi padre—. Fermín y yo ya nos apañamos.

—Gracias. Creo que sí. Apenas he dormido y no me encuentro muy bien.

No tuve valor para mirar a Fermín mientras me escabullía por la trastienda. Subí los cinco pisos con plomo en los pies. Al abrir la puerta de casa oí el agua correr en el baño. Me arrastré hasta el dormitorio y me detuve en el umbral. Bea estaba sentada en el borde de la cama. No me había visto ni oído entrar. La vi enfundarse sus medias de seda y vestirse, con la mirada clavada en el espejo. No reparó en mi presencia hasta un par de minutos después.

—No sabía que estabas ahí —dijo entre la sorpresa y la irritación.

—¿Vas a salir?

Asintió mientras se pintaba los labios de carmesí.

—¿Adónde vas?

—Tengo un par de recados que hacer.

—Te has puesto muy guapa.

—No me gusta salir a la calle hecha unos zorros —replicó.

La observé perfilar su sombra de ojos. «Hombre afortunado», decía la voz con sorna.

—¿Qué recados? —dije.

Bea se volvió y me miró.

—¿Qué?

—Te preguntaba qué recados tienes que hacer.

—Varias cosas.

—¿Y Julián?

—Mi madre ha venido a buscarlo y se lo ha llevado de paseo.

—Ya.

Bea se aproximó y abandonando su irritación me miró preocupada.

—Daniel, ¿qué te pasa?

—No he pegado ojo esta noche.

—¿Por qué no te echas una siesta? Te sentará bien.

Asentí.

—Buena idea.

Bea sonrió débilmente y me acompañó hasta mi lado de la cama. Me ayudó a tenderme, me arropó con el cubrecama y me besó en la frente.

—Llego tarde —dijo.

La vi partir.

—Bea...

Se detuvo a medio pasillo y se volvió.

—¿Tú me quieres? —pregunté.

—Pues claro que te quiero. Qué tontería.

Oí la puerta cerrarse y luego los pasos felinos de Bea y sus tacones de aguja perderse escaleras abajo. Cogí el teléfono y esperé a que la operadora hablara.

—Con el hotel Ritz, por favor.

La conexión llevó unos segundos.

—*Hotel Ritz, buenas tardes, ¿en qué podemos atenderle?*

—¿Podría usted comprobar si un huésped se aloja en el hotel, por favor?

—*Si es tan amable de darme el nombre.*

—Cascos. Pablo Cascos Buendía. Creo que debió de llegar ayer...

—*Un momento, por favor.*

Un largo minuto de espera, voces susurradas, ecos en la línea.

—*Caballero...*

—Sí.

—*Ahora mismo no encuentro ninguna reserva al nombre que usted menciona...*

Me invadió un alivio infinito.

—¿Podría ser que la reserva estuviese hecha a nombre de una empresa?

—*Lo compruebo.*

Esta vez la espera fue breve.

—*Efectivamente, tenía usted razón. El señor Cascos Buendía. Aquí lo tengo. Suite Continental. La reserva estaba a nombre de la editorial Ariadna.*

—¿Cómo dice?

—*Le comentaba al caballero que la reserva del señor Cas-*

cos Buendía está a nombre de la editorial Ariadna. ¿Desea el señor que le pase con la habitación?

El teléfono me resbaló de las manos. Ariadna era la empresa editorial que Mauricio Valls había fundado años atrás.

Cascos trabajaba para Valls.

Colgué el teléfono de un manotazo y me fui a la calle siguiendo a mi mujer con el corazón envenenado de sospecha.

9

No había rastro de Bea entre el gentío que a aquella hora desfilaba por la Puerta del Ángel en dirección a la plaza de Cataluña. Intuí que aquél habría sido el camino elegido por mi mujer para ir al Ritz, pero con Bea nunca se sabía. Le gustaba probar diferentes rutas entre dos destinos. Al rato desistí de encontrarla y supuse que habría tomado un taxi, algo más acorde con las finas galas con las que se había vestido para la ocasión.

Tardé un cuarto de hora en llegar al hotel Ritz. Aunque no debía de haber más de diez grados de temperatura, estaba sudando y me faltaba el aliento. El portero me dirigió una mirada subrepticia, pero me abrió la puerta afectando una pequeña reverencia. El vestíbulo, con su aire de escenario de intriga de espionaje y gran romance, me resultaba desconcertante. Mi escasa experiencia en hoteles de lujo no me había preparado para dilucidar qué era qué. Vislumbré un mostrador tras el que un esmerado recepcionista me observaba entre la curiosidad y la alarma. Me acerqué al mostrador y le ofrecí una sonrisa que no le impresionó.

—¿El restaurante, por favor?

El recepcionista me examinó con cortés escepticismo.

—¿Tiene el señor una reserva?

—Estoy citado con un huésped del hotel.

El recepcionista sonrió fríamente y asintió.

—El señor encontrará el restaurante al fondo de ese pasillo.

—Mil gracias.

Me encaminé hacia allí con el corazón en un puño. No tenía ni idea de lo que iba a decir o a hacer cuando encontrase a Bea y a aquel individuo. Un *maître* salió a mi encuentro y me vedó el paso con una sonrisa blindada. Su mirada delataba la escasa aprobación que le merecía mi atuendo.

—¿Tiene reserva el caballero? —preguntó.

Le aparté con la mano y entré en el comedor. La mayoría de las mesas estaban vacías. Una pareja mayor de aire momificado y modales decimonónicos interrumpió su solemne sorbido de sopa para mirarme con disgusto. Un par de mesas más albergaban comensales con aspecto de hombres de negocios y alguna que otra dama de exquisita compañía facturada como gasto de representación. No había ni rastro de Cascos ni de Bea.

Escuché los pasos del *maître* y su escolta de dos camareros a mi espalda. Me volví y ofrecí una sonrisa dócil.

—¿No tenía el señor Cascos Buendía una reserva para las dos? —pregunté.

—El señor avisó para que se le subiera el servicio a su suite —informó el *maître*.

Consulté mi reloj. Eran las dos y veinte. Me encaminé hacia el corredor de ascensores. Uno de los porteros me había echado el ojo pero cuando intentó alcanzarme yo ya había conseguido colarme en uno de los ascensores. Marqué uno de los pisos superiores sin recordar que no tenía ni idea de dónde se encontraba la suite Continental.

«Empieza por arriba», me dije.

Me apeé del ascensor en el séptimo piso y empecé a vagar por ampulosos corredores desiertos. Al rato di con una puerta que daba a la escalera de incendios y descendí al piso inferior. Fui de puerta en puerta, buscando la suite Continental sin suerte. Mi reloj marcaba las dos y media. En el quinto piso encontré a una doncella que arrastraba un carrito con plumeros, jabones y toallas y le pregunté dónde estaba la suite. Me miró con consternación, pero la debí de asustar lo suficiente para que señalase hacia arriba.

—Octavo piso.

Preferí evitar los ascensores por si acaso el personal del hotel andaba buscándome. Cuatro pisos de escalera y un largo corredor más tarde llegué a las puertas de la suite continental empapado de sudor. Permanecí allí por espacio de un minuto, tratando de imaginar lo que estaba sucediendo tras aquella puerta de madera noble y preguntándome si me quedaba el suficiente sentido común para irme de allí. Me pareció que alguien me observaba de refilón desde el otro extremo del pasillo y temí que se tratase de uno de los porteros, pero al afinar el ojo la silueta se perdió tras la esquina del corredor y supuse que se trataba de otro huésped del hotel. Finalmente llamé al timbre.

10

Oí pasos aproximándose a la puerta. La imagen de Bea abotonándose la blusa se deslizó por mi mente. Un giro en la cerradura. Apreté los puños. La puerta se abrió. Un individuo con el pelo engominado, enfundado en un albornoz blanco y calzado con pantuflas de cinco estrellas me abrió la puerta. Habían pasado años, pero uno no olvida las caras que detesta con determinación.

—¿Sempere? —preguntó incrédulo.

El puñetazo le alcanzó entre el labio superior y la nariz. Noté cómo la carne y el cartílago se quebraban bajo el puño. Cascos se llevó las manos a la cara y se tambaleó. La sangre le brotaba entre los dedos. Le di un fuerte empujón que lo lanzó contra la pared y me adentré en la habitación. Oí a Cascos caer al suelo a mi espalda. La cama estaba hecha y un plato humeante estaba servido sobre la mesa, orientada frente a la terraza con vistas a la Gran Vía. Sólo había cubiertos para un comensal. Me volví y me encaré a Cascos, que intentaba incorporarse aferrándose a una silla.

—¿Dónde está? —pregunté.

Cascos tenía el rostro deformado por el dolor. La sangre le caía por la cara y el pecho. Pude ver que le había partido el labio y que, casi con certeza, tenía la nariz rota. Reparé en el fuerte escozor que me quemaba los nudillos y al mirarme la mano vi que me había dejado la piel partiéndole la cara. No sentí remordimiento alguno.

—No ha venido. ¿Contento? —escupió Cascos.

—¿Desde cuándo te dedicas a escribirle cartas a mi mujer?

Me pareció que se reía y antes de que pudiera pronunciar otra palabra me abalancé de nuevo sobre él. Le propiné un segundo puñetazo con toda la rabia que llevaba dentro. El golpe le aflojó los dientes y me dejó la mano adormecida. Cascos emitió un gemido de agonía y se desplomó sobre la silla en la que se había apoyado. Vio que me inclinaba sobre él y se cubrió el rostro con los brazos. Le clavé las manos en el cuello y apreté con los dedos como si quisiera desgarrarle la garganta.

—¿Qué tienes tú que ver con Valls?

Cascos me observaba aterrorizado, convencido de que iba a matarle allí mismo. Balbuceó algo incomprensible y mis manos se cubrieron con la saliva y la sangre que le caía de la boca. Apreté más fuerte.

—Mauricio Valls. ¿Qué tienes tú que ver con él?

Mi rostro estaba tan cerca del suyo que podía ver mi reflejo en sus pupilas. Sus venas capilares empezaron a estallar bajo la córnea y una red de líneas negras se abrió paso hacia el iris. Me di cuenta de que lo estaba matando y lo solté de golpe. Cascos emitió un sonido gutural al aspirar aire y se llevó las manos al cuello. Me senté en la cama frente a él. Me temblaban las manos, las tenía cubiertas de sangre. Entré en el baño y me las lavé. Me mojé la cara y el pelo con agua fría y al ver mi reflejo en el espejo apenas me reconocí. Había estado a punto de matar a un hombre.

11

Cuando regresé a la habitación, Cascos seguía derribado en la silla, jadeando. Llené un vaso con agua y se lo tendí. Al ver que me acercaba a él de nuevo se hizo a un lado esperando otro golpe.

—Toma —dije.

Abrió los ojos y al ver el vaso dudó unos segundos.

—Toma —repetí—. Es sólo agua.

Aceptó el vaso con una mano temblorosa y se lo llevó a los labios. Pude ver entonces que le había partido varios dientes. Cascos gimió y los ojos se le llenaron de lágrimas por el dolor cuando el agua fría le rozó la pulpa expuesta bajo el esmalte. Estuvimos en silencio más de un minuto.

—¿Llamo a un médico? —pregunté al fin.

Alzó la mirada y negó.

—Vete de aquí antes de que llame a la policía.

—Dime qué tienes tú que ver con Mauricio Valls y me iré.

Lo miré fríamente.

—Es..., es uno de los socios de la editorial para la que trabajo.

—¿Te pidió él que escribieses esa carta?

Cascos dudó. Me levanté y di un paso hacia él. Le agarré del pelo y tiré con fuerza.

—No me pegues más —suplicó.

—¿Te pidió Valls que escribieras esa carta?

Cascos evitaba mirarme a los ojos.

—No fue él —atinó a decir.

—¿Quién entonces?

—Uno de sus secretarios. Armero.

—¿Quién?

—Paco Armero. Es un empleado de la editorial. Me dijo que retomase el contacto con Beatriz. Que si lo hacía habría algo para mí. Una recompensa.

—¿Para qué tenías que retomar el contacto con Bea?

—No lo sé.

Hice ademán de abofetearle de nuevo.

—No lo sé —gimió Cascos—. Es la verdad.

—¿Y para eso la citaste aquí?

—Yo a Beatriz la sigo queriendo.

—Bonita manera de demostrarlo. ¿Dónde está Valls?

—No lo sé.

—¿Cómo puedes no saber dónde está tu jefe?

—Porque no lo conozco. ¿De acuerdo? No le he visto nunca. No he hablado nunca con él.

—Explícate.

—Entré a trabajar en Ariadna hace año y medio, en la oficina de Madrid. En todo ese tiempo nunca lo he visto. Nadie le ha visto.

Se levantó lentamente y se dirigió hacia el teléfono

de la habitación. No le detuve. Asió el auricular y me lanzó una mirada de odio.

—Voy a llamar a la policía...

—No será necesario —llegó la voz desde el corredor de la habitación.

Me volví para descubrir a Fermín ataviado con lo que imaginé que era uno de los trajes de mi padre sosteniendo en alto un documento con aspecto de licencia oficial.

—Inspector Fermín Romero de Torres. Policía. Se ha reportado un alboroto. ¿Quién de ustedes puede sintetizar los hechos aquí acontecidos?

No sé quién de los dos estaba más desconcertado, si Cascos o yo. Fermín aprovechó la ocasión para arrebatar suavemente el auricular de la mano de Cascos.

—Permítame —dijo apartándole—. Aviso a jefatura.

Fingió marcar un número y nos sonrió.

—Con jefatura, por favor. Sí, gracias.

Esperó unos segundos.

—Sí, Mari Pili, soy Romero de Torres. Páseme a Palacios. Sí, espero.

Mientras Fermín fingía esperar y cubría el auricular con la mano, hizo un gesto hacia Cascos.

—¿Y usted se ha dado con la puerta del váter o hay algo que desee declarar?

—Este salvaje me ha agredido y ha intentado matarme. Quiero presentar una denuncia ahora mismo. Se le va a caer el pelo.

Fermín me miró con aire oficial y asintió.

—Efectivamente. Folículo a folículo.

Fingió oír algo en el teléfono y con un gesto le indicó a Cascos que guardase silencio.

—Sí, Palacios. En el Ritz. Sí. Un 424. Un herido. Mayormente en la cara. Depende. Yo diría que como un mapa. De acuerdo. Procedo al arresto sumarísimo del sospechoso.

Colgó el teléfono.

—Todo solucionado.

Fermín se me acercó y, agarrándome del brazo con autoridad, me indicó que me callase.

—Usted no suelte prenda. Todo lo que diga será utilizado para enchironarle como mínimo hasta Todos los Santos. Venga, andando.

Cascos, retorcido de dolor y confundido aún por la aparición de Fermín, contemplaba la escena sin dar crédito.

—¿No lo va a esposar?

—Éste es un hotel fino. Los grilletes se los colocaremos en el coche patrulla.

Cascos, que seguía sangrando y probablemente veía doble, nos vedó el paso poco convencido.

—¿Seguro que es usted policía?

—Brigada secreta. Ahora mismo mando que le envíen un chuletón de ternera crudo para que se lo ponga en la cara a modo de mascarilla. Mano de santo para contusiones en distancias cortas. Mis colegas pasarán más tarde para tomarle el atestado y preparar los cargos procedentes —recitó apartando el brazo de Cascos y empujándome a toda velocidad hacia la salida.

12

Tomamos un taxi a la puerta del hotel y recorrimos la Gran Vía en silencio.

—¡Jesús, María y José! —estalló Fermín—. ¿Está usted loco? Lo miro y no lo reconozco... ¿Qué quería? ¿Cargarse a ese imbécil?

—Trabaja para Mauricio Valls —dije por toda respuesta.

Fermín puso los ojos en blanco.

—Daniel, esta obsesión suya está empezando a salirse de madre. En mala hora le conté yo nada... ¿Está usted bien? A ver esa mano...

Le mostré el puño.

—Virgen Santa.

—¿Cómo sabía usted...?

—Porque lo conozco como si lo hubiera parido, aunque hay días que casi me arrepiento —dijo colérico.

—No sé qué me ha dado...

—Yo sí lo sé. Y no me gusta. No me gusta nada. Ése no es el Daniel que yo conozco. Ni el Daniel del que quiero ser amigo.

Me dolía la mano, pero más me dolió comprender que había decepcionado a Fermín.

—Fermín, no se enfade usted conmigo.

—No, si encima el niño querrá que le dé una medalla...

Pasamos un rato en silencio, mirando cada uno a su lado de la calle.

—Menos mal que ha venido usted —dije al fin.

—¿Se creía que lo iba a dejar solo?

—No le dirá nada a Bea, ¿verdad?

—Si le parece escribiré una carta al director a *La Vanguardia* para contar su hazaña.

—No sé qué me ha pasado, no lo sé...

Me miró con severidad pero finalmente relajó el gesto y me palmeó la mano. Me tragué el dolor.

—No le demos más vueltas. Supongo que yo habría hecho lo mismo.

Contemplé Barcelona desfilar tras los cristales.

—¿De qué era el carnet?

—¿Cómo dice?

—La identificación de policía que ha enseñado... ¿Qué era?

—El carnet del Barça del párroco.

—Tenía usted razón, Fermín. He sido un imbécil al sospechar de Bea.

—Yo siempre tengo razón. Me viene de nacimiento.

Me rendí a la evidencia y me callé, porque ya había dicho suficientes tonterías por un día. Fermín se había quedado muy callado y tenía el semblante meditabundo. Me inquietó pensar que mi conducta le había producido una decepción tan grande que no sabía qué decirme.

—Fermín, ¿en qué piensa?

Se volvió y me miró con preocupación.

—Pensaba en ese hombre.

—¿Cascos?

—No. En Valls. En lo que ese idiota ha dicho antes. En lo que significa.

—¿A qué se refiere?

Fermín me miró sombríamente.

—A que hasta ahora lo que me preocupaba era que usted quisiera encontrar a Valls.

—¿Y ya no?

—Hay algo que me preocupa aún más, Daniel.

—¿Qué?

—Que él es el que le está buscando a usted.

Nos miramos en silencio.

—¿Se le ocurre a usted por qué? —pregunté.

Fermín, que siempre tenía respuestas para todo, negó lentamente y apartó la mirada.

Hicimos el resto del trayecto en silencio. Al llegar a casa subí directo al piso, me di una ducha y me tragué cuatro aspirinas. Luego bajé las persianas y, abrazando aquella almohada que olía a Bea, me dormí como el idiota que era, preguntándome dónde estaría aquella mujer por la que no me importaba haber protagonizado el ridículo del siglo.

13

Parezco un puercoespín —sentenció la Bernarda contemplando su imagen multiplicada por cien en la sala de espejos de Modas Santa Eulalia.

Dos modistas arrodilladas a sus pies seguían marcando el vestido de novia con docenas de alfileres bajo la atenta mirada de Bea, que caminaba en círculos alrededor de la Bernarda e inspeccionaba cada pliegue y cada costura como si le fuera la vida en ello. La Bernarda, con los brazos en cruz, casi no se atrevía a respirar, pero su mirada estaba atrapada en la variedad de ángulos que la cámara hexagonal revestida de espejos le devolvía de su silueta en busca de indicios de volumen en el vientre.

—¿Seguro que no se nota nada, señora Bea?

—Nada. Plano como una tabla de planchar. Donde toca, claro.

—Ay, no sé, no sé...

El martirio de la Bernarda y los afanes de las modistas por ajustar y entallar se prolongaron por espacio de media hora más. Cuando ya no parecían quedar alfileres en el mundo con que ensartar a la pobre Bernarda, el modisto estrella de la firma y autor de la pieza hizo acto de presencia descorriendo la cortina y, tras un somero análisis y un par de correcciones en el viso de la falda, dio su aprobación y chasqueó los dedos para indicar a sus asistentes que hicieran mutis por el foro.

—Ni Pertegaz la habría dejado más guapa —dictaminó complacido.

Bea sonrió y asintió.

El modisto, un caballero esbelto de maneras buscadas y posturas encontradas que respondía simplemente al nombre de Evaristo, besó a la Bernarda en la mejilla.

—Es usted la mejor modelo del mundo. La más paciente y la más sufrida. Ha costado, pero ha valido la pena.

—¿Y cree el señorito que podré respirar aquí dentro?

—Mi amor, se casa usted por la Santa Madre Iglesia con un macho ibérico. Respirar se le ha acabado, se lo digo yo. Piense que un traje de novia es como una escafandra de buzo: no es el mejor sitio para respirar, lo divertido empieza cuando se lo quitan.

La Bernarda se santiguó ante las insinuaciones del modisto.

—Ahora lo que le voy a pedir es que se quite el vestido con muchísimo cuidado porque las costuras están sueltas y con tanto alfiler no la quiero ver subir al altar con pinta de colador —dijo Evaristo.

—Yo la ayudo —se ofreció Bea.

Evaristo, lanzando una mirada sugestiva a Bea, la radiografió de pies a cabeza.

—¿Y a usted cuando la voy a poder desvestir y vestir yo, prenda? —inquirió, y se retiró tras la cortina en una salida teatral.

—Menuda mirada le ha echado a la señora el muy granuja —dijo la Bernarda—. Y eso que dicen que es de la acera de enfrente.

—Me parece que Evaristo camina por todas las aceras, Bernarda.

—¿Es eso posible? —preguntó.

—Venga, a ver si te podemos sacar de ahí sin que se caiga un alfiler.

Mientras Bea iba liberando a la Bernarda de su cautiverio, la doncella renegaba por lo bajo.

Desde que se había enterado del precio de aquel vestido, que su patrón, don Gustavo, se había empeñado en costear de su bolsillo, la Bernarda andaba azorada.

—Es que don Gustavo no se tenía que haber gastado esta fortuna. Se empeñó en que tenía que ser aquí, que debe de ser el sitio más caro de toda Barcelona, y en contratar al tal Evaristo, que es medio sobrino suyo o no sé qué y que dice que si los tejidos no son de Casa Gratacós le dan alergia. Ahí es nada.

—A caballo regalado... Además, a don Gustavo le hace ilusión verte casada por todo lo alto. Él es así.

—Yo con el vestido de mi madre y un par de apaños me caso igual y a Fermín le da lo mismo, porque cada vez que le enseño un vestido nuevo lo único que quiere es quitármelo... Y así nos luce el pelo, Dios me perdone —dijo la Bernarda palmeándose el vientre.

—Bernarda, yo también me casé embarazada y estoy segura de que Dios tiene cosas mucho más urgentes de las que ocuparse.

—Eso dice mi Fermín, pero yo no sé...

—Tú haz caso a Fermín y no te preocupes por nada.

La Bernarda, en enaguas y agotada tras dos horas de pie calzando tacones y sosteniendo los brazos en alto, se dejó caer sobre un butacón y suspiró.

—Ay, si el pobre está que ni se le ve con la de kilos que ha perdido. Me tiene preocupadísima.

—Ya verás cómo a partir de ahora remonta. Los hombres son así, como los geranios. Cuando parece que están para tirarlos, reviven.

—No sé, señora Bea, yo a Fermín lo veo muy hundido. Él me dice que se quiere casar, pero a veces tengo dudas.

—Pero si está colado por ti, Bernarda.

La Bernarda se encogió de hombros.

—Mire, yo no soy tan tonta como parezco. Yo lo único que he hecho es limpiar casas desde los trece años y hay muchas cosas que no entenderé, pero sé que mi Fermín ha visto mundo y ha tenido sus líos por ahí. Él nunca me cuenta cosas de su vida antes de conocernos, pero yo sé que ha tenido otras mujeres y que ha dado muchas vueltas.

—Y te ha acabado eligiendo a ti entre todas. Para que veas.

—Si le gustan más las mozas que a un tonto una tiza. Cuando vamos de paseo o a bailar se le van los ojos por ahí que un día se me va a quedar bizco.

—Mientras no se le vayan las manos... Me consta de buena tinta que Fermín te ha sido fiel siempre.

—Ya lo sé. Pero ¿sabe lo que me da miedo, señora Bea? Ser poco para él. Cuando lo veo que me mira embelesado y me dice que quiere que nos hagamos viejos juntos y todas esas zalamerías que suelta él, siempre pienso que un día se despertará por la mañana y se me quedará mirando y dirá: «Y a esta tonta, ¿de dónde la he sacado?»

—Creo que te equivocas, Bernarda. Fermín nunca pensará eso. Te tiene en un pedestal.

—Pues eso tampoco es bueno, mire usted, que mucho señorito he visto yo de esos que ponen a la señora en un pedestal como si fuese una virgen y luego echan a correr detrás de la primera lagarta que pasa como si fuesen perros en celo. No se creería usted la de veces que lo he visto con estos ojitos que Dios me ha dado.

—Pero Fermín no es así, Bernarda. Fermín es uno de los buenos. De los pocos, que los hombres son como las castañas que te venden por la calle: cuando las compras están todas calientes y huelen bien, pero a la que las sacas del cucurucho se enfrían en seguida y te das cuenta de que la mayoría están podridas por dentro.

—No lo dirá por el señor Daniel, ¿verdad?

Bea tardó un segundo en contestar.

—No. Claro que no.

La Bernarda la miró de reojo.

—¿Todo bien en casa, señora Bea?

Bea jugueteó con un pliegue de la enagua que asomaba por el hombro de la Bernarda.

—Sí, Bernarda. Lo que pasa es que creo que las dos hemos ido a buscarnos un par de maridos que tienen sus cosas y sus secretos.

La Bernarda asintió.

—Es que a veces parecen criaturas.

—Hombres. Déjalos correr.

—Pero a mí es que me gustan —dijo la Bernarda—, y ya sé que es pecado.

Bea rió.

—¿Y cómo te gustan? ¿Como Evaristo?

—No, por Dios. Si de tanto mirarse al espejo lo va a gastar. A mí un hombre que tarda en arreglarse más que yo me da no sé qué. A mí me gustan un poco brutos, ¿qué quiere que le diga? Y ya sé que mi Fermín guapo, lo que se dice guapo, pues no es. Pero yo lo veo guapo y bueno. Y muy hombre. Y al final eso es lo que cuenta, que sea bueno y que sea de verdad. Y que te puedas agarrar a él una noche de invierno y te quite el frío del cuerpo.

Bea sonreía asintiendo.

—Amén. Aunque a mí un pajarito me dijo que el que te gustaba era Cary Grant.

La Bernarda se sonrojó.

—¿Y a usted no? No para casarse, ¿eh?, que a mí me da que ése se enamoró el día que se vio por primera vez en el espejo, pero, entre usted y yo, y que Dios me perdone, para un buen apretón tampoco le iba yo a hacer ascos...

—¿Qué diría Fermín si te oyese, Bernarda?

—Lo que dice siempre: «Total, lo que se han de comer los gusanos...»

Quinta parte

EL NOMBRE *del* HÉROE

1

Barcelona, 1958

Muchos años después, los veintitrés invitados allí reunidos para celebrar la ocasión habrían de volver la vista atrás y recordar aquella víspera histórica del día en que Fermín Romero de Torres abandonó la soltería.

—Es el fin de una era —proclamó el profesor Alburquerque alzando su copa de champán en un brindis y sintetizando mejor que nadie lo que todos sentíamos.

La fiesta de despedida de soltero de Fermín, un evento cuyos efectos en la población femenina del orbe don Gustavo Barceló comparó con la muerte de Rodolfo Valentino, tuvo lugar una noche clara de febrero de 1958 en la gran sala de baile de La Paloma, escenario en el que el novio había protagonizado tangos de infarto y momentos que ahora pasarían a formar parte del sumario secreto de una larga carrera al servicio del eterno femenino.

Mi padre, a quien habíamos conseguido sacar de casa por una vez en la vida, había contratado los servicios de la orquesta de baile semiprofesional La Habana del Baix Llobregat, que se avino a tocar a un precio de ganga y nos deleitó con una selección de mambos, guarachas y sones montunos que transportaron al novio a sus días lejanos en el mundo de la intriga y el *glamour* internacional en los grandes casinos de la Cuba olvidada. Quién más, quién menos, los asistentes a la fiesta abandonaron el pudor y se lanzaron a la pista a mover el esqueleto a mayor gloria de Fermín.

Barceló había convencido a mi padre de que los vasos de vodka que le iba administrando eran agua mineral con un par de gotas de aromas de Montserrat y al rato todos pudimos asistir al inédito espectáculo de ver a mi padre bailar apretado con una de las fámulas que la Rociíto, verdadera alma de la fiesta, había traído para amenizar el evento.

—Santo Dios —murmuré al contemplar a mi padre menear las caderas y sincronizar encontronazos de trasero al primer tiempo de compás con aquella veterana de la noche.

Barceló circulaba entre los invitados repartiendo puros y unas estampitas conmemorativas que había hecho imprimir en un taller especializado en recordatorios de comuniones, bautizos y entierros. En papel de fino gramaje, se podía ver una caricatura de Fermín ataviado de angelito con las manos en amago de oración y la leyenda:

Fermín Romero de Torres

19??-1958

El gran seductor se retira

1958-19??

El paterfamilias se alza

Fermín, por primera vez en mucho tiempo, estaba feliz y sereno. Media hora antes de empezar la jarana lo había acompañado a Can Lluís, donde el profesor Alburquerque nos dio fe de que aquella misma mañana había estado en el Registro Civil armado con todo el dossier de documentos y papeles confeccionados con mano maestra por Oswaldo Darío de Mortenssen y su asistente Luisito.

—Amigo Fermín —proclamó el profesor—. Le doy la bienvenida oficial al mundo de los vivos y le hago entrega, con don Daniel Sempere y aquí los amigos de Can Lluís como testigos, de su nueva y legítima cédula de identidad.

Fermín, emocionado, examinó su nueva documentación.

—¿Cómo han logrado ustedes este milagro?

—La parte técnica mejor se la ahorramos. Lo que cuenta es que cuando se tiene un amigo de verdad, dispuesto a jugársela y a remover cielo y tierra para que se pueda usted casar en toda regla y empezar a traer criaturas al mundo con que continuar la dinastía Romero de Torres, casi todo es posible, Fermín —dijo el profesor.

Fermín me miró con lágrimas en los ojos y me abrazó con tanta fuerza que creí que me iba a asfixiar. No me avergüenza admitir que aquél fue uno de los momentos más felices de mi vida.

2

Había pasado una hora y media de música, copas y bailoteo procaz cuando me tomé un respiro y me acerqué a la barra a buscar algo de beber que no contuviese alcohol porque no creía que pudiera ingerir una gota más de ron con limón, bebida oficial de la noche. El camarero me sirvió un agua fría y me apoyé de espaldas a la barra a contemplar la juerga. No había reparado en que, al otro extremo de la barra, estaba la Rociíto. Sostenía una copa de champán en las manos y observaba la fiesta que ella había organizado con aire de melancolía. Por lo que me había contado Fermín, calculé que la Rociíto debía de estar a punto de cumplir los treinta y cinco, pero casi veinte años en el oficio habían dejado muchas huellas e incluso en aquella media luz de colores la reina de la calle Escudellers parecía mayor.

Me acerqué hasta ella y le sonreí.

—Rociíto, está usted más guapa que nunca —mentí.

Se había enfundado sus mejores galas y se reconocía el trabajo de la mejor peluquería de la calle Conde del Asalto, pero me pareció que aquella noche la Rociíto lo que estaba era más triste que nunca.

—¿Está usted bien, Rociíto?

—Mírelo, pobrecico, en los huesos está y aún tiene ganas de bailar.

Sus ojos estaban prendidos en Fermín y supe que ella siempre vería en él a aquel campeón que la había salvado de un macarra de poca monta y que, probablemente, tras veinte años en la calle, era el único hombre que había conocido que valía la pena.

—Don Daniel, no se lo he querido decir a Fermín, pero mañana no voy a ir a la boda.

—¿Qué dices, Rociíto? Pero si Fermín te tenía reservado sitio de honor...

La Rociíto bajó la mirada.

—Ya lo sé, pero no puedo ir.

—¿Por qué? —pregunté, aunque imaginaba la respuesta.

—Porque me daría mucha pena y yo quiero que el señorito Fermín sea feliz con su señora.

La Rociíto había empezado a llorar. No supe qué decir, así que la abracé.

—Yo siempre lo he querido, ¿sabe usted? Desde que lo conocí. Yo ya sé que no soy la mujer para él, que él me ve como..., bueno, pues la Rociíto.

—Fermín te quiere mucho, eso no se te tiene que olvidar nunca.

La mujer se apartó y se secó las lágrimas avergonzada. Me sonrió y se encogió de hombros.

—Perdone usted, es que soy una tonta y cuando bebo dos gotas no sé ni lo que me digo.

—No pasa nada.

Le ofrecí mi vaso de agua y lo aceptó.

—Un día te das cuenta de que se te ha pasado la juventud y que el tren se ha ido ya, ¿sabe usted?

—Siempre hay trenes. Siempre.

La Rociíto asintió.

—Por eso no iré a la boda, don Daniel. Hace ya meses que conocí a un señor de Reus. Es un buen hombre. Viudo. Un buen padre. Tiene una chatarrería y siempre que pasa por Barcelona viene a verme. Me ha pedido que me case con él. Ninguno de los dos vamos engañados, ¿sabe usted? Hacerse viejo solo es muy duro, y yo ya sé que no tengo el cuerpo para seguir en la calle. Jaumet, el señor de Reus, me ha pedido que me vaya de viaje con él. Los hijos ya se le han ido de casa y él ha estado trabajando toda la vida. Dice que quiere ver mundo antes de irse y me ha pedido que le acompañe. Como su esposa, no como una fulana de usar y tirar. El barco sale mañana por la mañana temprano. Jaumet dice que un capitán de barco tiene autoridad para casar en alta mar y, si no, buscaremos un cura en cualquier puerto de por ahí.

—¿Lo sabe Fermín?

Como si nos hubiese oído desde lejos, Fermín detuvo sus pasos en la pista de baile y se nos quedó mirando. Alargó los brazos hacia la Rociíto y puso aquella cara de remolón necesitado de arrumacos que tanto resultado le había dado. La Rociíto se rió, negando por lo bajo, y antes de reunirse con el amor de su vida en la pista de baile para su último bolero, se volvió y me dijo:

—Cuídemelo bien, Daniel. Que Fermín sólo hay uno.

La orquesta había dejado de tocar y la pista se abrió para recibir a la Rociíto. Fermín la tomó de las manos. Los faroles de La Paloma se extinguieron lentamente y de entre las sombras emergió el haz de un foco que dibujó un círculo de luz vaporosa a los pies de la pareja. Los demás se hicieron a un lado y la orquesta, lentamente, atacó los compases del bolero más triste jamás compuesto. Fermín rodeó el talle de la Rociíto. Mirándose a los ojos, lejos del mundo, los amantes de aquella Barcelona que ya nunca volvería bailaron agarrados por última vez. Cuando la música se desvaneció, Fermín la besó en los labios y la Rociíto, bañada en lágrimas, le acarició la mejilla y se alejó lentamente hacia la salida sin despedirse.

3

La orquesta acudió al rescate de aquel momento con una guaracha y Oswaldo Darío de Mortenssen, que de tanto escribir cartas de amor se había convertido en un enciclopedista de melancolías, animó a los asistentes a regresar a la pista y a fingir que nadie había visto nada. Fermín, un tanto abatido, se acercó a la barra y se sentó en un taburete a mi lado.

—¿Está bien, Fermín?

Asintió débilmente.

—Creo que me iría bien algo de aire fresco, Daniel.

—Espéreme aquí, que recojo los abrigos.

Caminábamos por la calle Tallers rumbo a las Ramblas cuando, a una cincuentena de metros por delante, vislumbramos una silueta de aspecto familiar que caminaba lentamente.

—Oiga, Daniel, ¿ése no es su padre?

—El mismo. Borracho como una cuba.

—Lo último que esperaba ver en este mundo —dijo Fermín.

—Pues imagínese yo.

Apretamos el paso hasta alcanzarle y, al vernos, mi padre nos sonrió con ojos vidriosos.

—¿Qué hora es? —preguntó.

—Muy tarde.

—Ya me parecía. Oiga, Fermín, una fiesta fabulosa. Y qué chavalas. Había culos ahí que daban como para empezar una guerra.

Puse los ojos en blanco. Fermín asió a mi padre del brazo y guió sus pasos.

—Señor Sempere, nunca pensé que le diría esto, pero está usted en estado de intoxicación etílica y es mejor que no diga nada de lo que después vaya a arrepentirse.

Mi padre asintió, súbitamente avergonzado.

—Es ese demonio de Barceló, que no sé qué me ha dado y yo no estoy acostumbrado a beber...

—Nada. Ahora se toma un bicarbonato y luego duerme la mona. Mañana como una rosa y aquí no ha pasado nada.

—Creo que voy a vomitar.

Entre Fermín y yo lo mantuvimos en pie mientras el pobre devolvía todo lo que había bebido. Le sostuve la frente empapada de sudor frío con la mano y, cuando estuvo claro que ya no le quedaba dentro ni la primera papilla, lo acomodamos un momento en los escalones de un portal.

—Respire hondo y despacio, señor Sempere.

Mi padre asintió con los ojos cerrados. Fermín y yo intercambiamos una mirada.

—Oiga, ¿usted no se casaba pronto?

—Mañana por la tarde.

—Hombre, pues felicidades.

—Gracias, señor Sempere. Qué me dice, ¿se ve con valor de que nos acerquemos a casa poco a poco?

Mi padre asintió.

—Venga, valiente, que no queda nada.

Corría un aire fresco y seco que consiguió despejar a mi padre. Para cuando enfilamos la calle Santa Ana diez minutos después, ya había recuperado la composición de lugar y el pobre estaba mortificado de vergüenza. Probablemente no se había emborrachado en toda su vida.

—De esto, por favor, ni palabra a nadie —nos suplicó.

Estábamos a unos veinte metros de la librería cuando advertí que había alguien sentado en el portal del edificio. El gran farol de Casa Jorba en la esquina de la Puerta del Ángel perfilaba la silueta de una muchacha joven que sostenía una maleta sobre las rodillas. Al vernos se levantó.

—Tenemos compañía —murmuró Fermín.

Mi padre la vio primero. Advertí algo extraño en su rostro, una calma tensa que le asaltó como si hubiera recuperado la sobriedad de golpe. Avanzó hacia la muchacha pero de repente se detuvo petrificado.

—¿Isabella? —le oí decir.

Temiendo que la bebida todavía le nublara el juicio y que fuera a desplomarse allí en plena calle, me adelanté unos pasos. Fue entonces cuando la vi.

4

No debía de tener más de diecisiete años. Emergió a la claridad del farol que pendía de la fachada del edificio y nos sonrió con timidez, alzando la mano en un amago de saludo.

—Yo soy Sofía —dijo, con un acento tenue en la voz.

Mi padre la miraba atónito, como si hubiese visto un aparecido. Tragué saliva y sentí que un escalofrío me recorría el cuerpo. Aquella muchacha era el vivo retrato del semblante de mi madre que aparecía en la colección de fotografías que mi padre guardaba en su escritorio.

—Soy Sofía —repitió la muchacha, azorada—. Su sobrina. De Nápoles...

—Sofía —balbuceó mi padre—. Ah, Sofía.

Quiso la providencia que Fermín estuviera allí para tomar las riendas de la situación. Tras despertarme del susto de un manotazo, procedió a explicarle a la muchacha que el señor Sempere estaba vagamente indispuesto.

—Es que venimos de una cata de vinos y el pobre

con un vaso de Vichy ya se traspone. No le haga usted caso, *signorina*, que él normalmente no tiene este aire de pasmado.

Encontramos el telegrama urgente que la tía Laura, madre de la muchacha, había enviado anunciando su llegada deslizado en nuestra ausencia bajo la puerta de casa.

Ya en el piso, Fermín instaló a mi padre en el sofá y me ordenó preparar una cafetera bien cargada. Mientras tanto él le daba conversación a la muchacha, le preguntaba acerca de su viaje y lanzaba al aire toda suerte de banalidades mientras mi padre, lentamente, volvía a la vida.

Con un acento delicioso y un aire pizpireto, Sofía nos contó que había llegado a las diez de la noche a la estación de Francia. Allí había tomado un taxi hasta la plaza de Cataluña. Al no encontrar a nadie en casa, se había resguardado en un bar cercano hasta que habían cerrado. Luego se había sentado a esperar en el portal, confiando en que, tarde o temprano, alguien hiciera acto de presencia. Mi padre recordaba la carta en la que su madre le anunciaba que Sofía iba a venir a Barcelona, pero no suponía que iba a ser tan pronto.

—Siento mucho que hayas tenido que esperar en la calle —dijo—. Normalmente yo no salgo nunca, pero es que esta noche era la despedida de soltero de Fermín y...

Sofía, encantada con la noticia, se levantó y le plantó a Fermín un beso de felicitación en la mejilla. Fermín, que pese a estar ya retirado del campo de batalla no pudo reprimir el impulso, la invitó a la boda al instante.

Llevábamos media hora de cháchara cuando Bea, que regresaba de la despedida de soltera de la Bernarda, oyó voces mientras subía por la escalera y llamó a la puerta. Cuando entró en el comedor y vio a Sofía se quedó blanca y me lanzó una mirada.

—Ésta es mi prima Sofía, de Nápoles —anuncié—. Ha venido a estudiar a Barcelona y se va a quedar a vivir aquí una temporada...

Bea intentó disimular su alarma y la saludó con absoluta naturalidad.

—Ésta es mi esposa, Beatriz.

—Bea, por favor. Nadie me llama Beatriz.

El tiempo y el café fueron reduciendo el impacto de la llegada de Sofía y, al rato, Bea sugirió que la pobre debía de estar agotada y que lo mejor era que se fuese a dormir, que mañana sería otro día, aunque fuese día de boda. Se decidió que Sofía se instalaría en el que había sido mi dormitorio cuando era niño y Fermín, tras asegurarse de que no iba a caer en coma de nuevo, también facturó a mi padre a la cama. Bea le aseguró a Sofía que le dejaría alguno de sus vestidos para la ceremonia y cuando Fermín, al que el aliento le olía a champán a dos metros de distancia, se disponía a hacer algún comentario inapropiado sobre similitudes y disparidades de siluetas y tallas lo silencié de un codazo.

Una fotografía de mis padres en el día de su boda nos observaba desde la repisa.

Nos quedamos los tres sentados en el comedor, mirándola sin salir de nuestro asombro.

—Como dos gotas de agua —murmuró Fermín.

Bea me miraba de refilón, intentando descifrar mis pensamientos. Me tomó de la mano y adoptó un semblante risueño, dispuesta a desviar la conversación por otros derroteros.

—¿Y entonces, qué tal la juerga? —preguntó Bea.

—Recatada —aseguró Fermín—. ¿Y la de ustedes las féminas?

—La nuestra de recatada nada.

Fermín me miró con gravedad.

—Ya le digo yo que para estas cosas las mujeres son mucho más golfas que nosotros.

Bea sonrió enigmáticamente.

—¿A quién llama usted golfas, Fermín?

—Disculpe usted el imperdonable desliz, doña Beatriz, que habla el espumoso del Penedés que llevo en las venas y me hace decir necedades. Vive Dios que es usted parangón de virtud y finura, y un servidor, antes de insinuar el más remoto asomo de golfería por su parte, preferiría enmudecer y pasar el resto de sus días en una celda de cartujo en silenciosa penitencia.

—No caerá esa breva —apunté.

—Mejor no entrar en el tema —atajó Bea, mirándonos como si los dos tuviésemos once años—. Y ahora supongo que os vais a dar vuestro tradicional paseo por el rompeolas de antes de las bodas —dijo.

Fermín y yo nos miramos.

—Venga. Largaos. Más os vale estar mañana en la iglesia a la hora...

5

Lo único que encontramos abierto a aquellas horas fue El Xampanyet en la calle Montcada. Tanta pena les debimos de dar que nos dejaron quedarnos un rato mientras limpiaban y, al cerrar, ante la noticia de que Fermín estaba a horas de convertirse en un hombre casado, el dueño le dio el pésame y nos regaló una botella de la medicina de la casa.

—Valor y al toro —aconsejó.

Estuvimos vagando por las callejas del barrio de la Ribera arreglando el mundo a martillazos, como solíamos hacer siempre, hasta que el cielo se tiñó de un púrpura tenue y supimos que ya era hora de que el novio y su padrino, es decir yo, enfilásemos el rompeolas para sentarnos a recibir el alba una vez más frente al mayor espejismo del mundo, aquella Barcelona que amanecía reflejada sobre las aguas del puerto.

Nos plantamos allí con las piernas colgando del muelle a compartir la botella que nos habían regalado en El Xampanyet. Entre trago y trago, contemplamos la ciudad en silencio, siguiendo el vuelo de una bandada de gaviotas sobre la cúpula de la iglesia de la Mercé trazando un arco entre las torres del edificio de Correos. A lo lejos, en lo alto de la montaña de Montjuic, el castillo se alzaba oscuro como un ave espectral, escrutando la ciudad a sus pies, expectante.

La bocina de un buque rompió el silencio y vimos que al otro lado de la dársena nacional un gran crucero levaba anclas y se disponía a partir. El barco se separó del muelle y, con un golpe de hélices que dejó una gran estela sobre las aguas del puerto, puso proa rumbo a la bocana. Docenas de pasajeros se habían asomado a popa y saludaban con la mano. Me pregunté si la Rociíto estaría entre ellos junto a su apuesto y otoñal chatarrero de Reus. Fermín observaba el barco pensativo.

—¿Cree que la Rociíto será feliz, Daniel?

—¿Y usted, Fermín? ¿Será usted feliz?

Vimos el barco alejarse y las figuras se empequeñecieron hasta hacerse invisibles.

—Fermín, hay una cosa que me intriga. ¿Por qué no ha querido que nadie le haga regalos de boda?

—No me gusta poner a la gente en un brete. Y, además, ¿que íbamos a hacer nosotros con juegos de vasos y cucharitas con grabados de los escudos de España y esas cosas que la gente regala en las bodas?

—Pues a mí me hacía gracia hacerle un regalo.

—Usted ya me ha hecho el mayor regalo que puede hacerse, Daniel.

—Eso no cuenta. Yo hablo de un regalo de uso y disfrute personal.

Fermín me miró intrigado.

—¿No será una virgen de porcelana o un crucifijo? La Bernarda ya tiene tal colección que no sé ni dónde vamos a sentarnos.

—No se preocupe. No se trata de un objeto.

—No será dinero...

—Ya sabe usted que lamentablemente no tengo ni un céntimo. El de los fondos es mi suegro y no suelta prenda.

—Es que estos franquistas de última hora son agarrados como piñas.

—Mi suegro es un buen hombre, Fermín. No se meta con él.

—Corramos un velo sobre el asunto, pero no cambie de tema ahora que me ha puesto el caramelo en la boca. ¿Qué regalo?

—Adivine.

—Un lote de sugus.

—Frío, frío...

Fermín enarcó las cejas, muerto de curiosidad. De repente, se le iluminaron los ojos.

—No... Ya iba siendo hora.

Asentí.

—Todo a su tiempo. Ahora escúcheme bien. Lo que va a ver usted hoy no se lo puede contar a nadie, Fermín. A nadie...

—¿Ni siquiera a la Bernarda?

6

El primer sol del día resbalaba como cobre líquido por las cornisas de la rambla de Santa Mónica. Era mañana de domingo y las calles estaban desiertas y en silencio. Al enfilar el angosto callejón del Arco del Teatro el haz de luz pavorosa que penetraba desde las Ramblas se fue extinguiendo a nuestro paso y, para cuando llegamos al gran portón de madera, nos habíamos sumergido en una ciudad de sombras.

Subí unos peldaños y golpeé con el picaporte. El eco se perdió lentamente en el interior como una ondulación en un estanque. Fermín, que había asumido un silencio respetuoso y parecía un muchacho a punto de estrenarse en su primer rito religioso, me miró ansioso.

—¿No será muy pronto para llamar? —preguntó—. A ver si se mosquea el jefe...

—No son los almacenes El Siglo. No tiene horario —le tranquilicé—. Y el jefe se llama Isaac. Usted no diga nada sin que él le pregunte antes.

Fermín asintió solícito.

—Yo no digo ni pío.

Un par de minutos después escuché la danza del entramado de engranajes, poleas y palancas que controlaban la cerradura del portón y bajé los escalones. La puerta se abrió apenas un palmo y el rostro aguileño de Isaac Monfort, el guardián, asomó con su habitual mirada acerada. Sus ojos se posaron primero en mí y, tras un somero repaso, procedieron a radiografiar, catalogar y taladrar a Fermín a conciencia.

—Éste debe de ser el ínclito Fermín Romero de Torres —murmuró.

—Para servirle a usted, a Dios y a...

Silencié a Fermín de un codazo y sonreí al severo guardián.

—Buenos días, Isaac.

—Bueno será el día que no llame usted de madrugada, cuando estoy en el excusado o en fiestas de guardar, Sempere —replicó Isaac—. Venga, adentro.

El guardián nos abrió un palmo más el portón y nos permitió escurrirnos al interior. Al cerrarse la puerta a nuestra espalda, Isaac alzó el candil del suelo y Fermín pudo contemplar el arabesco mecánico de aquella cerradura que se replegaba sobre sí misma como las entrañas del mayor reloj del mundo.

—Aquí un ratero lo tendría crudo —dejó caer.

Le solté una mirada de aviso e hizo rápidamente el gesto de mutis.

—¿Recogida o entrega? —preguntó Isaac.

—La verdad es que hacía tiempo que quería traer a Fermín a que conociese en persona este lugar. Ya le he hablado muchas veces de él. Es mi mejor amigo y se nos casa hoy, al mediodía —expliqué.

—Bendito sea Dios —dijo Isaac—. Pobrecillo. ¿Seguro que no quiere que le ofrezca aquí asilo nupcial?

—Fermín es de los que se casan convencidos, Isaac.

El guardián lo miró de arriba abajo. Fermín le ofreció una sonrisa de disculpa ante el atrevimiento.

—Qué valor.

Nos guió a través del gran corredor hasta la abertura de la galería que conducía a la gran sala. Dejé que Fermín se adelantase unos pasos y fuesen sus ojos los que le descubrieran aquella visión que las palabras no podían describir.

Su silueta diminuta se sumergió en el gran haz de luz que descendía de la cúpula de cristal en la cima. La claridad caía en una cascada de vapor por los entresijos del gran laberinto de corredores, túneles, escaleras, arcos y bóvedas, que parecían brotar del suelo como el tronco de un árbol infinito hecho de libros que se abría hacia el cielo en geometría imposible. Fermín se detuvo al inicio de una pasarela que se adentraba a modo de puente en la base de la estructura y, boquiabierto, contempló el espectáculo. Me acerqué a él con sigilo y le puse la mano en el hombro.

—Fermín, bienvenido al Cementerio de los Libros Olvidados.

7

Según mi experiencia personal, cuando alguien descubría aquel lugar su reacción era de embrujo y asombro. La belleza y el misterio del recinto reducía al visitante al silencio, la contemplación y el ensueño. Por supuesto, Fermín tuvo que ser diferente. Pasó la primera media hora hipnotizado, deambulando como un poseso por los entresijos del gran rompecabezas que tramaba el laberinto. Se detenía a golpear con los nudillos arbotantes y columnas, como si dudase de su solidez. Se detenía en ángulos y perspectivas, haciendo un catalejo con las manos e intentando descifrar la lógica de la estructura. Recorría la espiral de bibliotecas con su considerable nariz a un centímetro de la infinidad de lomos alineados en rutas sin fin, recabando títulos y catalogando cuanto descubría a su paso. Yo le seguía a pocos pasos, entre la alarma y la preocupación.

Empezaba a sospechar que Isaac nos iba a echar a patadas de allí cuando me tropecé con el guardián en uno de los puentes suspendidos entre bóvedas de libros. Para mi sorpresa no sólo no se leía en su rostro signo de irritación alguno, sino que sonreía con buena disposición al contemplar los progresos que Fermín iba realizando en su primera exploración del Cementerio de los Libros Olvidados.

—Su amigo es un espécimen bastante peculiar —estimó Isaac.

—No sabe usted hasta qué punto.

—No se preocupe, déjele que vaya a su aire, que ya descenderá de la nube.

—¿Y si se pierde?

—Lo veo espabilado. Ya se las arreglará.

Yo no las tenía todas conmigo, pero no quise contradecir a Isaac. Lo acompañé hasta la cámara que hacía las veces de oficina y acepté la taza de café que me ofrecía.

—¿Ya le ha explicado a su amigo las reglas?

—Fermín y las reglas son conceptos que no cohabitan en la misma frase. Pero le he resumido lo básico y me ha respondido con un convencido «Evidentemente, ¿por quién me toma?».

Mientras Isaac volvía a llenarme la taza me sorprendió contemplando una fotografía de su hija Nuria que había colgado sobre su escritorio.

—Pronto hará dos años que se nos fue —dijo con una tristeza que cortaba el aire.

Bajé los ojos apesadumbrado. Podrían pasar cien años y la muerte de Nuria Monfort seguiría en mi memoria al igual que la certeza de que, si no me hubiera conocido nunca, tal vez seguiría viva. Isaac acariciaba el retrato con la mirada.

—Me hago viejo, Sempere. Ya va siendo hora de que alguien tome mi puesto.

Iba a protestar semejante insinuación cuando Fermín entró con el semblante acelerado y jadeando como si acabase de correr la maratón.

—¿Qué? —preguntó Isaac—. ¿Qué le parece?

—Glorioso. Aunque observo que no tiene lavabo. Al menos a la vista.

—Espero que no se haya hecho pipí en algún rincón.

—He resistido lo sobrehumano hasta llegar aquí.

—Esa puerta a la izquierda. Tendrá que tirar dos veces de la cadena, que a la primera nunca funciona.

Mientras Fermín se deshacía en orines, Isaac le sirvió una taza que le esperaba humeante a su regreso.

—Tengo una serie de preguntas que me gustaría plantearle, don Isaac.

—Fermín, no creo que... —intercedí.

—Pregunte, pregunte.

—El primer bloque tiene que ver con la historia del local. El segundo es de orden técnico y arquitectónico. Y el tercero es básicamente bibliográfico...

Isaac rió. No le había visto reírse en toda su vida y no supe si aquello era una señal del cielo o el presagio de un desastre inminente.

—Primero tendrá que elegir el libro que quiere usted salvar —ofreció Isaac.

—Le he echado el ojo a unos cuantos, pero aunque sólo sea por valor sentimental, me he permitido seleccionar éste.

Extrajo del bolsillo un tomo encuadernado en piel roja con el título en letras doradas en relieve y un grabado de una calavera en la portada.

—Hombre, *La Ciudad de los Malditos, episodio trece: Daphne y la escalera imposible,* de David Martín... —leyó Isaac.

—Un viejo amigo —explicó Fermín.

—No me diga. Pues mire, hubo una época en que le veía por aquí a menudo —dijo Isaac.

—Sería antes de la guerra —apunté.

—No, no..., un tiempo después.

Fermín y yo nos miramos. Me pregunté si realmente Isaac tenía razón y empezaba a estar un tanto caduco para el puesto.

—Sin ánimo de contradecirle, jefe, pero eso es imposible —dijo Fermín.

—¿Imposible? Se va a tener que explicar mejor...

—David Martín huyó del país antes de la guerra —expliqué—. A principios de 1939, hacia el final de la contienda, cruzó por los Pirineos de regreso y fue detenido en Puigcerdá a los pocos días. Estuvo en prisión hasta entrado el año 1940, cuando fue asesinado.

Isaac nos miraba con incredulidad.

—Créaselo, jefe —aseguró Fermín—. Nuestras fuentes son fidedignas.

—Les puedo asegurar que David Martín estuvo sentado ahí en la misma silla que usted, Sempere, y estuvimos conversando un rato.

—¿Está usted seguro, Isaac?

—No he estado tan seguro de nada en toda mi vida —replicó el guardián—. Me acuerdo porque hacía años que no lo veía. Estaba maltrecho y parecía enfermo.

—¿Recuerda la fecha en que vino?

—Perfectamente. Era la última noche de 1940. Nochevieja. Es la última vez que le vi.

Fermín y yo andábamos perdidos en cálculos.

—Eso significa que lo que aquel carcelero, Bebo, le contó a Brians era cierto. La noche que Valls ordenó que se lo llevaran al caserón junto al parque Güell y lo mataran... Bebo dijo que luego oyó a los pistoleros decir que algo había pasado allí, que había alguien más en la casa... Alguien que pudo haber evitado que mataran a Martín... —improvisé.

Isaac escuchaba aquellas elucubraciones con consternación.

—¿De qué están ustedes hablando? ¿Quién quería asesinar a Martín?

—Es una larga historia —dijo Fermín—. Con toneladas de apostillas.

—Pues a ver si me la cuentan algún día...

—¿Le pareció que Martín estaba cuerdo, Isaac? —pregunté.

Isaac se encogió de hombros.

—Con Martín uno nunca sabía... Ese hombre tenía el alma atormentada. Cuando se iba le pedí que me dejase acompañarle al tren, pero me dijo que un coche lo esperaba fuera.

—¿Un coche?

—Un Mercedes-Benz nada menos. Propiedad de alguien a quien se refería como el Patrón y que, por lo visto, lo esperaba en la puerta. Pero cuando salí con él, allí no había ni coche, ni patrón, ni nada de nada...

—No se lo tome a mal, jefe, pero siendo Nochevieja, y en el espíritu festivo de la ocasión, ¿no podría ser que se hubiera usted excedido en la ingesta de vinos y espumosos y, aturdido por los villancicos y el alto contenido de azúcares del turrón de Jijona, se hubiera imaginado usted todo esto? —inquirió Fermín.

—En el capítulo espumosos yo sólo bebo gaseosa y lo más peleón que tengo por aquí es una botella de agua oxigenada —precisó Isaac, sin mostrarse ofendido.

—Disculpe la duda. Era mero trámite.

—Me hago cargo. Pero créame cuando le digo que a menos que quien viniera aquella noche fuera un espíritu, y no creo que lo fuera porque le sangraba un oído y le temblaban las manos de fiebre, por no decir que se pulió todos los terrones de azúcar que tenía en mi despensa, Martín estaba tan vivo como ustedes o como yo.

—¿Y no dijo a qué venía después de tanto tiempo?

Isaac asintió.

—Dijo que venía a dejarme algo y que, cuando pudiera, volvería a buscarlo. Él o alguien a quien él enviaría...

—¿Y qué le dejó?

—Un paquete envuelto en papel y cordeles. No sé lo que había dentro.

Tragué saliva.

—¿Y lo tiene todavía? —pregunté.

8

El paquete, rescatado del fondo de un armario, reposaba sobre el escritorio de Isaac. Cuando lo rocé con los dedos, la fina película de polvo que lo cubría se alzó en una nube de partículas encendidas a la lumbre del candil que Isaac sostenía a mi izquierda. A mi derecha, Fermín desenfundó su cortaplumas y me lo tendió. Nos miramos los tres.

—Que sea lo que Dios quiera —dijo Fermín.

Pasé la cuchilla bajo el cordel que aseguraba el papel de estraza que envolvía el paquete y lo corté. Con sumo cuidado fui apartando el envoltorio hasta que el contenido quedó a la vista. Era un manuscrito. Las páginas estaban sucias, impregnadas de cera y de sangre. La primera página mostraba el título trazado en una caligrafía diabólica.

El Juego del Ángel
por David Martín

—Es el libro que escribió durante su encierro en la torre —murmuré—. Bebo debió de salvarlo.

—Debajo hay algo, Daniel... —indicó Fermín.

Una esquina de pergamino asomaba bajo las páginas del manuscrito. Tiré de ella y recuperé un sobre. Estaba cerrado por un sello de lacre escarlata con la figura de un ángel. Al frente, una sola palabra en tinta roja:

Daniel

Sentí que el frío me subía por las manos. Isaac, que presenciaba la escena entre el asombro y la consternación, se retiró con sigilo hacia el umbral de la puerta seguido de Fermín.

—Daniel —llamó Fermín suavemente—. Le dejamos tranquilo para que abra usted el sobre con calma y privacidad...

Escuché sus pasos alejarse despacio y apenas pude oír el inicio de su conversación.

—Oiga, jefe, entre tanta emoción me he olvidado de comentarle que antes, al entrar, no he podido evitar oír que decía usted que tenía ganas de jubilarse y dejar el puesto.

—Así es. Son ya muchos años aquí, Fermín. ¿Por qué?

—Pues mire, ya sé que acabamos de conocernos como aquel que dice, pero a lo mejor estaría yo interesado...

Las voces de Fermín e Isaac se desvanecieron en los ecos del laberinto del Cementerio de los Libros

Olvidados. A solas, me senté en la butaca del guardián y desprendí el sello de lacre. El sobre contenía una cuartilla plegada de color ocre. La abrí y empecé a leer.

Barcelona, 31 de diciembre de 1940

Querido Daniel:

Escribo estas palabras en la esperanza y el convencimiento de que algún día descubrirás este lugar, el Cementerio de los Libros Olvidados, un lugar que cambió mi vida como estoy seguro de que cambiará la tuya. Esa misma esperanza me lleva a creer que quizá entonces, cuando yo ya no esté aquí, alguien te hablará de mí y de la amistad que me unió a tu madre. Sé que si llegas a leer estas palabras, serán muchas las preguntas y las dudas que te embarguen. Algunas de las respuestas las encontrarás en este manuscrito en el que he intentado plasmar mi historia como la recuerdo, sabiendo que mi lucidez tiene los días contados y que a menudo sólo soy capaz de evocar lo que nunca sucedió.

Sé también que, cuando recibas esta carta, el tiempo habrá empezado a borrar las huellas de lo que pasó. Sé que albergarás sospechas y que si la verdad acerca de los últimos días de tu madre llega a tu conocimiento compartirás conmigo la ira y la sed de venganza. Dicen que es de sabios y de justos perdonar, pero yo sé que nunca podré hacerlo. Mi alma está ya condenada y no tiene salvación posible. Sé que dedicaré cada gota de aliento que me quede en este mundo a intentar vengar la muerte de Isabella. Es mi destino, pero no el tuyo.

Tu madre no habría querido para ti una vida como la mía, a ningún precio. Tu madre habría querido para ti una vida plena, sin odio ni rencor. Por ella te pido que leas esta historia y que una vez terminada la destruyas, que olvides cuanto hayas podido oír acerca de un pasado que ya no existe, que limpies tu corazón de ira y que vivas la vida que tu madre quiso darte, mirando siempre hacia adelante.

Y si algún día, arrodillado frente a su tumba, sientes que el fuego de la rabia intenta apoderarse de ti, recuerda que en mi historia, como en la tuya, hubo un ángel que tiene todas las respuestas.

Tu amigo,

DAVID MARTÍN

Releí varias veces las palabras que David Martín me enviaba a través del tiempo, palabras que me parecieron impregnadas de arrepentimiento y de locura, palabras que no acerté a entender completamente. Sostuve la carta en mis manos unos instantes y luego la acerqué a la llama del candil y la contemplé arder.

Encontré a Fermín y a Isaac al pie del laberinto, charlando como viejos amigos. Al verme aparecer sus voces se silenciaron y ambos me miraron expectantes.

—Lo que dijera esa carta sólo le concierne a usted, Daniel. No tiene por qué contarnos nada.

Asentí. El eco de unas campanas se insinuó tras los muros. Isaac nos miró y consultó su reloj.

—Oigan, ¿ustedes no iban hoy a una boda?

9

La novia vestía de blanco y, aunque no lucía grandes alhajas ni adornos, no ha habido en la historia una mujer que fuese más hermosa a los ojos de su prometido que la Bernarda aquel día primerizo de febrero reluciente de sol en la plaza de la iglesia de Santa Ana. Don Gustavo Barceló, que si no había comprado todas las flores de Barcelona para inundar la entrada al templo no había comprado ninguna, lloró como una magdalena, y el cura amigo del novio nos sorprendió a todos con un sermón lúcido que le arrancó lágrimas hasta a Bea, que no era presa fácil.

A mí estuvieron a punto de caérseme los anillos pero todo quedó olvidado cuando el sacerdote, cumplidos los prolegómenos, invitó a Fermín a besar a la novia. Fue entonces cuando me volví un instante y me pareció ver una figura en la última fila de la iglesia, un desconocido que me miraba sonriendo. No podría atinar a decir por qué, pero por un instante tuve la certeza de que aquel extraño no era sino el Prisionero del Cielo. Sin embargo cuando miré de nuevo, ya no estaba allí. A mi lado, Fermín abrazó a la Bernarda con fuerza y, sin miramientos, le plantó un beso en los labios que arrancó una ovación capitaneada por el cura.

Al ver aquel día a mi amigo besar a la mujer que quería se me ocurrió pensar que aquel momento, aquel instante robado al tiempo y a Dios, valía todos los días de miseria que nos habían conducido hasta allí y otros tantos que seguro que nos esperaban al salir de regreso a la vida, y que todo cuanto era decente y limpio y puro en este mundo y todo por lo que merecía la pena seguir respirando estaba en aquellos labios, en aquellas manos y en la mirada de aquellos dos afortunados que, supe, estarían juntos hasta el final de sus vidas.

Epílogo

1960

Un hombre joven, tocado apenas de algunas canas y una sombra en la mirada, camina al sol del mediodía entre las lápidas del cementerio bajo un cielo prendido en el azul del mar.

Lleva en sus brazos a un niño que apenas puede entender sus palabras pero que sonríe al encontrar sus ojos. Juntos se acercan a una modesta tumba apartada en una balaustrada suspendida sobre el Mediterráneo. El hombre se arrodilla frente a la tumba y, sosteniendo a su hijo, le deja acariciar las letras gravadas sobre la piedra.

ISABELLA SEMPERE
1917-1939

El hombre permanece allí un rato en silencio, los párpados apretados para contener el llanto.

La voz de su hijo le devuelve al presente y al abrir los ojos ve que el niño está señalando una pequeña figura que asoma entre los pétalos de flores secas a la sombra de una vasija de cristal al pie de la lápida. Tiene la certeza de que no estaba allí la última vez que visitó la tumba. Su mano busca entre las flores y recoge una estatuilla de yeso tan pequeña que cabe en un puño. Un ángel. Las palabras que creía olvidadas se abren en su memoria como una vieja herida.

Y si algún día, arrodillado frente a su tumba, sientes que el fuego de la rabia intenta apoderarse de ti, recuerda que en mi historia, como en la tuya, hubo un ángel que tiene todas las respuestas...

El niño intenta asir la figura del ángel que reposa en la mano de su padre y al rozarla con sus dedos la empuja sin querer. La estatuilla cae sobre el mármol y se quiebra. Es entonces cuando lo ve. Un pliego diminuto oculto en el interior del yeso. El papel es fino, casi transparente. Lo desenrolla con los dedos y reconoce la caligrafía al instante:

Mauricio Valls
El Pinar
Calle de Manuel Arnús
Barcelona

La brisa del mar se alza entre las lápidas y el aliento de una maldición le acaricia el rostro. Guarda el papel en su bolsillo. Al poco deja una rosa blanca sobre la lápida y rehace sus pasos con el niño en sus brazos hacia la galería de cipreses donde le espera la madre de su hijo. Los tres se funden en un abrazo y cuando ella le mira a los ojos descubre en ellos algo que no estaba allí instantes atrás. Algo turbio y oscuro que le da miedo.

—¿Estás bien, Daniel?

Él la mira largamente y sonríe.

—Te quiero —dice, y la besa, sabiendo que la historia, su historia, no ha terminado.

Acaba de empezar.

Ilustración inspirada en una imagen
del interior de la Sagrada Familia,
fotografiada por Francesc Català-Roca.